Comment peut-on être breton ?

Du même auteur

AUX MÊMES ÉDITIONS

Camus par lui-même
coll. « Écrivains de toujours »

La Loi et le Système
coll. « L'Histoire immédiate »

CHEZ D'AUTRES ÉDITEURS

Soldats sans espoir
Laffont, 1947 (épuisé)

Premières Chroniques du « Canard »
Pauvert, 1960

Chroniques du « Canard »
Laffont, coll. « Libertés »

THÉÂTRE

*France-Illustration
et l'Avant-Scène*

Morvan Lebesque

Comment peut-on être breton ?

Essai sur la démocratie française

PRÉFACE DE
GWENC'HLAN LE SCOUËZEC

Éditions du Seuil

EN COUVERTURE
Photo Lapeyronnie (Gamma).

ISBN 2-02-006697-1
(ISBN 2-02-002292-3, 1re publication)

© ÉDITIONS DU SEUIL, 1970

La loi du 11 mars 1957 interdit les copies ou reproductions destinées à une utilisation collective. Toute représentation ou reproduction intégrale ou partielle faite par quelque procédé que ce soit, sans le consentement de l'auteur ou de ses ayants cause, est illicite et constitue une contrefaçon sanctionnée par les articles 425 et suivants du Code pénal.

PRÉFACE

Morvan Lebesque
comme je l'ai connu

Voici treize ans passés que nous nous sommes rencontrés pour la dernière fois. C'était à Quimper. Morvan était assis, se délassant d'une conférence, à déguster une bière au fond du Café de Bretagne et il me faisait signe de la main comme je m'en allais : c'était peut-être un au revoir, c'était surtout un rappel de tout ce que nous avions dit ensemble quelques heures plus tôt. C'était : Hein ? Tu te souviens ? Tu n'oublieras pas ? gentiment, en copain, comme savait le faire Morvan Lebesque.

C'était le 22 mars 1970, le lendemain du printemps. Quelques mois plus tard, j'apprenais sa mort, survenue en Amérique du Sud, et le retour de son corps en Bretagne, son ensevelissement plus que discret, « dans la plus stricte intimité » : aujourd'hui encore je ne sais pas où est sa tombe. Mais cela est, au fond, sans conséquence. Ce qui importe, c'est le petit signe que nous nous sommes fait, le dernier, pour affirmer que nous étions bien d'accord, et c'est à cause de cela, à cause du mystérieux cheminement des symboles et des sentiments, que j'écris aujourd'hui ces lignes.

Qui l'eût cru, en ce jour de 1966 où nous avions fait connaissance dans un appartement parisien, au cinquième étage d'un immeuble du boulevard Richard-Lenoir ? Il y avait là Meavenn, la poétesse à mi-chemin de son Recouvrance-de-la-Misère et de l'Irlande insurgée :

Klask a reas e vuhez pad
Douar fetis, klouar e vro, beuzet 'oa pell
Klask ha diglask, keuz bras 'n e sell
Dispourbellet e zaoulagad
A oa din poull ha melezour...

(Il chercha tout le long de sa vie la terre solide et
tiède de son pays, noyé depuis longtemps. Il
chercha sans arrêt, avec son air de grand regret et
ses yeux jamais clos qui m'étaient lavoir et
miroir...)

Nous te ferons, Bretagne,
Avec des mots drus comme les grêles
Avec des mots tranchants comme les faux...

On ne peut pas toujours prendre le train des autres
On ne peut pas toujours tirer le vin des autres

Nous te ferons Bretagne...

Le but de notre réunion était d'instaurer une collaboration au sein d'une équipe nouvelle pour la revue Ar Vro, que Meavenn venait de prendre en charge. Morvan Lebesque se trouvait avec nous, renouant en somme avec le mouvement politique breton qu'il avait fréquenté dans sa jeunesse. Après vingt ans passés dans la presse parisienne, après y avoir conquis à la force du poignet une place de choix, celle de chroniqueur au Canard enchaîné, et s'être retrouvé ainsi l'un des journalistes les plus lus de France, avec son droit de franc-parler, ce socialiste de toujours et néanmoins breton incoercible était en train de prendre conscience du sens de sa vie.

Il avait déjà commencé à cette époque à jeter sur le papier les premiers linéaments de Comment peut-on être breton? Bien qu'il eût dit dans son introduction l'avoir conçu en mai 1968, le rattachant ainsi et non sans raison aux grandes espérances qui explosèrent alors, il l'avait prévu de bien plus longue date. Dès juillet 1966, en effet, il publiait dans Ar Vro (n° 38) un article d'une dizaine de pages intitulé « Culture et volonté d'être », sous le pseudonyme de Yann Lozac'h, et la rédaction annonçait à ce propos la préparation d'un ouvrage qu'on y désignait déjà sous son nom définitif.

Il devait me l'avouer plus tard : ce livre était le but de sa vie. S'il avait recherché la célébrité, s'il s'était donné un nom, c'était avant tout pour acquérir la force de persuasion, l'autorité nécessaires à affirmer ce qu'il voulait dire : son amour charnel et constituant pour la terre de Bretagne et pour l'homme breton, son cri de révolte, son refus, sa volonté de donner à notre peuple son épanouissement et sa liberté d'être. Il avait vingt ans durant ruminé son manifeste et, tout en luttant quotidiennement pour la démocratie, senti chaque jour la morsure de la contradiction : il ne pouvait y avoir de démocratie tant que son pays se trouvait écarté de toute reconnaissance politique et culturelle, et même de toute existence.

Mai 1968 survint, qui fit savoir au monde et à l'Hexagone tout entier qu'il y avait en France des minorités nationales, vérité soigneusement masquée, niée, hors même de toute discussion possible. Le drapeau breton — celui-là auquel Morvan Marchal, de Breiz Atao, avait en 1929 donné sa forme moderne — apparut un beau matin planté entre les bras de Descartes dans la cour de la Sorbonne et il y resta jusqu'à l'évacuation des lieux par la force publique. L'année suivante, à l'occasion des arrestations au sein du FLB, il flottait, monté par d'audacieux équilibristes, au sommet de la flèche de Notre-Dame de Paris.

Cette même année 1969, j'eus l'occasion, avec mon camarade Gefflot, d'être reçu au comité central du PSU. C'était alors le parti français le plus ouvert à l'idée des minorités nationales, celui qui, par la suite, grâce notamment aux efforts du breton Caro, devait se rapprocher au maximum des thèses de l'Union démocratique bretonne et des autonomistes de gauche, auxquels se rattachait Morvan Lebesque. Cependant, l'ignorance était encore telle qu'un des membres du comité objecta à notre exposé que, pour parler de minorité nationale, il fallait pouvoir arguer d'une langue opprimée, ce qui n'était manifestement pas le cas, à son avis, en Bretagne. Face à notre stupeur puis à nos dénégations, il fit amende honorable, mais il apparut alors qu'il ignorait absolument que le breton fût une langue vivante et qu'il le confondait avec le cornique de Grande-Bretagne, éteint à la fin du XVIIIe siècle.

C'est dire que, lorsqu'en 1970 parut l'œuvre de Morvan Lebesque, si le terrain avait été préparé par Mai-68, la quasi-totalité du problème breton restait inconnue non seulement aux technocrates, non seulement au Français moyen, mais à ceux-là même que le sens politique et la générosité rapprochaient le plus de notre combat.

Que disait donc Morvan Lebesque ? Il parlait à la fois de la Bretagne et de la démocratie française ; il montrait que la Bretagne n'avait cessé, en dépit de tous les aveuglements, volontaires ou imposés, d'être une puissance vivante au cœur de ceux qui se réclament d'elle. La Bretagne, bien sûr, et non pas la grotesque caricature qu'on avait voulu en faire, « le pays des bons prêtres, des bons soldats et des bons serviteurs », comme l'écrivait un visiteur, Eugène Loudun, en 1861 ; non, mais la Bretagne, éternelle insubordonnée, celle des Bonnets rouges, celle qui se soulève une ou deux fois par siècle contre toute prescription du droit à la révolte. La France, elle, s'était vidée progressivement, au cours de son histoire, de sa substance propre. Refusant d'être un ensemble de peuples, elle était devenue un État, et rien de plus. Le plus lucide, le plus cynique aussi des centralistes, Alexandre Sanguinetti, l'avait bien exprimé, et Morvan Lebesque reprenait ses mots : « La France n'est pas une construction naturelle. C'est une construction politique voulue pour laquelle le pouvoir central n'a jamais désarmé. »

L'auteur avait déjà dénoncé, dans une chronique du Canard enchaîné, ce qu'il appelait l'État-caserne, et il y insistait ici de nouveau. Pour lui, nous devions à Napoléon d'avoir fait d'un ensemble de citoyens une armée de soldats : non pas des individus responsables participant pour leur part à la gestion et à la direction de cette imbrication de groupements et d'idéologies qui constitue une nation, mais des enfants obéissants soumis à une administration centralisée, comme ces lycéens du XIXe siècle qu'on régentait au son du tambour. Il avait perçu parfaitement ce détournement des valeurs, qu'on sent peu d'ordinaire à Paris et beaucoup mieux quand on vit au-delà des limites du Bassin parisien, qui fait de chaque citoyen français un être dépendant — un colonisé — en face de la toute-puissante Administration. La République n'a fait qu'entériner et développer la politique de l'Empire et de la Royauté.

Et c'est en cela que nous avons été dupés, nous Bretons, mais aussi tous les peuples de l'Hexagone, lorsque, en échange de nos libertés, nous attendions la liberté. La Révolution française s'est soldée pour nous par un bilan négatif. Le pouvoir de la bourgeoisie ayant remplacé celui du roi, nous avons en outre tout perdu, jusqu'au nom qui nous désignait et jusqu'à la fierté de nos ancêtres et de notre sol. Alors que nous avions été les premiers à bouleverser l'Ancien Régime, alors que nous avions formé l'avant-garde de 1789, il ne nous est resté que l'opprobre, aux yeux de nos détracteurs, d'avoir été un peuple de chouans, entendez : d'indécrottables réactionnaires. Gambetta ne s'écriait-il pas, en 1871, qu'à aucun prix il n'accepterait la formation d'une armée de Bretagne pour la défense du territoire, car ce serait « une armée de chouans » ? Ce mot ne signifiait rien d'autre dans la bouche de nos ennemis que ceci : l'amour de la patrie, ce sentiment d'appartenance à un peuple et à une terre, est un sentiment réactionnaire. Et bien, non ! affirmait tout à coup Morvan Lebesque, le combat breton n'est pas un combat réactionnaire ! Et le socialisme n'est pas une entreprise à la recherche d'un Homme désincarné : on peut être de gauche et avoir du cœur, que dis-je ? des tripes ! Et il le démontrait avec vigueur.

Il voulait défaire l'idéologie, comprendre le mécanisme intellectuel de notre oppression, établir qu'une même évidence préfabriquée avait été enfoncée dans le cerveau de l'ancien élève de l'ENA et dans celui de l'écolier de la laïque. Les instances de la République et du Parti, tout autant que les curés, nous avaient amenés sans broncher à supporter un « Hors de la France, point de salut » qui signifiait le refus total d'exister pour quiconque se désolidariserait, ne serait-ce qu'en sonnant du biniou, d'un système d'où l'on était exclu en tant que Breton : c'était là cette « part maudite » de nous-mêmes dont la France ne voulait pas, et nous ne pouvions pas refuser d'être de la France...

C'est bien ce qu'exprimait, entre autres, le décret-loi de Daladier de 1938, tenant pour un crime et condamnant de ce chef quiconque porterait atteinte à l'intégrité du territoire, de quelque manière que ce fût, y compris donc par la simple expression publique d'une opinion militante, droit cependant reconnu fondamental par ailleurs. Morvan Lebesque citait ce passage ironique de Marx dans sa Lettre à Engels, dont nous avions longuement parlé ensemble : « *Sans s'en rendre compte lui-même, Lafargue comprend, semble-t-il, par la négation des nationalités, leur absorption par la nation modèle, la nation française.* » Le « sans s'en rendre compte lui-même » est l'équivalent exact de ce que j'appelais à l'instant l'évidence, phénomène aussi irrationnel qu'inconscient, l'évidence qui engendre tabous et lois oppressives. Évidence qui a fait écrire tant de stupidités aux auteurs de manuels d'histoire, concernant les mariages d'Anne de Bretagne et l'acte d'Union de 1532. Morvan Lebesque a relevé, parmi des dizaines de perles du même genre, l'une d'entre elles, que j'avais citée dans un article du Peuple breton. *Il est évident, n'est-ce pas ? que la France a existé dans ses frontières naturelles entre la mer, les Pyrénées et la rive gauche du Rhin de toute éternité, ou du moins depuis Clovis, préfigurées auparavant par la Gaule. Il est donc évident que les* provinces *ou les* régions *(c'est finalement la même chose) sont le résultat d'un démantèlement survenu à l'époque féodale et heureusement contrarié par* « nos » *rois, puis par la République elle-même : ainsi de joyeuses réunions ont-elles marqué le retour de ces brebis égarées.* Quoi d'étonnant, en face de pareilles évidences, que des technocrates parisiens ôtent leur patrie aux Savoyards — la Savoie a été « réunie » à la France en 1860 seulement — pour les annexer à un Rhône-Alpes dérisoire et révoltant ! Quoi d'étonnant à ce que, depuis Pétain, nos gouvernants, qu'ils soient de gauche ou de droite, persistent à arracher à la Bretagne — ô Morvan Lebesque ! — Nantes et la Loire-Atlantique pour les rattacher à de tout aussi dérisoires Pays-de-Loire (dont font partie la Mayenne et la Vendée qui n'ont même pas rive sur le fleuve). Les évidences, en matière d'histoire et de politique, ne sont que la floraison d'un enseignement dirigé, semé dans l'enfance hors de tout pouvoir critique, une imagerie d'Épinal où voisinent Jeanne la Bonne Lorraine (parce que bonne servante des légistes royaux), Saint Louis, parangon de toutes les vertus et massacreur des Albigeois, et tant d'autres pour la défense et l'illustration de cette « *construction politique* » qu'est la France.

Morvan Lebesque nous dit néanmoins qu'il aime la France, pourvu d'abord qu'il puisse s'affirmer comme breton, mais, lorsqu'il l'affirme à la fin de son deuxième chapitre, peut-être n'a-t-il pas encore suffisamment expliqué ce que signifie ce sentiment pour lui. Il dira plus loin que l'État n'est pas la France, que celle-ci lui apparaît comme un rassemblement de peuples, de « nations françaises », et non comme une pyramide de pouvoirs tirant leur légitimité d'en haut. J'ai cependant du mal à le suivre, dans la mesure où, malgré tout, la France est d'abord et essentiellement ce phénomène d'autorité issu de l'ambition d'une famille royale et répété par les dynasties bourgeoises qui la gouvernent depuis 1789. Est-ce trop dire que, depuis la guerre d'Algérie surtout, je hais « la » France ? Je pense d'autant moins outrer ma pensée qu'il me semble dire au fond, sous une forme différente, la même chose que Morvan Lebesque.

Xavier Grall avait découvert en Algérie sa bretonnité. C'est là qu'il avait donné un nom à sa révolte, qu'il s'était senti différent : il n'était pas du côté de la France. Et Morvan Lebesque non plus, bien sûr, qui savait d'ailleurs le rôle éminent de la guerre d'Algérie : je veux simplement lever toute ambiguïté à cet égard et faire comprendre que l'amour qu'il exprime, c'est celui, fraternel, des autres peuples de l'Hexagone, amour qu'il se reconnaît aussi à l'égard de cette plus grande famille qui est celle des peuples d'Europe. Mais comment aimer un Hexagone ?

Il refusait d'ailleurs l'Europe des patries au sens où l'entendaient les gaullistes (qui n'était à ses yeux que, traduisez : l'Europe des États, disait-il à juste titre) et réclamait l'Europe des peuples, du peuple breton comme des peuples flamand, basque, gallois, frison ou catalan. L'occasion lui fut une fois donnée de l'exprimer vigoureusement, en ma présence, avec la violence qui débordait de cet homme simple et chaleureux, quand la sottise lui paraissait dépasser les bornes ou quand la désertion — à l'égard de la Bretagne ou à l'égard de l'homme — devenait patente. Nous avions été invités, Meavenn, lui et moi, par l'Association des Bretons de Sceaux à écouter une causerie faite par M. Alain Poher, alors président du Conseil de l'Europe et depuis président du Sénat, et deux fois président de la République par intérim, breton lui-même néanmoins. Nous étions assis côte à côte, bien en face de l'illustre conférencier, et nous l'écoutions développer, en termes vagues et apaisants, l'inverse de ce que nous attendions d'un compatriote à visée européenne : les États devaient s'unir et ainsi, par eux et grâce à eux, tous leurs nationaux, de quelque origine qu'ils fussent, honorablement confondus, pourraient jouir des bienfaits de l'Union européenne. Morvan commençait à bouillir d'impatience. Il se penche vers moi et me dit mezzo voce « Quel con ! »... puis rentre dans son silence. Il en sort peu après, comme en présence d'un inquiétant récidiviste et s'écrie, à voix plus haute « Quel con ! » Comme M. Poher a tout juste cillé, il ne peut alors se contenir plus longtemps et dit très fort « Quel con ! » Cette fois, M. Poher a entendu : d'un sourire bienveillant, il l'invite à s'expliquer. Ce petit bonhomme de Morvan Lebesque se dresse alors et avec son talent, sa verve, son esprit et toute une fureur dominée — celle de l'adolescent nantais —, il oppose à cette politique de notable sa vision du peuple breton, de ses besoins, de son économie, les cris de son âme. Il y avait là, pour l'applaudir, de vieux nationalistes bretons et de jeunes militants de gauche. Par l'une de ces coïncidences, qui ne sont que le visage du destin, l'organisateur de cette réunion était un étudiant en droit du nom de Yann Choucq : celui-ci devait s'illustrer par la suite comme l'avocat de Plogoff face au pouvoir et à ses visées nucléaires, et gagner une célébrité européenne par sa ferme attitude vis-à-vis du tribunal de Quimper.

Morvan Lebesque est mort sans avoir assisté au soulèvement de toute cette commune bretonne contre la volonté d'un gouvernement, parce que celui-ci entendait disposer souverainement de sa terre. Ce sol, destiné à supporter une centrale nucléaire, à vrai dire ce carré de landes et de rochers à proximité d'un des plus beaux panoramas du monde, la pointe du Raz, ne pouvait être considéré comme la propriété de l'État français, la procédure légale d'expropriation fût-elle respectée, mais comme celle, inaliénable, des gens de Plogoff. De là partit la résistance qui s'exacerba dans la lutte qu'on sait. Elle eût réjoui Morvan Lebesque parce que, à travers elle, s'exprimait le droit imprescriptible du peuple breton. Quant à moi, mon seul regret fut, en ce mois de mars 1980, qui marquait le dixième anniversaire de notre dernière entrevue, qu'il ne fût pas là, avec nous, sur le talus de Trogor, à chanter le Bro gozh ma zadou *au nez des CRS.*

Il avait demandé dans son livre qu'au minimum on satisfasse à l'une des revendications bretonnes essentielles : une véritable assemblée élue, avec des pouvoirs réels, c'est-à-dire l'autonomie au sein d'une fédération française, laquelle devait elle-même évoluer vers une fédération européenne des peuples. Cette Bretagne nouvelle, il l'espérait socialiste, mais il la voulait d'abord en soi. Le terme de fédéralisme, si honni dans la gauche française depuis les Girondins et pourtant repris au siècle dernier par Proudhon, loin d'être éludé, avait pour lui une place majeure. Qu'on nous comprenne bien : une chose est de décentraliser, une autre chose est de reconnaître le droit des peuples et de favoriser leur fédération. On ne nous parle, du côté français, que de décentraliser la France, autrement dit de découper technocratiquement le territoire et de confier des pouvoirs à ces morceaux de France. Mais nous ne sommes pas un morceau de France, nous sommes la Bretagne, historiquement et géographiquement un pays, une valeur en soi, et nous demandons qu'on nous considère comme tel.

Cela dit, les positions que défendait Morvan Lebesque nous semblent aujourd'hui, treize ans plus tard, parfaitement cohérentes et valables. L'affaire de Plogoff ne saurait que nous convaincre de leur justesse. Le nouveau gouvernement français leur a donné un commencement d'application dans les textes : l'assemblée élue au suffrage universel est à l'ordre du jour pour ce qu'on continue malheureusement d'appeler la région. La création de radios nouvelles, en particulier de Radio Breizh Izel (Radio Bretagne Ouest), a augmenté le temps de diffusion et la notoriété de la langue bretonne sur les ondes : il est vrai qu'on aimerait en voir la puissance étendue aux cinq départements bretons et non réservée à l'extrême ouest. Et à propos, Nantes, la capitale des ducs de Bretagne, Nantes et son pays, peuplés de Bretons (ceux du Sel-de-Bretagne par exemple ou du Temple-de-Bretagne ou de Fay-de-Bretagne, ou encore ceux de Guérande qui parlaient encore breton voici un siècle), Nantes, la patrie de Morvan Lebesque, jusqu'à quand la France s'obstinera-t-elle à la considérer comme paysdeloirienne ou ouestienne ?

Comment peut-on être breton ? reste, à le relire, étonnamment d'actualité. Je ne le sens nullement vieilli ni dépassé. Il me paraît au contraire s'inscrire dans le droit fil de l'actualité et de l'évolution nécessaire de l'Europe. Il suffit de voir aujourd'hui les avantages obtenus par certaines minorités nationales, comme le Pays basque sud, le pays de Galles ou même la Corse, pour comprendre que les situations acquises sont en train de changer. Il se fait jour aussi l'idée que l'avenir tant social qu'économique du monde se trouve dans les petits pays, reliés par des accords de concertation ou de fédération, à la fois plus respectueux de l'individu et plus insérables dans un système d'autogestion que les États monolithiques et que les Empires, les uns et les autres, aujourd'hui comme hier, monstres aveugles dominés eux-mêmes par des puissances incontrôlables.

D'actualité, oui. D'éternelle actualité, certainement aussi. Car je retrouve dans les mots de Lebesque comme l'écho d'une invincible insoumission, le refus séculaire de plier la nuque devant qui que ce soit. Et son nom même m'en sera gage : on l'appelait Morvan, et ce que ses lecteurs ne savent pas le plus souvent, en dehors de ses compatriotes avertis, c'est que par ce nom il se rattachait volontairement à l'un des premiers rois de Bretagne, Morvan dit Lez Breizh, le Soutien de la Bretagne, célèbre pour la réponse qu'il fit en 818 à l'envoyé de l'empereur Louis le Pieux : « Va, dépêche-toi de répéter ces paroles à ton roi : je ne cultive pas ses champs, je ne reconnais pas ses droits. Qu'il règne sur les Français : Morvan gouverne légitimement les Bretons et refuse tout tribut ou impôt. Que les Français me fassent la guerre, je la leur ferai aussitôt, et notre main est plus guerrière que tu ne crois ! »

Ce même 22 mars 1970, lorsque j'étais arrivé salle Toull al Ler pour écouter Morvan Lebesque, je l'avais rencontré tout de suite, bavardant à l'entrée avec les organisateurs de la soirée. Il avait planté là ses interlocuteurs et, me prenant cordialement par le bras, m'avait entraîné loin de la foule qui se pressait pour l'entendre, dans le calme nocturne des rues quimpéroises, et, là, il m'avait dit : « Voilà ! C'est fait ! » Il me parlait de son livre un peu comme d'un accouchement réussi. Et puis : « Pour moi, c'est fini maintenant, j'ai fait ce que j'avais à faire. Je suis heureux que tu aimes mon travail, que tu sois d'accord, mais c'est à vous maintenant de continuer le combat... »

Oui, Morvan, Morvan Lez Breizh, Morvan Lebesque : ce n'est qu'un début, nous continuerons le combat, notre combat pour l'homme libre et pour l'homme breton, car c'est le même combat.

Gwenc'hlan Le Scouëzec
juin 1983

Rien de plus secoué que ce petit livre. Conçu en mai 68, traversé par tous les signes d'une mutation mondiale, de la révolte des jeunesses aux premiers pas de l'homme sur la lune, il ne répond apparemment à cette immense actualité que par un anachronisme : à notre époque planétaire, qu'importe-t-il d'être *breton* ? Je prie pourtant qu'on n'oublie pas la *démocratie* en sous-titre.

La démocratie, c'est-à-dire non le dosage incertain d'autoritarisme et de laxisme que nous connaissons sous ce nom en France, mais la grande communauté pluraliste que l'homme devra établir avant la fin de ce siècle, sous peine de servitudes démesurées. Cet art de vivre inédit nous prend au dépourvu. En parler même suscite la confusion : nous assistons à une telle transformation des choses que les mots hérités ne les signifient plus — le mot *nation*, par exemple. Du moins discerne-t-on les grands courants annonciateurs : la fin de l'État-caserne européen périmé par l'ère atomique, la primauté des techniques civiles sur le mythe militaire du Chef, la révolte des sensibilités contre les dogmes sociaux et politiques et, pour les résumer tous, le passage de l'Histoire « héroïque » à celle des économies et des cultures.

Une tâche m'a paru immédiatement abordable : dénoncer à travers l'aliénation du peuple breton celle du concept démocratique en France ; sous le refus étatique des composantes françaises, déceler le virus secret qui empêche la démocratie de s'épanouir.

Cette opinion, je ne l'ignore pas, s'oppose à toutes les idées reçues dans un pays où la démocratie s'identifie au nivellement. Mais l'Histoire nouvelle se rit de ces anciens décrets et, à tous ces phénomènes que je viens de citer, ajoute le plus surprenant pour les habitudes mentales françaises : la renaissance, partout, des particularismes ethniques.

La revendication bretonne forme donc la trame de cet ouvrage. Cependant, j'en préviens le lecteur non breton : tout ce que je rapporte ici le concerne. Bien des faits lui paraîtront étranges, étrangers, et pour cause : on les lui a implacablement censurés. C'est pourtant pour lui que j'écris, pour lui *d'abord*. Et il ne me reste plus qu'à lui présenter mes excuses pour la gymnastique à laquelle ce livre va l'obliger : passer sans cesse du particulier au général, de la Bretagne à la France — et de la France au monde.

On l'a compris, la question est : *Comment peut-on être français ?* Ou mieux encore, et c'est la définition de la démocratie : comment peut-on, parmi les autres, être soi-même ?

M. L.

En 1870, pour une raison qu'aucun historien n'a valablement éclaircie, l'armée de Bretagne qui à l'époque montait au feu avec ses propres drapeaux fut retirée des combats sur ordre de Paris et enfermée au camp de Conlie, dans la Sarthe. Pendant des semaines elle y pourrit de dysenterie et de variole. Un jour, enfin, un fringant général français, le général de Marivault, décida de la passer en revue. Alors de ce « fumier tout seul rassemblé » (Corbière) surgirent des milliers de spectres haillonneux tendant leurs mains suppliantes :
— *D'ar ger*[1], *ma général ! D'ar ger !*
Le général, bouleversé, se tourna vers ses officiers :
— Ces braves Bretons ! dit-il. Même dans la pire misère, il n'ont qu'un désir, se battre !
Il ne parlait pas breton, bien sûr. Il ne savait pas que *d'ar ger* ne signifie pas : *A la guerre !* mais *A la maison.*

---

[1]. Se prononce *guer*.

I
Nous l'appelons l'*emsav*...

Il arrive que des amis me reconnaissent breton. Avec mille subtilités dont je serais bien incapable, ils établissent des rapports entre mon pays d'origine et mon aspect physique, mon caractère : « Ah, concluent-ils en riant, vous êtes bien breton, vous! » Mais que je m'affirme Breton; que j'évoque au présent une terre, une langue; que je concrétise et donc justifie cette différence qu'ils m'ont reconnue, aussitôt les visages se ferment. *Toute la Bretagne!* annonce une publicité du *Figaro;* et au-dessous : *Souvenirs, ouvrages sur la voile.* Le subconscient français s'en tient à peu près à ce folklore. La Bretagne ne figure plus pour lui qu'une valeur sans encaisse, un *signe*, d'ailleurs plutôt bon, mais ne relevant que d'« influences mystérieuses » et ne donnant lieu qu'à un portrait horoscopique du genre : *Le Breton est honnête, courageux, fidèle. Mauvaise tête et bon cœur, il doit se méfier de ses emportements*, etc. Je suis breton, mais dans l'astral, comme on est Bélier ou Verseau.

Breton tout moral, me voilà donc privé d'un droit élémentaire, la revendication. Certes, le Breton revendique, et parfois même avec éclat, comme à Quimper; mais en tant que paysan ou prolétaire vivant en Bretagne ou, comme on dit, dans l'« Ouest » : en tant que Breton jamais. La revendication bretonne — j'entends, la revendication ethnique, culturelle — est en effet tacitement irrecevable. La plus timide ne trouve en face d'elle qu'un adversaire buté; c'est encore trop dire, elle ne trouve personne. Pour servir une cause que je crois juste, il me suffit d'alerter un de ces défenseurs attitrés du droit qu'on appelle des humanistes [1] : cet homme de rigueur m'écoutera avec un pieux intérêt s'il s'agit d'un déni de justice aux antipodes; mais si je lui parle de la Bretagne, fût-ce en revendication annexe, à inscrire tout au bas des autres, à ne pas, simplement, *oublier*, je le sentirai étonné, tombant de son haut, comme si je l'entretenais d'événements aussi abstraits que, disons : une révolution de palais dans la ville d'Ys. Je produis des faits, des chiffres; j'invoque des raisons qui sont *ses* raisons; je l'adjure au moins d'en discuter, car enfin il s'agit de la condition faite à trois millions d'hommes vivant à 400 kilomètres de chez lui : peine perdue, « ce n'est pas, me dit-il, la même chose ». Il me rira au nez, raccrochera. Tout au plus me jettera-t-il quelque objection classique que je me préparais à réfuter : « A l'heure où les frontières s'écroulent, vous voulez donc en ajouter », etc. Je le savais, j'ai l'habitude. Toute cause doit affirmer sa raison, son droit : la cause bretonne doit en plus réintégrer l'histoire. Patiemment, mot à mot, franchir cet écran de censure à partir de quoi on co-signe avec M. Sartre — on est en bref, de son temps.

C'est par exemple avec une réprobation distraite qu'une partie, d'ailleurs infime, de l'opinion apprend périodiquement l'existence de campagnes en faveur du breton. D'abord, parce que personne ne suppose la ville d'Ys capable de dire *téléphone* ou *télévision* dans sa langue — elle le dit, et mieux qu'en français, j'y reviendrai; ensuite, parce que ces pétitions, bien qu'émanant entre autres d'enseignants laïques, d'étudiants socialistes et de dirigeants locaux du PSU et de la FGDS, ne peuvent être que d'inspiration foncièrement droitière et cléricale, tout de même que quiconque milite pour

---

[1]. « Un humaniste au sens où on l'entend aujourd'hui, je veux dire un homme aveuglé par de courtes certitudes. » (Camus)

la Bretagne, avec ou sans plastic, ne saurait être qu'un chouan. Qu'il y ait une gauche en Bretagne, chacun l'admet. A une condition : qu'elle soit en effet une gauche *en* Bretagne et non une gauche bretonne, qu'elle ait le même programme qu'à Lille ou Carpentras. Droite et gauche françaises se rejoignent d'ailleurs sur un point : la question bretonne est une affaire de choux-fleurs. S'ils se vendent bien, pas de problème; qu'on implante une usine à Landerneau, ce livre n'a plus de raison d'être; une autoroute à Brest, voilà mon âme comblée. Si j'insiste, je témoigne, soit d'une noire ingratitude (« Après tout ce qu'on fait pour vous! »), soit d'une bizarrerie douteuse (« Mais puisque vous êtes français! »). Compulsez les tonnes d'imprimés publiés depuis trois ans sur la Régionalisation : vous y trouverez toutes les rubriques sauf une, la personnalité culturelle; vous saurez après un long débat, pièces en mains, quelle vocation agricole ou industrielle, quel complexe sidérurgique, quelle voie ferrée ou fluviale commandent le tracé d'une région ici ou là, mais nulle part que cette région peut avoir quelque chose à dire selon son verbe et sa pensée. Étrange omission pour un pays qui se prétend serviteur de l'Esprit! Mais c'est qu'il a réglé la question une fois pour toutes : il n'y a pas de cultures en France, il n'y a qu'un culturel usiné à Paris et distribué à la province consommatrice [1]. Reconnaître l'existence de cultures originales dans l'hexagone serait admettre que ce culturel parisien leur est imposé pour des raisons que l'on tait et qui ne sont pas toutes « culturelles ». En clair, que le problème est politique.

Qu'un des peuples français se permette d'avoir une personnalité qui dans tous les pays du monde se traduit par l'expres-

---

[1]. Inaugurant la Maison de culture de Grenoble, André Malraux déclare que grâce à elle, « tout ce que Paris crée d'important sera vu ici dans les six mois ». Pour *France-Soir*, son avantage est inappréciable... pour les Parisiens en week-end de neige à Grenoble : ils trouveront à la fois des remonte-pentes et du théâtre.

sion « minorité nationale » ou « minorité ethnique », l'esprit, ici, le censure. Ce n'est pas un crime, pas même une étrangeté : à force de tabous, ce n'est plus *rien*. L'an dernier, un jeune confrère d'extrême-gauche me sollicite en faveur d'un poète malgache assez mineur; l'entretien terminé, sur le palier, il me vient à l'idée de lui parler du beau poète de langue bretonne Youenn Gwernig, résidant à New York : stupeur, yeux ronds : « Mais voyons, quel rapport ? » Quel rapport ? me répond à peu près un directeur de collection qui se spécialise dans les littératures minoritaires mondiales mais refuse le fort volume de traductions que constituerait la littérature bretonnante d'aujourd'hui. Qu'il s'agisse de sa misère, de ses transplantations prolétariennes, de l'interdit jeté sur sa langue et son histoire, la Bretagne n'a *aucun rapport* : différence à domicile, donc inavouable. Si le Breton écrit dans sa langue, ignoré; s'il écrit en français mais demeure en Bretagne, un conteur pour « coin du terroir » (nous avons nos Oncles Job comme d'autres leurs Oncles Tom); s'il vient à Paris, absorbé. « Mais j'existe ! » s'effare-t-il. — Bien sûr, puisque vous êtes *nous* ! — Il y a au moins deux choses impossibles au monde, être breton et ne pas être juif. Quoiqu'il fasse, le Juif est réputé autre : il a beau appartenir à une famille française depuis des siècles, servir passionnément la France, l'honorer par des chefs-d'œuvre, il trouvera toujours un imbécile pour lui crier : Retourne dans ton pays ! Au contraire, le Breton le plus bretonnant ne peut incarner qu'un Français typique et le fait qu'il dise *kenavo* pour *au revoir* ajoute encore à sa francité.

Revendiquer la personnalité bretonne, c'est neuf fois sur dix se heurter aux idées reçues de l'interlocuteur, découvrir qu'il ignore tout du problème — par exemple, qu'il prend la langue bretonne pour un « idiome local » dérivé du français — et si l'on insiste, le scandaliser. En 1919, l'Union régionaliste bretonne, se référant à la Charte des quatorze points de Wilson, réclama pour la Bretagne les droits linguistiques et culturels que les Alliés, à la même heure, reconnaissaient officiellement à toutes les minorités d'Europe. « Quoi! se récria le gouvernement, les Bretons se distingueraient des autres Français? Mais c'est absurde : ne viennent-ils pas de se proclamer *deux fois français* en donnant leurs fils à la France? » Prétendrai-je que selon la terminologie universelle, de l'ONU, de l'UNESCO, la Bretagne est une *nation*? Le Français le moins chauvin sursautera, s'indignera — quitte à s'asseoir ensuite devant sa télé et y regarder en toute innocence le *Tournoi des cinq nations*, dont l'Écosse et le pays de Galles... Mais le plus souvent la discussion s'éteint d'elle-même devant le sourire que la revendication bretonne éclot automatiquement sur les lèvres. Tous les sourires : étonné (« Comment, vous, un internationaliste, un homme de gauche, vous vous intéressez à ces provincialismes? »), condescendant (« Si vous tenez tellement à votre petit terroir... »), compréhensif (« Les Bretons, moi aussi je les trouve sympathiques ») ou simplement machinal — le plus commun — suscité par l'image, immédiatement accourue, d'un biniouseur en costume. Ces sourires font le Breton honteux : s'il ne parle plus de la Bretagne, il prolonge le malentendu; s'il en parle, il a trop à dire et passe bientôt pour un furieux ou un maniaque. Quant au pouvoir, le dialogue avec lui tourne carrément à la farce. « *Pour être comprise par tout le monde, l'émission en langue bretonne sera désormais faite en français* », annonce sans rire le ministre de l'Information au député de Lorient Roger Vitton qui l'interrogeait sur la culture régionale à l'ORTF (avril 1969). Au lendemain du discours de de Gaulle à Montréal, un des pétitionnaires du breton crut opportun de rappeler l'affaire du Québec pour justifier les droits de sa langue. « Vous invoquez l'exemple québecois, lui répondit le fonctionnaire de service. Mais à quel titre? *Est-ce qu'on vous empêche, vous, de parler français?* »

Ce trait superbement gaullien mérite qu'on s'y arrête. Gaullien? Justement non, car la quasi-totalité des Français n'auraient pas fait d'autre réponse, et vous qui me lisez ne m'en faites pas d'autre en ce moment. Vous aussi me répliquez : « *Qui vous empêche de parler français ?* » Et c'est vrai, qui m'en empêche ? N'est-ce pas en français que j'ai été élevé, instruit, que je m'exprime, que j'écris ce livre ? N'est-ce pas la langue française que depuis quarante ans j'essaie de pratiquer de mon mieux ? Allons plus loin : le breton est-il ma langue maternelle ? Non : je suis né à Nantes où on ne le parle pas. Est-ce que je le parle ? Rarement, et pas assez bien pour l'écrire. Suis-je même breton ? *Vraiment*, je le crois et m'en expliquerai. Mais de « pure race », qu'en sais-je et qu'importe ? « Vous n'êtes donc pas raciste ? — Ne m'insultez pas. — Séparatiste ? Autonomiste ? Régionaliste ? — Tout cela, rien de cela. Au-delà. — Mais alors, nous ne comprenons plus. Qu'appelez-vous être breton ? Et d'abord, *pourquoi l'être ?* »

Question nullement absurde. Français d'état-civil, je suis nommé français, j'assume à chaque instant ma situation de Français ; mon appartenance à la Bretagne n'est en revanche qu'une qualité facultative que je puis parfaitement renier ou méconnaître. Je l'ai d'ailleurs fait. J'ai longtemps ignoré que j'étais breton. Je l'ai par moments oublié. Français sans problème, il me faut donc vivre la Bretagne en surplus ou, pour mieux dire, en conscience : si je perds cette conscience, la Bretagne cesse d'être en moi ; si tous les Bretons la perdent, elle cesse absolument d'être. *La Bretagne n'a pas de papiers*. Elle n'existe que dans la mesure où, à chaque génération, des hommes se reconnaissent bretons. A cette heure, des enfants naissent en Bretagne. Seront-ils bretons ? Nul ne le sait. A chacun, l'âge venu, la découverte ou l'ignorance.

Mais par un juste retour des choses, cette identité qu'on nous dénie retrouve une rigueur qui manque aux cartes officielles. Expulsés du cadastre, nous méditons par force cette conscience en nous. Comment peut-on être breton ? On ne le peut pas. Et pourtant nous le sommes. Il nous faut donc perpétuellement nous interroger, à moins de vivre sans nous comprendre; au fond de nous, nous découvrons cette différence surprenante; nous l'analysons, nous en débattons; elle devient une expérience — et la mienne, certes, nullement privilégiée — telle qu'à chaque génération il se trouve *toujours* des Bretons pour la vivre et se la raconter entre eux. Et toujours, à quelques nuances près, ils en viennent au même récit : les rencontres passionnées, les premiers réflexes excessifs ou puérils, l'exaltation et le déchirement, puis le passage des sentiments à la raison, le long mûrissement de l'idée bretonne. Enfin, la conclusion : *être breton* signifie bien au-delà, servir de son mieux son temps et les hommes. Car cette conscience devient pour beaucoup d'entre nous engagement politique — et *logiquement*, engagement à gauche. Par le dépassement d'un sentiment breton primaire, elle s'élève à la politique générale et nous fournit une clef pour mieux la comprendre. Loin de retrancher, elle rassemble; elle signe des écrits et des actes étrangers à la Bretagne, accordés au mouvement du monde. Nous lui donnons un nom, l'*Emsav* : réveil, résurrection. Définition d'une patrie, mais aussi de la démocratie, toutes deux inséparables.

Paradoxalement, sa mort civile atteste la Bretagne. Nous la pensons, donc elle est.

2

La part maudite

> Après mille ans d'absence au sang de ses aïeux
> Il descendit au fond d'une fille timide
> Qui le baptisa de ses larmes.
>
> MEAVENN, *Klemgann Diglemm* (Contre-élégie [1])

A l'âge de quatorze ans, mes sentiments politiques s'éveillèrent : je me découvris le cœur à gauche. Maintes raisons commandèrent ce choix, mais la principale, le fait que j'étais affreusement pauvre et élève-boursier au lycée de Nantes. A cette époque, la bourgeoisie provinciale tolérait assez mal l'accession des pauvres aux études : de certains pauvres du moins, ceux qui l'étaient un peu trop ou sans grâce. Cette répugnance provoqua un incident qui de nos jours paraîtra, je l'espère, incroyable. Un soir, notre professeur de latin, M. P..., me demanda de rester après la classe et, toutes portes closes, me tint un petit discours pour m'exhorter à quitter le lycée. « Mon cher enfant, me dit-il, vous voyez bien que vous n'êtes pas ici à votre place. Qu'attendez-vous, que vos petits camarades vous fassent un affront ? Que diable, il n'y a pas de honte à être un ouvrier ! » Paroles d'oracle : je m'incrustai sur ces bancs hostiles et m'inscrivis le lendemain aux *Jeunesses républicaines*.

C'était, on le voit, du rose et du raisonnable : mais je suis ainsi, je ne m'enrage qu'avec l'âge. Lycéens, calicots de bou-

---

1. Traduction de l'auteur.

tique, doux révoltés de province plus proches de Murger que de Marx, nous nous réunissions à une vingtaine dans un café du centre et de temps en temps un aîné, membre prestigieux du Comité local, venait conforter notre doctrine. Elle était simple : A bas les curés et les militaires. Qu'on ne rie pas, ou qu'on rie de moi : après quarante ans, ce programme me satisfait encore. J'en ai seulement élargi le sens : par *curés*, j'entends tout ce qui a l'âme ecclésiastique, tout ce qui prétend fixer l'histoire, et par *militaires*, tout système au-dessus de la loi. Mais peut-être ces vocables suggéreront-ils au lecteur le temps et le lieu où nous vivions. Les *militaires* indiquaient que nous étions en 1925, sept ans après le fabuleux massacre qui avait retourné nos jeunes cœurs contre l'idéal patriotique, les *curés*, que cela se passait en Bretagne, terre de hobereaux et de prêtres. C'est d'ailleurs à ce propos que je l'appris — ou le compris. Je me souviens de cette révélation et du choc qu'elle me causa. L'un de nous dit : « Et puis, le malheur, voyez-vous, c'est que nous vivons en plus dans ce sacré pays de chouans »; et soudain m'apparut notre double malédiction : d'abord la France et *en plus* la Bretagne quelque chose comme l'arriération d'une arriération. J'en fus bouleversé : quelle tâche immense nous attendait ! Suffirions-nous à éclairer ce pauvre peuple ? Oui, approuvai-je en me sentant délicieusement martyr, on n'aura pas la vie facile, *nous autres*... Cependant, je savais désormais que je vivais en Bretagne, non que j'étais breton. Me l'eût-on dit, j'eusse éclaté de rire.

Il y avait à Nantes des gens qui s'appelaient Mahé, Cosquer, Le Floch, Le Gall. Ils étaient négociants, notaires, fonctionnaires ou rentiers : ils n'étaient pas bretons. Ils appartenaient à l'*Ouest*, à la *Cinquième Région*, au *Val de Loire*. Les Bretons, je les connaissais. C'était des êtres crasseux, superstitieux, comiques, bref étrangers, logés à l'extrémité de la ville, dans le faubourg de Sainte-Anne, un quartier où on allait peu, juste après celui des putains. Il surplombait le port du haut d'une falaise de granit à laquelle on voyait toujours accrochés des gosses dépenaillés, culs-nus; et, disait mon père, quand l'un d'eux tombe ou se fait écraser, ça ne compte pas, ces gens-là font des tas d'enfants. Lui les fréquentait presque. Petit commerçant ambulant avec une charrette à âne, il vendait en *demi-gros* des bocaux de bonbons, des rouleaux de réglisse et ces petites loteries à deux sous qu'on tirait alors dans les boutiques et qu'on appelait des *tombolas*. Pauvre, il avait pour clients ces pauvres, par l'intermédiaire de leurs épicières de quartier. L'une d'elles, la mère Poulizac'h, ne savait pas trois mots de français : « Mais ça ne fait rien, disait mon père, je me débrouille dans son baragouin. » Parfois, il me rapportait de ses tournées des histoires de médina sur ces *ploucs* qui travaillaient aux docks, aux savonneries, aux engrais chimiques Kuhlmann, dans la puanteur des suifs et du noir animal. Ils se chauffaient encore à la tourbe. Ils avaient leur église, leur prêche en patois et même leur cinéma; simplement, le patron était obligé de leur traduire les sous-titres des films, en se mettant à leur portée; au baiser final : « Eh bien, disait-il, comme vous voyez, les gars, tout ça finit par une lichée de museaux. » Un jour par an, ils se donnaient une fête et les gens de la ville venaient les voir danser avec leurs binious. Tous alcooliques, hélas! de pères en fils. Le gros-plant, le *noah* et leur fameux *chouchen*, cette espèce d'hydromel qui fait tomber à la renverse (ce pourquoi beaucoup d'entre eux, expliquait-on, gardaient leurs cheveux longs dans le cou : pour amortir le choc quand ils roulaient ivres morts). « N'importe, concluait mon père, ils sont tout de même plus civilisés que dans leur foutu bled où ils n'ont ni plats ni assiettes et mangent dans un trou creusé dans la table. Et puis les jeunes vont au régiment, ça les dessale. C'est le bon côté de la caserne : on se moque d'eux et ils ont honte. »

Par une faveur indue, quelques-uns de ces sauvages habitaient en ville — les quartiers pauvres, naturellement,

Pilleux, le Marchix, le nôtre, Barbin. Ainsi, une veuve en coiffe avait, on ne savait quand, élu domicile parmi nous. C'était une grande diablesse sans âge au menton en galoche, à la lourde charpente masculine, les bas en tire-bouchon sur ses espadrilles. Dans la maison ouvrière que nous partagions avec une dizaine de familles, elle logeait sous les toits, sans oiseaux ni pots de fleurs. De temps en temps, sa coiffe de guingois apparaissait à la lucarne, entre les nuages, comme la tête coupée d'une folle ou d'une sainte. On l'appelait *la Bretonne*. Point d'autre nom, jamais. Tiens, disions-nous, voilà la Bretonne qui rentre, la Bretonne qui va faire sa soupe ou (quand après un coup de *tafia*, elle interpellait ses voisins d'une grosse voix rauque, avec ses mots de nulle part) : Ah, la Bretonne qui nous chante la Marseillaise en breton ! Alors, les gosses se rassemblaient dans la cour et braillaient :

> *Les pommes de terre pour les cochons,*
> *Les épluchures pour les Bretons,*
> *A la nigousse, à la nigousse,*
> *A la nigousse, merdouse !*

« Ne parle pas à la Bretonne », m'enjoignaient mes parents : la Bretonne est sale, la Bretonne boit ; jusqu'au jour où elle réussit à coincer ma mère dans la cour et à lui raconter sa vie, devenant dès lors *la Bretonne qui a eu des malheurs*, puis *la Bretonne qui au fond est une femme comme tout le monde*. Finalement, la Bretonne mourut. Mais de longues années plus tard, je me souvins d'elle et du nom qui la désignait, aussi fabuleux pour moi que la Cafre ou la Bantoue ; et ce fut lorsque je compris que j'étais moi-même breton, que tous les locataires de la maison l'étaient et que nous vivions à Nantes, ville célèbre par son château, le château des ducs de Bretagne.

Dans cette reconnaissance, mes beaux sentiments de gauche ne furent pour rien. De nombreux camarades bretons m'ont raconté comment ils avaient eu la révélation de leur pays ; toujours, elle avait jailli de relations humaines : tel, fils de notaire ou de médecin, au contact des clients de son père, tel, voyageur de commerce, au cours de ses tournées. Encore enfant, M... entendit des paysans parler breton dans une gare de vacances : comme envoûté il les suivit, oubliant ses parents et le train qu'il devait prendre; devant la misère immobile de ses voisins de Recouvrance, à Brest, la poétesse Meavenn comprit qu'elle n'écrirait plus qu'en breton, en tribut à leur silence... Pour moi, rien de pareil. Sommé de quitter le lycée pour crime de pauvreté, je ne songeai pas un instant à me rapprocher de ces archi-pauvres et ne comparai leur condition à la mienne que pour m'en réjouir : ils étaient mes inférieurs providentiels, mes nègres. Et pourtant j'allai à eux un jour — mais par la bande ou, si l'on veut, la poésie.

Au cœur de la ville se dressait une étrange forteresse de style faux-écossais, mi-Walter Scott, mi-Viollet-Le-Duc, qu'un richissime armateur, nommé Dobrée, avait édifiée au siècle précédent, n'hésitant pas, prétendait-on, à exproprier tout un quartier pour élever ce monument à sa mémoire. Cette extravagance de pierre amusait mes imaginations. J'étais encore trop jeune pour remarquer qu'un certain goût pour ce que Mandiargues appelle les incongruités monumentales se décelait çà et là à Nantes et dans ses environs, faisant de cette ville, plus folle qu'il n'y paraît, un haut lieu pour les amateurs de baroque. Comme tout le monde, je me bornais à profiter du parc que le *mécène* avait légué à la municipalité et qu'elle avait transformé en jardin public. J'y venais travailler sur un banc; le lieu était ombreux, peu fréquenté; on s'y sentait vaguement à l'intérieur d'une gravure romantique, on se fût presque attendu à rencontrer dans ses allées une dame en capeline et manches à gigot. Un détail, pourtant, m'intriguait. Au sommet de la tour carrée, là où flottait idéalement l'étendard d'Ivanhoe, l'œil déchiffrait une inscription étrangère en lettres presque semblables à celles de notre alphabet, quoique contournées, comme d'une typographie personnelle. Je la recopiai sur mon cahier :

AN DIANAV A ROG A C'HANOUN

et m'enquis de sa signification. De l'hébreu ? Du sanscrit ? Peut-être un de ces parlers exotiques rapportés des Indes par l'armateur-Crésus ? Enfin, quelqu'un m'apprit en riant que c'était du breton et que cela voulait dire : *L'Inconnu me dévore*.

Ce fut un déclic. En éclair, ces quelques mots que personne ne lisait, que pas un Nantais sur mille n'était capable de traduire, m'ouvrirent un monde : ainsi, l'idéogramme apparaît à Galaad et le château noyé surgit des sortilèges. Fanfares ! Étais-je donc un tel petit cuistre que des lettres gravées sur un mur suffirent à m'éveiller, là où avait échoué la parole vivante ? De ce jour, je fus *dévoré*. Je ne descendis pas encore aux noirs prolétaires de ma race, non ; mais je courus à la bibliothèque municipale et, sans trop savoir ce qui m'arrivait, me plongeai dans tous les livres sur la Bretagne, inscrivant hâtivement leurs titres sur des fiches, découvrant à chaque page des rois ou des héros dont les noms oubliés figuraient parfois sur la plaque d'une ruelle — mais je les avais pris, comme Alain Barbe-Torte, pour je ne sais quels grotesques de carnaval — disputant d'énormes volumes poussiéreux à de vieux érudits consternés que je privais de leur pâture et qui, lorgnant mon âge et mes taches d'encre aux doigts, me soupçonnaient de leur faire une farce. Étrange sentiment d'échapper au temps, de fixer en soi une heure qui ne passera plus, qui mûrira avec votre sang ! Il me semblait que Dobrée n'avait gravé son inscription que pour moi : elle m'*espérait* depuis toujours et elle allait me révéler un formidable secret, offert à tous et pourtant indéchiffrable, comme avant Champollion les hiéroglyphes de Thèbes.

Et elle me le révéla. Je découvris que j'avais une patrie. Et je sus ce qu'était une patrie : quelque chose qui vous rend heureux.

A cinquante-huit ans, l'âge où j'écris ce livre, ce gamin m'amuse un peu, m'agace beaucoup. De quel droit m'inflige-t-il ses naïvetés ? Mais cette idée que la patrie est d'abord un bonheur — qu'elle vous doit ce bonheur : qu'elle n'a pas à s'imposer à vous mais à vous séduire, qu'elle joue sa partie à égalité dans le couple, qu'elle bâtit avec vous une vie bonne et juste en retour de quoi vous travaillez et au besoin souffrez pour elle — sinon, quelle raison de l'aimer ? quel crime à répudier ce qu'on n'a pas choisi ? — cette idée d'un pacte physique avec sa patrie, qui me vint tout de suite, qui me parut si naturelle — et si étrangère à ce qu'on m'avait enseigné sous le mot *patriotisme* — cette idée ne m'a pas quitté. Dès le premier jour, je compris que j'aimais la Bretagne et que j'allais vivre avec elle, comme on dit des gens qui se « mettent ensemble ». La France, c'était autre personne. La France, on m'avait commandé de l'aimer. A cinq ans, on m'avait planté dans chaque main un petit drapeau tricolore et j'avais sagement crié *Vive la France* devant des soldats qui défilaient ; un peu plus tard, on m'avait appris que moi aussi je mourrais pour elle, si toutefois elle m'en jugeait digne ; en attendant, j'étudiais son histoire, j'adorais ses œuvres et lui donnais raison contre tout le monde, entouré de messieurs en noir, glacés comme des chambellans, qui m'enjoignaient de la respecter. Et voici que, le moment des épousailles venu, à la place de cette grande dame qu'on me présentait comme une *mère*, se glissait une parente pauvre, mal fagotée, mais jolie et un peu mystérieuse, qui me souriait dans une promesse irrésistible. Entre une mère et une fille, qui hésiterait ? J'avais lu quelque part qu'un roi de Bohême, à la veille de son mariage, s'était épris de la servante de sa fiancée et lui avait offert sa couronne. Il était roi, il pouvait choisir. Pas moi : il me fallut prendre la Bretagne hors des lois, en cachette. Je ne l'épousai que de la main gauche. Elle fut mon péché, ma catin. Mais je témoigne, après tant d'années et maintenant que nous sommes vieux tous les deux, que cette liaison inavouable m'a rendu profondément heureux : traversée de disputes, de scènes, de joies secrètes et de violents plaisirs, elle fut constamment loyale, donnant-donnant, comme il se doit entre une patrie et son homme.

Nous nous aimâmes sans chaperon. Tous ces livres qui me la disaient, je les lus en vrac, sautant les siècles quatre à quatre. A peine fini un chapitre de La Borderie, j'attaquais Luzel, Vallée, Calloc'h; j'errais, ivre de rencontres, sur une grève inexplorée où venaient à moi des chroniqueurs, des poètes, des rapsodes, bras-dessus bras-dessous la médiocrité et le génie, une muse de sous-préfecture, un barde avec sa harpe. Je débusquais des érudits qui avaient passé leur vie à éclaircir un infime détail dans une histoire que personne n'enseignait, des philologues morts à la tâche pour une langue interdite. Sur cette baie des Trépassés, la vague roulait des naufragés que je tirais sur le rivage et, avidement, détroussais. Chaque grimoire que je leur arrachais me devenait pièce d'identité. Lambeaux par lambeaux, déchirés, rongés, effacés aux trois quarts, j'y reconstituais mon nom, mes origines; j'étais sur les traces de mon passé comme un enquêteur sur une *affaire :* dossier classé par ordre supérieur, enfoui aux caves des Archives; je découvrais avec stupeur que l'instruction était à refaire, que les témoins avaient menti, qu'on m'avait donné de faux parents, de faux souvenirs — faux et usage de faux, l'histoire enseignée à l'école! Les Bretons qui ont vécu cette expérience se souviennent du même vertige : je pourrais citer les pages sur lesquelles ils se sont arrêtés, figés entre le rire et la colère. Mais ils savent aussi quelle révélation essentielle me fut le *Barzaz Breiz* dans l'édition bilingue Perrin. Cette fois, plus d'*auteur :* le peuple breton se dressait devant moi. Guerres, émeutes, injustices subies ou vaincues... ah, qu'importe si des mains savantes ont par endroits harmonisé quelques strophes! Elles n'ont pu inventer le cri de quinze siècles, la malédiction de Gwenc'hlan, la plainte de Tina vendue au baron de Jauioz, le lamento funèbre de Pontcallec, les joies, les deuils, les rébellions de cette nation réduite au silence; seul un génie collectif, une volonté d'être courant d'âge en âge ont donné à ces poèmes leurs images, leur rythme dramatique — au sens précis du théâtre : action tout en dialogues, répliques entrechoquées, paroles substantielles vibrant dans l'air comme des flèches et, entre elles, ainsi le vide fait la poterie, l'intrigue non dite, suggérée, haletante... Rien que pour une telle œuvre, on n'avait pas le droit d'étouffer la langue *encore vivante* de ce peuple! Je recopiais le livre page par page, j'en piaffais les cadences, *Frappe, cheval de mer, frappe!* Je me réfugiais à l'écart et me récitais à cœur joie ces chants, épopées guerrières ou complaintes paysannes, du *Tribut de Nominoë* (*L'herbe d'or est fauchée, il a bruiné tout à coup — Bataille!*) à l'*Orpheline de Lannion* qu'on retrouve à l'aube assassinée par des reîtres, couchée dans son sang auprès de sa lanterne d'auberge, fait divers chansonné comme il y en eut des milliers en France, mais sublimé par l'étonnante pureté du verbe et la modulation dernière du chanteur : « la lumière, la petite lumière vivait toujours ». Les douze réponses des Séries m'ouvraient les Nombres magiques :

Pas de série pour le nombre Un : la Nécessité unique, mourir!
et la danse bardique, par son texte original en regard, le secret de cette langue capable, avec deux mots seulement, rien qu'en y changeant tour à tour une lettre, d'exprimer dans un grondement d'orage tous les éléments telluriques :

Tan! tan! o dir! tan, tan, dir ha tan!
Tann! Tann! Tir! Tir ha tonn! Taon! Tir ha tir ha tann!
O feu! Feu! O acier, ô fer! Feu, fer, acier et feu!
O chêne! Chêne! Terre! O flots! O mer! O terre! O chêne!

Je ne me croyais que dans le passé. Je ne connaissais pas encore les coïncidences admirables qui reliaient cette littérature d'analogies et de métamorphoses à l'entreprise capitale de notre temps. J'ignorais la rencontre historique de Breton et Aragon à Nantes, le suicide de Vaché à l'Hôtel de France, place Graslin ; qui m'eût dit que Benjamin Péret était né à Rezé-Nantes et qu'au lycée, un sage pensionnaire en sarrau gris que je croisais chaque jour dans les couloirs deviendrait Julien Gracq [1] ? Plus tard, en lisant *Nadja*, les intersignes m'apparurent. Je reconnus la *matière de Bretagne*, source prisonnière éclatant le rocher des siècles : un monde d'images étranger au classicisme, une quête de joie sans rapport avec le morne métier de plume célébré dans mes manuels — l'appréhension du vrai au-delà du visible. Et je compris alors qu'à travers une langue que les pouvoirs appelaient salement un idiome local, j'avais retrouvé une culture immortelle — avant tout, et commandant tout, ma *nation*.

Mais déjà, à mon niveau des plus modestes, il me faut signaler un événement personnel : brutalement, je reçus la faculté d'écrire. Entraînement banal de mes lectures ? Non : je lisais beaucoup, en tout cas pour mon âge, et ni Balzac ni Flaubert, pas même Hugo que je devinais d'une famille plus proche n'avaient réussi, en s'y mettant tous, à faire de moi mieux qu'un écolier médiocre ahanant sur de plates copies. Or, mon esprit, soudain, se délia. Comme on s'éveille d'un cauchemar de paralysie, je libérai le mouvement des mots ; mon œil, frappé d'images nouvelles, inventa des couleurs ; du breton que j'apprenais au passage, je retins la musique que favorisent dans cette langue l'emploi des mutations (l'initiale du mot change selon celui qui le précède, créant des euphonies subtiles), la richesse des mots composés, la syntaxe merveilleusement agile bondissant au-devant de la pensée, idéale terre d'accueil de l'inexprimable, à quoi je pliai de mon mieux la roide syntaxe française, sujet-verbe-complément. De tout cela, il résulta un incident

---

[1]. J'ignorais aussi que dans la *médina* de Sainte-Anne, un médecin des pauvres officiait, qui serait bientôt Céline...

cocasse. Un jour, on m'appela chez le censeur : mon professeur m'y attendait, ma dernière composition à la main. « Où l'avez-vous copiée? » me demanda-t-il, d'une voix tonnante. Je protestai, on me mit à l'épreuve : enfermé dans le bureau, je dus improviser sur un autre sujet, sous la surveillance d'un pion. J'écrivis, j'écrivis, il fallut m'arrêter... Pendant des mois, on m'accusa encore vaguement de tricherie; enfin, on se résigna et dès lors, je fus constamment premier, lauréat du Concours général. Qu'on excuse ce récit un peu long : à la même époque, le ministre de Monzie déclarait, à l'occasion d'une inauguration officielle : « Dans l'intérêt du français, la langue bretonne doit disparaître. » Moi, c'est grâce au breton que j'écris en français.

Enfin, je la connus. Non sans peine : toute une année elle me fit attendre. Mes randonnées chez les *ploucs* — j'y allais maintenant trois fois par semaine — mes rencontres avec ces « arriérés » qui, ô surprise, votaient communiste et dont l'un avait été un mutin de la mer Noire, excitaient un désir qui tourna vite à l'obsession : passer outre, franchir cette frontière bretonne qui, dans mon souvenir, se confond toujours avec la haute falaise gardienne de Sainte-Anne. Au-delà s'étendait la nation profonde qui ne m'avait encore parlé que dans les livres. Farouche, inabordable? Dieu, non! A deux pas, la fille du voisin! N'importe quel commis-voyageur se farcissait cette Morgane; mais à l'époque pré-autostop, pareil voyage était pour moi, adolescent sans le sou, une Odyssée. A quinze ans, l'espace s'étire comme un dimanche de pensionnaire. Dans mes songes, la Bretagne prenait des dimensions de Suisse, d'Espagne : je l'avais *toute* devant moi, comme la vie. La nuit qui précéda mon départ, je ne pus dormir : je me revois, frémissant d'une impatience que je n'ai jamais plus ressentie, moi qui depuis ai parcouru la moitié de la planète, sauf, tant d'années plus tard, cette nuit de l'arrivée à Shannon où, sur le banc de l'aéroport, chauffant mes mains à mon *irish-coffee*, je me projetai en pensée vers cette autre patrie de mon âme, l'Irlande : errant déjà dans les rues de Dublin parmi les rouquins à casquettes, courant sur la lande du Connemara et les rochers du Donegal, essoufflé, extasié, à la poursuite de cette Celtie qui sans cesse me fuit pour m'ouvrir de nouveaux royaumes... Car elle était bien plus qu'une Suisse ou une Espagne. Je croyais traverser une province, je frappais à la porte d'un monde. Et aujourd'hui, des lochs d'Écosse aux coteaux de Nantes, je n'aurais pas trop d'une autre vie pour me rassasier de cette terre d'occident qui reflète ses deux rives semblables dans la mer.

La bonne façon de connaître sa patrie, c'est de lui faire l'amour à vélo. A cheval sur un cadre point trop léger, les mains souquées aux deux mancherons de cette charrue, les cuisses traçant le sillon mètre par mètre, sans hâte mais sans paresse, ménageant bien son souffle, on ressent le moindre accident de route que le pied même ne révélerait pas; la côte vous soulève dans un corps à corps loyal, la descente vous monte du bonheur au ventre; l'œil ne perd rien sans avoir le temps de se lasser; et puis, on est à hauteur royale, on voit les gens par leur fenêtre, au milieu de leurs toiles cirées et de leurs armoires, on devine dans l'ombre la photo des noces, les objets qui font une vie; on est le vagabond rapide qui vole un tutoiement; on cueille aux portes des visages, des bras rouges de lessive qui se relèvent sur un front, un regard qui vous crie : Arrête-toi parce qu'il sait que vous passerez — je crois bien que j'ai rencontré cent fois la femme de ma vie entre Nantes et Quimper. L'ennui, j'étais tout de même trop pauvre. L'un de mes voyages, le quatrième, je crois, s'effectua avec trois cents francs : un quignon de pain, l'eau des fontaines, les nuits dans l'herbe ou sous un porche de village, l'impression au petit matin, non d'avoir froid, mais d'être un froid, à soi tout seul, en marche. Cet été-là, il plut sur le ghetto balnéaire. J'ai souvenir de Parisiens pris dans la rafle : collés aux vitres de l'hôtel d'Armor, ils implorent les noirs geôliers du ciel : Mais c'est une erreur! On s'appelle Durand! Laissez-nous rentrer chez nous! — Deux bons Samaritains me sauvèrent, un artisan de Tréguier qui me permit de coucher dans son atelier, parmi des tas de saint Yves en bois, et l'ouvrier Derrien qui, à Guingamp, me fit embaucher pour deux jours dans une carrière de granit. Le retour fut somnambulique. Mourant de faim, je redescendis de Morlaix à Nantes sur un chevalet de torture, des clous de feu plein les yeux. Mais j'avais connu un bonheur que je n'espère pas, hélas, traduire. Ce n'était pas l'accord de la terre et du pied dont parle Camus. C'était une preuve de moi-même par l'herbe, les pierres, l'or et le gris, le blanc et le noir. *Kann ha diskann*, les deux chanteurs bretons entament le Long Récit, chacun soutenant et reprenant l'autre, à l'accord du souffle : *kann ha diskann*, mon pays me répondait au plus secret de l'esprit. Quoi qu'il m'advînt, je savais maintenant que je vivrais conscient de la composante majeure de mon être et que tout ce que je dirais, écrirais, penserais, fût-ce en apparence très éloigné de la Bretagne, aurait ici sa résonance et son principe. Ma patrie m'était une raison pour toujours.

Cependant, elle *était* — hors de moi, une terre et des hommes. Et mes voyages me l'apprenaient, ces hommes vivaient en-dessous et comme en marge d'eux-mêmes. La Bretagne sortait de la guerre saignée à blanc : *deux fois française* en effet, 240 000 morts, le double, proportionnellement, du reste de la France. Sacrifiée parce que rurale, et rurale parce que sacrifiée. En plein essor industriel, un décret l'avait négligemment ruinée, l'obligation d'utiliser le minerai lorrain, lointain et coûteux, au lieu du minerai gallois tout proche. Ce diktat avait fixé son destin : elle vivait à cent lieues et cent ans de Paris. Tout en découlait, l'isolement, la misère, l'émigration massive, la résignation entretenue par l'Église, une effroyable dépersonnalisation.

Et le comble : l'ayant ruinée, on l'instituait mendiante; il fallait qu'elle dise merci. Comme on enseigne au pauvre qu'il doit bénir ceux qui l'ont fait pauvre, on substituait une fatalité à un système, on la persuadait — on la persuade encore — qu'elle n'avait pas de chance, qu'elle était née sous une mauvaise étoile, que le Ciel l'avait écartée de l'axe européen, du riche boulevard Rhin-Rhône, qu'il lui faudrait donc subsister de charités et de subventions, éternelle assistée humblement reconnaissante — elle, cette terre atlantique qui donnait sur l'avenue du monde, cette porte du continent, elle qui, maîtresse de son destin, fût devenue une Hollande ou un Danemark! Socialement et culturellement les Bretons étaient dépossédés. Par qui? Ou par *quoi*? Quelle injustice leur avait été faite, qui en profitait? Autant de questions dont j'ignorais les réponses. Mais je pressentais une imposture généralisée, un crime de fondation couvert par une formidable censure et qui me scellerait à mon tour les lèvres. Car il m'apparut aussitôt que la Bretagne serait en moi une part maudite, incommunicable *dans sa vérité*. J'aurais le droit de biaiser, de mentir. On cajolerait mes nostalgies, on me tolérerait toutes les « petites patries », tous les « vieux terroirs ». Mais plus je serais loyal, plus je serais scandaleux.

Pour qui le suis-je à cette minute? Pour D., l'humaniste bien connu, qui préconise l'assassinat des cultures minoritaires? Pour les charmants L. avec qui j'ai dîné l'autre soir et qui s'étonnent qu'on puisse s'intéresser à la fois à la Bretagne et au Vietnam? Je le fus en tout cas pour mes camarades nantais. Dès mon premier voyage, effarés de me voir soulever un problème d'autonomisme provincial, ils me déléguèrent l'aîné prestigieux afin, dirent-ils, de « parfaire mon éducation ». Par la grâce de l'âge, c'est lui que ma mémoire campe le plus fidèlement, attablé en face de moi devant une chopine de muscadet et m'exposant des arguments que je retranscris sans mérite : depuis quarante ans ils n'ont pas varié. Qu'est-il devenu, je ne sais, le bruit m'a effleuré de sa mort : de temps en temps, j'envie cet homme qui passa probablement toute sa vie dans une grande idée simple.

Il prit le temps de bourrer sa pipe, de lancer quelque plaisanterie, comme un bon docteur. Puis, attaquant : Être de gauche, m'expliqua-t-il, signifie croire à l'homme, à l'unité de la race humaine : donc, abolir toutes les barrières et premièrement, les notions périmées de patrie et de nationalisme. Cet idéal, l'histoire le démontre, s'identifie au progrès. Les peuples ont d'abord constitué de petits groupes antagonistes à la dimension de la province; puis ils se sont fondus dans des États qui tendent eux-mêmes à disparaître, absorbés dans l'universel. Un jour, le monde ne formera plus qu'une seule patrie, la patrie humaine. « Ainsi les Bretons se sont fondus dans la France qui se fondra à son tour dans l'Europe, puis le monde. Poser la Bretagne en termes particuliers, réclamer pour elle des « libertés » politiques et culturelles équivaut à revenir au passé. Ce ne peut être qu'une opinion réactionnaire. » *Réactionnaire!* tonna-t-il. « Autant dire, de royalistes et de curés! » Puis, m'assénant le diagnostic : « Du tribalisme! Du folklore! »

Cette démonstration m'écrasa. Elle me parut trop logique et surtout trop généreuse, elle répondait trop bien à mes opinions universalistes pour susciter la discussion. Je m'inclinai, je fis, dix ans avant la fortune du mot, mon autocritique. Huit jours durant, j'effaçai la Bretagne de mon esprit. Quand je rencontrais un *plouc*, je me sentais de nouveau son supérieur, mais fraternel, celui qui *sait*. « Ce n'est pas un Breton, me disais-je. C'est un homme. L'Homme. »

Seulement, l'Homme ne me consolait pas. Il m'était arrivé une mésaventure de gamin : j'avais exhibé ma Bretagne en piaffant, comme l'amoureux du dimanche présente sa Ginette à ses copains et guette du coin de l'œil leur éblouissement, sans comprendre que les copains ne sont pas éblouis du tout et penseraient plutôt : « Mais que diable peut-il bien lui trouver, à celle-là ? » On avait ri de mon amour. On m'avait déclaré que je m'étais toqué d'une vieille comique et que je serais fou de l'épouser. Très bien : je ne demandais qu'à rire de moi à mon tour, puis à m'exalter pour une idée que tout le monde trouvait belle. Hélas, le cœur renâclait. J'avais beau me raisonner, il me suffisait de songer au pays entrevu pour ressentir je ne sais quel appel d'air, une brusque ouverture d'esprit — cet esprit qu'on me recommandait, justement, d'élargir. On m'avait promis un épanouissement et je me retrouvais diminué. — Diminué dans la promesse du monde ? Cela ne se pouvait. Allons, grandis-toi d'une coudée : l'Idée Simple vaut bien qu'un écolier oublie le royaume romantique où il est entré par mégarde. Comme les bourgeois d'alors se glissaient au bordel, je rôdais malgré moi autour de la bibliothèque; je m'en aperçus, m'en punis : je ne voulais plus vivre en Bretagne. Malheureusement, la Bretagne, elle, continuait de vivre. Elle n'était ni une île de Gondal, ni un jardin secret d'érudit. Et chaque soir, mes réflexions me ramenaient à sa réalité : lui promettre sa mort, n'était-ce pas, au nom du futur, condamner au présent un pays et des hommes ?

Le folklore ? Mais je le haïssais ! A dix ans, pour me récompenser de quelque bon-point, une de mes tantes m'avait conduit à une matinée de patronage : à un moment, deux Bretons étaient entrés en scène, elle en coiffe, lui en chapeau à rubans, et ils avaient chanté *Par le petit doigt lon la lon laire* en se dandinant par la main. La Bretagne avait son héroïne, Bécassine, la bonne ahurie, et son poète, Botrel : sur fond tricolore, les images-réclame du chocolat Menier montraient « l'illustre barde patriote et breton » en gilet de velours; au recto, *la Paimpolaise*, au verso, *Ma p'tite mimi, ma p'tite mimi, ma mitrailleuse*, « chanson de nos chers poilus sur l'air de *Ma Tonkinoise* ». Amusette pour enfants, soit! — encore que la mimi, la mitrailleuse ait bercé, quatre ans durant, une étrange nursery. Cependant, pour les adultes, la matinée enfantine continuait. Miracle à rebours, le Breton ne grandissait pas. Il avait beau, apparemment, avoir une taille normale, il restait le petit Breton avec son petit costume, son petit biniou, ses petits rubans, il appartenait à jamais à la race pittoresque et récréative qu'incarnait sous une autre peau cette autre rondeur, le Bon Nègre Banania. Bamboula *Y a bon* et Bécassine *Ma doue beniguet*, les deux lunes alternées de mon enfance, la noire, la blanche : au fond, je les imaginais assez bien mariés tous les deux, le négro et la brezonec, puis, nantis d'un petit pécule, tenanciers d'une de ces boutiques de plage où l'on débitait à la grosse du chouan-tire-bouchon et du mathurin à brûle-gueule. Tout ce que la Bretagne étalait en vitrine, presque tout ce qu'elle chantait, dansait, peignait la rapetissait à ces *vues* microscopiques qu'on regardait dans des porte-plumes de nacre. Ce bazar puéril m'écœurait : si ma patrie s'était réduite à ça, quelle exécration! Mais justement, la Bretagne que j'avais découverte n'offrait aucun rapport avec cette bretonnerie. J'avais déchiffré un original et on m'opposait sa traduction française, expurgée. Je retrouvais l'imposture : pourquoi cet arrêt de croissance? Pourquoi le chouan, plus vendéen que breton, nous représentait-il jusqu'à la hantise, masquant le Club Breton de 89 et nos grands mouvements libertaires? Quelle complicité censurait un effort adulte dont j'avais été le témoin? Car une autre Bretagne, digne de ses hommes et de ses paysages, se débattait sous cette caricature : à l'heure où on célébrait les Botrel et les Le Goffic, des éditions locales ouvraient au breton la littérature universelle; Eschyle, Cervantes, Marlowe, Shakespeare, Boccace, Goethe, Hoffmann, Chamisso, Rilke, Pouchkine, Alexandre Blok, Essenine étaient traduits dans la langue maudite; des poètes, des historiens renouaient avec leur culture, des techniciens et des économistes élaboraient des plans; ici et là, des inconnus vivaient mon expérience, raccordaient leur pays au présent. Ils n'étaient qu'une poignée, et ils contrariaient, me disait-on, leur époque. Mais je n'ignorais pas qu'ils donnaient le meilleur d'eux-mêmes; et celui qui vit à sa note la plus haute peut-il être un ennemi du Temps?

A Callac, au cours d'une réunion électorale présidée par Daladier, j'avais vu un assistant se lever dans la salle et réclamer pour la Bretagne des responsabilités gestionnaires et culturelles. Le taureau du Vaucluse avait reçu d'un front puissant cette revendication inattendue; un instant, il était demeuré ramassé, grattant son aire; puis, fonçant de toute sa masse, avec une œillade ignoble au public : « Je vois, citoyen. Vous voulez nous ramener au temps des Gaulois? » Hurlements de joie, *bravo toro*! Cette réponse ne m'indigna pas : elle me parut simplement *folklorique*. Un certain esprit Gaudissart mobilisait les Gaulois contre toute revendication régionaliste, aussitôt transformée en caricature plate qu'on glisserait aujourd'hui entre les pages d'*Astérix*. Par malheur, les Bretons n'avaient pas à revenir au temps des Gaulois : ils y étaient. La plupart subsistaient d'une agriculture gallo-romaine, de l'épuisement de quelques carrières, de pêcheries exploitées par les conserveurs; on baptisait « industries » d'antiques ateliers familiaux plantés au bord d'un rail ou d'une rivière, payant des salaires d'esclaves; d'immondes gadoues isolaient les hameaux où l'on se serrait le soir autour d'une lampe fumeuse; étrangers à la Province, les préfets de l'Urbs y faisaient régner l'ordre des notables et des grandes familles à clientèle; pour les plus pauvres, pas d'autre issue que l'émigration : elle recensait les foyers surpeuplés, les orphelinats religieux [1],

---

[1]. Je parle en connaissance de cause. Ma mère était une enfant de l'Assistance. Elle sortit de l'orphelinat à seize ans, sans métier et sachant à peine lire mais fort propre à devenir ce que les religieuses appelaient « une fille en condition ».

en tirait à pleins convois des servantes, des putains, des mercenaires d'Empire, colonisés allant au bout du monde coloniser les autres. « Peuple deux fois prolétaire parce que prolétaire et Breton! » écrivait dans son journal *War Zao* l'instituteur autonomiste Yann Sohier — et combien ce cri sonnait plus *actuel* à mes oreilles que les sermons de mes camarades! « Que faire, attendre? » Oui, répondait la Gauche, attendre et prier. Quelque part, le progrès était en marche : tôt ou tard ses lumières s'épandraient sur cette noire contrée, les Bretons voteraient bien et seraient tous heureux. Sous les halles de Callac, le légat du radicalisme promettait le paradis aux misérables. Il aurait dû faire de l'économie, il faisait de la morale. Il aurait dû parler engrais et kilowatts, il citait Renan. Quant au candidat qu'il patronnait, une approche plus sérieuse de sa circonscription ne l'avait pas trompé sur son temps véritable : il dépensa trois cent mille francs de l'époque à saouler ces grands Celtes blonds.

Était-ce la démocratie, cette royale indifférence? L'incarnation de l'unité française de la Convention et de Michelet, ce passant sonore qui traversait mon pays sans le voir, entre un discours et un banquet de caciques? Et ne pouvait-on imaginer un autre statut où la Bretagne serait reconnue, rassemblerait ses énergies, sortirait enfin de son enfance?

Voilà bien des questions, dira-t-on. Mais que pouvais-je faire alors, sinon questionner? Qu'on se représente un jeune Breton des années 30 accusé de passéisme dès qu'il prend son pays au sérieux. La gauche « laïque » à la Daladier ne me leurrait certes plus : j'avais tout de même fini par comprendre que les bourgeois brandissaient indifféremment le catéchisme ou la Déclaration des droits de l'homme. Mais, adhérant pleinement à la dialectique exploiteurs-exploités, je m'entendais affirmer qu'elle périmait le problème ethnique et que je trahissais en le ressuscitant. C'est

alors que je pris une décision contraire à toutes les données
en cours. Logiquement, j'eusse dû, quoiqu'il m'en coûtât,
me désintéresser du fait breton, l'abandonner à cet englou-
tissement qu'on lui promettait. Or, mon instinct se refusait
à séparer l'Idée de la Terre. Je ne pouvais admettre que
l'universel triomphât par la mort du particulier. Je fis ce
pari absurde : contre l'Idée Simple, je choisis l'ambiguïté.
C'était mettre toutes les chances contre moi, accepter
d'avance les pires malentendus; et même, y ajouter un
bon lot de malchances prévisibles, toutes les erreurs et
confusions qu'entraînerait fatalement la situation minorisée
de la Bretagne — par exemple, le mouvement *Breiz Atao*
dont je reparlerai, auquel j'appartins deux ans, de 1929 à
1931, et qui finit en tragédie. Plus encore : ce pari contre
une opinion à peu près unanime, l'était donc contre le
Temps. Les forces qui l'impulsaient, en sens inverse de
mes idées, l'éloignaient de moi comme un flot qui se retire :
je pouvais espérer que la marée reviendrait un jour, mais
je ne serais plus sur la grève pour assister à ce flux. En ces
années, y eut-il un seul Breton pour croire qu'il verrait un
changement de l'opinion centraliste à l'égard de son
pays? Nous ignorions que le pari était déjà gagné — la
marée, déjà, revenue.

Mes amis voyaient juste sur un point : je manquais
d'éducation politique — seulement, j'en manquais *contre eux*.
J'ignorais que Marx, Lénine, et Jaurès et Cachin m'avaient
déjà donné raison en refusant de séparer la conscience
ethnique de la conscience de classe. J'ignorais — en fait,
comme tous les Français, je le savais sans le savoir, tant
le tabou nous aliénait — que la Révolution d'Octobre
avait rétabli les minorités russes dans leurs particularismes
culturels, que la République espagnole proclamait l'autonomie du Pays basque et de la Catalogne et que l'unitarisme
niveleur, cette doctrine que nous croyions encore de gauche
parce qu'elle nous venait de 89, ne serait plus imposée aux

peuples que par les fascismes, ne formerait plus, dans les rangs libéraux, voire socialistes, que des hommes *objectivement* de droite. Quand je l'appris, le silence bourdonna de réponses. Mon siècle m'apparut en clair : il serait celui de la résurgence des ethnies et non de leur disparition. Tout ce que ma génération avait prédit, la génération suivante le démentirait. C'est *d'abord* en tant qu'Algériens, Vietnamiens — et Flamands, et Québécois — que les hommes recevraient leur salut. Guerres de libération, fédéralismes gagnant de proche en proche, régionalismes au sein des États constitués, partout cesserait le divorce de l'Idée et de la Terre; et en France même, le centralisme que nous croyions inébranlable vivrait sa contestation et son déclin. A ce nouveau contrat du monde, la logique voulait que la Bretagne participât, qu'on écrasait encore sous des dogmes du XIXe siècle. Mais l'essentiel : la défense de sa personnalité ne serait plus une idée de droite, mais de gauche, et seule cette révolution offrirait à la France une chance de démocratie véritable. Ce qui constitue précisément le sujet de ce livre.

Car, sachez-le, je ne suis pas parmi vous un traître ou un séparé : je suis *vous*, même si vous n'êtes pas bretons, même si vous ne vous souciez pas de vos origines ou en avez perdu jusqu'au souvenir. Il y a en effet une échelle du particulier à l'universel, mais ne la monte que celui qui n'a rien renié. Parce que breton — parce que m'étant reconnu breton et différent — je puis enfin vous dire que j'aime la France, non par complaisance ou devoir, mais parce que c'est vrai; et je puis m'asseoir à votre communauté pour débattre avec vous de cet avenir qui se dessine. Parlerai-je à mon tour de Progrès? J'ai toujours regardé de biais cette grande force théologique qui décrète le bien et le mal. Je préfère, une fois de plus, m'en tenir au Temps. Le Temps, lui, n'est pas manichéen. Il ignore les bons et les méchants, il ne met personne en enfer. Il ne connaît que des situations successives. Le Temps tourne sur ses gonds comme une porte : et lentement, les peuples étonnés passent d'une situation à l'autre sans innocents ni coupables : ils sont là, ils n'ont pas changé de place, mais un jour nouveau les éclaire. Et nous qui dépendons de cette formidable mouvance, ne pouvons l'aider qu'en poursuivant notre réflexion sur nous-mêmes, approfondissant loyalement ce que nous fûmes, ce que nous sommes. C'est une longue histoire, c'est de l'Histoire. Au terme, peut-être, une nouvelle façon d'être ensemble — et d'être ensemble heureux.

3

L'enfer est privation d'histoire

> L'Histoire de France est l'histoire de Dieu.
> *La Croix*, 1914.

Rien de plus honnête apparemment que l'Histoire de France telle qu'on l'enseigne aux écoliers. Simplement, ce n'est pas l'histoire de la France, d'un pays beau et divers appelé *France* et des hommes qui y ont vécu, mais l'histoire de l'État français, c'est-à-dire d'un certain pouvoir qui s'étend progressivement dans l'espace et va, dans le temps, des premiers Capétiens à la Cinquième République. Ce pouvoir conquiert peu à peu l'hexagone, sa proie; cependant, les territoires qu'il annexe étaient sans doute des no-man's lands car à aucun moment on ne nous parle de leurs peuples, de leurs lois, des événements qu'ils ont traversés, des civilisations qu'ils ont fondées. Rien d'eux ne se manifeste avant leur absorption, sinon, çà et là, la brève apparition d'un de leurs habitants, prince ou guerrier, cité uniquement pour ses rapports avec la Maison conquérante : ainsi, dans les grands romans dynastiques, un personnage n'existe que si son destin se rattache plus ou moins épisodiquement à celui de la lignée élue. Histoire de France ? Non : *Histoire d'une famille*, comme les Rougon-Macquart.

Histoire ? Même pas : théologie. *C'était écrit* avant de l'être. De cette France incréée, déterminée, préexistant à sa propre histoire, un historien breton, M. G. Le Scouezec, a donné récemment de savoureux exemples [1]. Il lui a suffi de reproduire les pages que les historiens officiels consacrent à l'union de la Bretagne à la France : tous la considèrent, non comme un événement *historique*, mais comme l'accomplissement d'un décret du Ciel. Citons l'un d'eux : « Heureusement pour l'autorité royale (...) Charles VIII épousait (Anne de Bretagne) la fille de François II qui venait de mourir : *cette grande province allait désormais rester à la France* [2]. » Phrase admirable qui fait d'une nation jusqu'alors indépendante, maîtresse de sa politique et de ses alliances, une *province* qui s'ignorait et qui, finalement, n'est pas annexée à la France, mais lui *reste*, comme on reste dans le droit chemin! Historiquement, la Bretagne est française depuis 1532; quatre cent trente-huit ans, voilà, penserait-on, une durée respectable; pourtant, elle paraît trop courte aux historiens officiels. Ils trichent donc : ils ramènent, tel celui que je viens de citer, l'annexion de la Bretagne au mariage de la duchesse Anne, mariage qui, dans son contrat, *excluait au contraire formellement l'annexion*. 1491, quarante et un ans de gagnés : c'est encore trop peu, il faut inculquer aux Bretons que la Bretagne a *toujours* été française. Alors, on investit le temps, on transforme son contenu; on invente à la Bretagne une *autre* histoire; par-delà deux mille ans, on en revient, comme de Gaulle, à l'Armorique, « province de notre hexagone » qui fait « depuis toujours partie intégrante du corps et de l'âme de la France [3] ». Quel est ce royaume de nulle part, cette *terra incognita* qui est la Bretagne sans l'être, et que signifie ce « toujours » qui ne date que de quatre siècles [4]? On ne nous en dit pas plus, sinon que

---

1. *Le Peuple breton*, Rennes, n° 54 et suivants.
2. G. Meunier, *Histoire de l'Europe*, de 395 à 1610.
3. Discours de Quimper.
4. Mais on l'a compris, ce *toujours* définit la France. Cf. de Gaulle à l'ambassadeur d'Irak (mars 68) : « Les liens qui *de toute éternité* unissent nos deux pays... »

l'Armorique, promue au rôle de bastion de la France, a échappé à toutes les invasions, y compris celles « venues d'Angleterre » : or, il y a eu bel et bien une invasion « venue d'Angleterre », au VIe siècle, et *c'était nous*, les Celtes de *Grande* Bretagne, les Bretons actuels!

Dès lors, la fable peut se poursuivre en toute liberté. Du temps truqué surgissent, comme après le Déluge, des hommes repétris par l'histoire officielle et que l'auteur décrète bons ou méchants selon les besoins de sa cause. Dans tous les manuels d'État, le mariage d'Anne et de Charles VIII sera présenté comme un « mariage d'amour » : aucun ne rappellera qu'Anne fut vaincue, « raptée », qu'elle appela Maximilien d'Autriche à son secours contre la France et l'épousa par procuration pour éviter le mariage français; aucun ne citera les paroles de la « duchesse au cœur navré » : « Faut-il donc que je sois infortunée et délaissée d'amis que d'être amenée à prendre mariage d'un homme qui m'a si maltraitée, et fait tant d'indignités, et tenue pour captive [1]! » Escroquerie du même ordre, la glorification de Du Guesclin.

Rappelons, non, apprenons les faits. En 1379, donc à une époque où la Bretagne est un État souverain — son duc étant un roi de fait qui ne rend à personne l'hommage-lige [2] — Du Guesclin, ancien pilleur de routes passé au service du voisin français, envahit sa patrie sous la bannière de Charles V. Ce n'est pas la première fois que ce « petit reître besogneux et fourbe [3] », d'ailleurs excellent stratège,

---

1. Maurice Duhamel, *Histoire de Bretagne*.
2. On verra plus loin que je ne considère nullement ces événements sous l'angle « nationaliste ». Il me paraît pourtant utile de signaler que ses deux derniers siècles d'indépendance furent ceux où la Bretagne se dégagea le plus farouchement de toute influence étrangère, où elle eut plus que jamais — dans son peuple, surtout — la conscience de former une nation.
3. Robert Lafont, *Sur la France*, Gallimard.

tente l'aventure contre son pays. Sept ans plus tôt, profitant d'une guerre intérieure de succession, il a combattu dans le camp pro-français contre le duc actuel, Jean IV, qui lui a infligé à Auray la plus cruelle défaite de sa carrière [1]. Mais cette fois, l'occasion paraît meilleure : Jean IV séjourne en Angleterre, le pays se remet lentement et, semble-t-il, assez mal de ses dissensions; Charles V n'hésite plus : il attaque à l'improviste cette petite nation que des rapports d'espions lui affirment sans défense et, ressentant le besoin d'un homme dans la place, confie à Du Guesclin le soin de l'opération. « Aveuglé par l'or français [2] », Du Guesclin se rend ainsi complice d'un projet de conquête qui profite de l'état du pays et de l'absence de son prince. Par malheur pour lui, l'irruption de cette armée étrangère réveille le sentiment national. « Les Bretons, écrit un chroniqueur [3], avaient horreur de la servitude comme ils voyaient qu'elle régnait en France. Ils aimaient mieux mourir en guerre que de se mettre, eux et leur pays, en servitude avec leurs descendants. » Les divisions politiques sur lesquelles Charles avait compté s'apaisent comme par miracle, le duc Jean IV revient en hâte, débarque à Saint-Servan et, partout acclamé, prend la tête d'une armée de libération; quant à Du Guesclin, son attitude soulève la réprobation générale : « Le changement des siens à son égard le surprit et lui fut très pénible. En vain essaya-t-il d'y porter remède : dans tous les lieux où il allait, les Bretons lui tournaient le dos. Ses parents mêmes étaient chagrins de le voir ainsi en révolte, amener Picards et Genevois pour combattre son vrai seigneur; ses propres soldats le quittaient pour passer dans l'armée

---

1. « De là vient qu'on n'en parle jamais dans les manuels. » (Jean Markale, *Les Celtes*, Payot.)
2. H. de La Villemarqué.
3. *Chronique du Bon Roi Jean.*

bretonne; tout connétable qu'il fût, aucun ne lui restait fidèle[1]. » Plus précise encore, une complainte d'époque :

Bonne nouvelle pour les Bretons ! Et malédiction rouge sur les Français !...
Là où les Français tomberont, ils seront couchés jusqu'au jour du Jugement !
Jusqu'au jour où ils seront jugés et châtiés avec le Traître qui commande l'attaque ![2]

Or, le petit Breton qui ignore ses rois, ses ducs, qui n'a jamais entendu parler de Nominoë ou de Jeanne la Flamme — seule exception, la duchesse Anne, mais parce que vaincue, contrainte d'épouser le roi de France, bref intégrée à la Famille — le petit Breton, donc, est enseigné à admirer ce *traître*, que dis-je : à n'admirer que lui, à le considérer comme *son* héros national. On ne prend même pas la peine de justifier cet épisode de son histoire : on l'escamote et on le remplace par un impératif totalitaire : Du Guesclin, tout est dit, « incarne les vertus bretonnes ».

L'histoire de France ressemble à la télévision sous de Gaulle. Mi-censure, mi-propagande, elle impose un ensemble d'affirmations catégoriques se répondant l'une l'autre : c'est *presque* vrai, on peut *presque* y croire ; pour en savoir davantage, c'est-à-dire tout le contraire, reportez-vous à votre manuel d'opposition. Avant la Cinquième, tout était chaos : elle vint et la lumière fut. Pareillement, l'espace géographique appelé *France* ne constituait avant la conquête qu'un lieu de ténèbres peuplé de lémures à peu près comparable à l'Afrique précoloniale : Dieu merci, le colon est venu et a sauvé ces âmes en peine. Un à un, comme les plots du juke-box touchés par la bille, des morceaux de territoire s'éclairent, Occitanie, Bretagne, Alsace;

---

1. *Chronique du Bon Roi Jean.*
2. *An Alac'h* (Le Cygne).

chacun d'eux aussitôt accède à la civilisation, devient digne de chronique; on ne lui demande en retour que d'oublier son passé — puisque, aussi bien, *il n'a pas de passé*. « Où est dans l'histoire de France l'histoire des peuples vaincus? » (Proudhon.) Qui témoigne des expéditions coloniales de l'intérieur — de ce qui est *aujourd'hui* l'intérieur? Qui fait écho au cri des spoliés, des égorgés, des brûlés vifs? Et surtout, qui mentionne les lois, les coutumes, les arts, qui rappelle les jours libres, prospères, quand la Bretagne était « source de poésie » pour l'Occident, quand le comte de Toulouse correspondait en vers avec les princes d'Europe « à une époque où le roi de France savait à peine signer son nom [1] » ? Sait-on que la Bretagne fut le premier pays d'Europe à abolir le servage — règne d'Alan Roebreiz — et à permettre aux paysans (1070) l'accès à la propriété rurale [2]? Sait-on qu'elle possédait une des premières flottes commerciales du monde, que ses caravelles avaient les premières sillonné les mers du Nord et que, lorsque François Ier l'annexa, un dicton courut : *Bretaigne est Pérou pour la France?* Une telle mémoire ne se pouvait garder : elle eût mis en péril, non la France, ainsi que je le démontrerai, mais le pouvoir qui s'est substitué à elle. On se hâta donc de la détruire : lobotomisés par l'Histoire officielle, des millions de petits Bretons, Basques, Occitans, Catalans — et pour un temps Africains, Algériens, Indochinois — ont été transformés en autant d'enfants adoptés prenant en bloc Clovis pour leur aïeul et Jeanne d'Arc pour leur grande sœur.

Nos ancêtres les Gaulois... Il y a seize ans, à Lambaréné, j'ai vu de mes yeux cette phrase célèbre orner la première

---

1. H. Gougaud, *Poèmes politiques des troubadours*, Balibaste éd.

2. « Il est infiniment probable que la société bretonne du XIIe siècle était en avance de plusieurs siècles sur les sociétés féodales françaises et même anglaises. Dans ces conditions, les Bretons n'avaient aucun intérêt, en dehors de leur « nationalisme », à s'intégrer dans les systèmes de leurs puissants voisins. » (Jean Markale, *op. cit.*).

page d'un manuel des Missions. Bien entendu, personne, pas même les enfants, n'était dupe : on a beau croire au « livre du Père », il est difficile d'admettre qu'un piroguier de l'Ogwé descend en droite ligne de grands guerriers blonds moustachus. Alors, pourquoi ? « Bah, me répondit-on. C'est une clause de style, ça ne veut rien dire. » Il fallait pourtant croire que ça voulait dire, puisque *ça disait* : même une clause de style — non : *surtout* une clause de style — a sa raison d'être. Celle-ci avait la sienne, d'ordre théologique. Elle projetait le petit Gabonais dans un autre monde, celui du Blanc, le seul valable, le seul historique. Son absurdité fondait un credo : en établissant une filiation mystique entre cet enfant noir et son impossible Ancêtre, elle sacralisait par une formule hors de la raison ce qu'on lui enseignerait ensuite avec des arguments apparemment raisonnables, à savoir que son pays n'avait jamais existé, qu'il n'avait connu aucune forme de société et à fortiori de civilisation avant la venue providentielle du Blanc, du Gaulois Père et Fondateur. *Nos ancêtres les Gaulois* équivalait à un baptême : le sacrement qui « blanchit », prélude à la religion d'empire; et ce, dans un dessein évident, l'anéantissement du passé africain, le démantèlement des structures africaines. Procédé trop connu pour que j'y insiste sinon pour rappeler qu'il s'est exercé ici même. Car l'Histoire dite de France n'a jamais oublié l'une de ses fonctions, l'abolition des structures des nations annexées, ni les moyens d'y parvenir, à commencer par le mensonge de l'origine commune. Ni le but de l'opération : cette formidable clause de style qui fait de tout habitant de l'hexagone un être sans passé, « Français depuis toujours ». Le vocabulaire même renvoie à la colonie. La Bretagne n'était-elle pas hier encore un « pays de sauvages » ? Et dès qu'un Breton réclame pour son pays la plus timide reconnaissance culturelle, ne lui fait-on pas une réponse de Blanc, ne lui réplique-t-on pas que ce serait un *retour au tribalisme*, expression spécifiquement colonialiste assimilant à des peuplades barbares un pays qui fut structuré, civilisé — un pays, pour tout dire, historique?

Moi aussi, j'ai été « baptisé ». Mes ancêtres n'étaient pas *vos* Gaulois; mais on m'a fait naître de Vercingétorix, pleurer sur Alésia; et à partir de là, de parentés fictives en parentés fictives, de Mérovingiens en Carolingiens et de Capétiens en Valois, ne comprenant goutte à cette famille compliquée qui me tombait de tous les azimuts, j'ai patiemment ânonné une généalogie qui n'était pas la mienne. Extravagante imposture! Il faut qu'un Breton quitte l'école pour apprendre l'histoire de son pays. Il connaît celle de l'Europe, du monde, il a une notion de ce qui s'est passé partout, sauf sur ce coin de terre où il est né : pour s'en informer, il devra étudier en marge, à ses frais, comme s'il s'intéressait par goût personnel aux Indiens ou aux Hittites. Dès 1582, la Bretagne annexée depuis cinquante ans à peine, Henri II interdit l'*Histoire de Bretagne* de d'Argentré : quatre siècles plus tard, le petit Breton subit encore ce décret. S'il vit à Nantes, le château des ducs de Bretagne ne peut lui être caché; mais c'est apparemment un château de légende car il n'a jailli du néant, tout construit, ceinturé de tours et de remparts, qu'au moment où il passait à la France — au moment où il devenait *vide*. Quand notre professeur nous y emmène en visite groupée, il nous montre le puits de la cour (en se penchant, on voit sa poulie ouvragée refléter dans l'eau une couronne fermée, signe de souveraineté, mais la couronne de *qui*?). Pas un mot sur la dynastie qui a vécu ici, son origine, ses alliances, les traités qu'elle a signés, les sièges qu'elle a soutenus; pas une seule référence, sauf au passé d'*après :* « En 1598, mes enfants, ce château a fait l'admiration d'Henri IV. En août 1654, le cardinal de Retz y a réussi une évasion célèbre. » Étonnante campagne des *Chefs d'œuvre en péril !* On « sauve » ici et là un manoir ou une abbaye, mais à quel titre? Purement décoratif, sans doute, puisque le propre de ce monument historique est de n'avoir pas d'histoire, puisque les gens du pays eux-mêmes ignorent ce que furent ces pierres et qui les a élevées. Il faut être Français pour aimer à ce point l'art pour l'art.

La vérité était pourtant *plus* simple : il suffisait de me raconter *mon* histoire. J'étais chez moi, je comprenais tout. Plus de mélodrame étranger, de Frédégondes et de Brunehauts, au diable la caleçonnade de Dagobert : je fréquentais mon peuple, je pénétrais son âme; je me passionnais car les pierres, les inscriptions, les souvenirs de toutes sortes reprenaient vie et me faisaient la leçon; cela durait dix longs siècles pleins d'heurs, de malheurs, d'aventures et de merveilles; à un moment enfin, je devenais Français, et vive la France. Mais non, on m'a bêtement menti. On m'a traité comme un enfant de l'Assistance : enlevé par une nuit sans lune de l'histoire, emporté dans le manteau de Charlemagne, confié à Mme Blanche de Castille, élevé avec des tas de Louis numérotés; et lorsque, malgré tout, j'ai su que ma nation avait existé et me suis efforcé de la connaître, on me l'a dépeinte en rechignant comme la mère adoptive, pressée de questions par son pupille, finit par lui avouer sa vraie mère : une mégère arriérée et patoisante dont je devais m'estimer heureux d'avoir été séparé. *Séparé*, rien de plus juste : le premier *séparatiste* est l'État, qui nous arrache à nos racines.

« Bah, quelle importance aujourd'hui? » Aucune pour l'anecdote : je ne suis pas un amoureux posthume de la duchesse Anne comme les doux compilateurs d'*Historia* le sont de Marie-Antoinette. Satisfait de cœur et d'esprit, j'oublierais volontiers les siècles bretons, pêle-mêle Nominoë, Erispoë, Salomon, Alain le Grand, la bataille de Ballon qui fut notre Bouvines et celle de Saint-Aubin-du-Cormier qui fut notre Azincourt; ces rois qui n'ont jamais été mes rois, Saint-Louis, Philippe le Bel, Louis XI, cette Jeanne d'Arc qui n'a jamais été ma bergère, je les adopterais sans inventaire comme ils m'ont adopté en 1532. Malheureusement, je ne le puis : toute histoire est contemporaine Ce que j'en sais

— ou ce que j'en ignore — me conditionne au plus actuel.

Nous conditionne : car voici que nous nous rejoignons, Français au passé truqué. La Maison Capet a suivi le destin des grandes entreprises conquérantes qui, « parties de rien », s'étendent à tout le quartier. Breton, j'en suis (acte officiel : Édit du Plessis-Macé, septembre 1532); et vous aussi, Picards, Basques, Occitans, beaux cousins comme moi un à un rassemblés. Décret du Ciel? Allons donc! La conquête des minorités françaises s'est accomplie pour une raison archi-terrestre, la naissance de l'État moderne, l'irruption dans le monde ethnique du Moyen Age d'une nouvelle dimension du pouvoir : événement où n'entre ni le doigt de Dieu ni je ne sais quelle fatalité laïque, mais simplement l'invention de l'artillerie. Ce ne sont pas les anges qui font les États, mais le canon. Celui du xve siècle coagule l'Europe : ces petites nations personnalisées mais nullement retranchées, chacune avec sa culture et sa mémoire, en communion dans un monde fluide, il les brasse au hasard des traités et des guerres, paralysant les mouvances naturelles, fabriquant des frontières rigides mais abstraites, claquemurant ici des allogènes et là, rejetant par force des peuples de même famille. Révolution signée de crimes : purs nazis, les saints rois de Castille qui détruisent les civilisations arabes et hébraïques, merveilles de l'Espagne, brûlent seize mille Juifs et chassent les autres ou les forcent à se convertir; conquérants dénués de tout scrupule, les roitelets d'Ile-de-France qui agrandissent leur pré-carré par la ruse et le dol — ainsi, le contrat de la duchesse Anne qu'il leur suffit de quarante ans pour abolir, au prix de parjures et de corruptions. Mais pire encore, le dogme de ces conquêtes : l'absurde doctrine des « frontières naturelles » qui réduit la géopolitique à des données platement terrestres, récuse les grands moyens d'échange et de civilisation, les fleuves, les mers, et sous prétexte d'unité coupe les peuples de leurs familles spirituelles et les enferme dans des dimensions fausses. Avec le temps, ce dogme deviendra un tabou scolaire. On le rabâchera comme vérité intangible alors que d'autres conquérants — Napoléon, les colonialistes d'outre-mer — n'auront cessé de le bafouer. Et il faudra le mouvement actuel de l'Europe pour que le moindre touriste reconnaisse cette évidence : *il n'y a pas de frontières naturelles*. La Bretagne ressemble plus au pays de Galles qu'à l'Anjou et de chaque côté des Pyrénées, on trouve des Basques et des Catalans d'États différents mais de même race.

L'homme appartenait à un groupe précis tout en se reconnaissant citoyen de l'Europe que ses clercs et marchands sillonnaient : le voici naturalisé d'un État calfeutré. Il vivait sous des lois qui ne lui évitaient ni les querelles dynastiques ni les guerres, mais l'entouraient du moins d'une justice familière : le voici sujet d'un monarque lointain. Cette révolution condamne les Celtes. S'ils connaissaient, en grande et petite Bretagne, ce qu'on peut appeler aujourd'hui, *mutatis mutandis*, une forme de démocratie, ils le devaient à un trait du tempérament national : la notion d'efficacité au plus près, le gouvernement des *responsables*, c'est-à-dire d'hommes désignés, vivant parmi eux, garants de leurs droits auprès des pouvoirs. *Bezet penn ra vo pont*, dit un proverbe breton : celui qui dirige est un « pont », il ne doit pas seulement commander mais transmettre, coordonner, posséder la vision générale, du détail à l'ensemble. Ataviquement attachés à cette pyramide de responsables, les Bretons vont recevoir des *chefs* — la France est le pays des chefs. Enfermés dans un État trop vaste pour un gouvernement libéral, trop petit pour l'expression continentale, ils obéiront à des ordres qu'on leur donnera sans commentaire ni discussion. La domination du Prince les étonnera moins par sa puissance que par son étrangeté : ils ne comprendront ni son éloignement subit, ni sa « raison d'État » : le pouvoir machiavélique tombera sur eux comme une chape glacée — l'*ifern yen*, comme ils l'appelleront, l'enfer froid. Des deux côtés de la *Mer de Bretagne*, les Celtes vont entrer en enfer : l'enfer est privation d'histoire.

N'importe, c'est là un fait et, je l'ai dit, je respecte les décisions du Temps : j'admire la terrible opiniâtreté des rois de France à se constituer leur domaine ; j'accepte sans réserves la qualité de Français qu'on m'a donnée à ma naissance. En revanche, je ne puis admettre la censure de mon histoire qui me diminue, non seulement en tant que Breton et Français, mais en tant qu'homme. Car qui censure hier dénature demain : taire à quelqu'un ce qu'il fut, c'est lui taire ce qu'il est. Le lui taire ? C'est peu dire : on continue de lui mentir.

Ce qui est le comble. Car enfin, *à présent que je suis Français*, le moins qu'on me doive est la vérité. Vous déchirez mes papiers et me donnez à la place un passeport tout neuf de Français civilisé, adulte : fort bien, mais alors, traitez-moi en grande personne : ne me cachez plus rien à partir d'aujourd'hui. Or, ce fut le contraire qui advint. Après avoir effacé le passé des peuples soumis, le vainqueur truqua leur présent : l'histoire officielle, fonctionnant cette fois sur ses propres sujets — donc mentant désormais par action — multiplia les censures à leur égard, prouvant ainsi qu'on les tenait en suspicion comme on y tient précisément les colonisés, non seulement pour ce qu'ils ont été, mais pour ce qu'ils continuent d'être. La Bretagne-nation vous est inconnue ? Mais guère moins, la Bretagne-province. Rôle de Mercœur dans la Ligue, révolte des Bonnets Rouges et Code paysan de Le Balp, complot des Frères Bretons et supplice de Pontcallec, chouannerie « indépendantiste » de La Rouërie, plus près de nous affaire du camp de Conlie ou combats incessants pour la langue et la culture, autant de faits que l'historien non-officiel est contraint d'arracher au silence ou de rétablir dans leur vérité. Ne vous y trompez pas : ce n'est plus seulement moi qu'on censure, mais vous. L'histoire a d'abord censuré le passé des provinces ; par là, elle a nié les composantes de l'individu dénommé

Français; elle franchit le dernier pas et nie cet individu lui-même. Purement « événementielle », elle n'est plus qu'une chronique du pouvoir.

Que m'importe que Du Guesclin ait trahi en 1379! Et que me font ces querelles de rois et de princes! On a compris que je ne refuserai pas l'impôt à M. Pompidou sous prétexte qu'on a violé le contrat de la duchesse Anne. L'essentiel me paraît le sursaut du peuple breton, le sentiment qu'il eut d'une liberté à défendre, ses motifs : les lois bretonnes, plus démocratiques que celles de la France. Me cacher ce moment de mon peuple, c'est me tromper et vous tromper : car au-delà de l'événement qui ne nous concerne plus et que notre volonté de vivre ensemble a périmé depuis longtemps, ce sentiment doit continuer à nous instruire, à éveiller nos réflexions — c'est cela, l'histoire, ou elle n'a pas de sens. Mais, bon! voilà que Du Guesclin incarne par décret *ce* moment et *ce* peuple, et du coup, la clause de style vide la mémoire, installe du mythe sous les crânes. L'historien, lui, trahit en 1970. Chargé de nous éduquer, il ment. Que lui répondre? *Rien.* Il est, figurez-vous, honnête : l'honnête M. Lavisse, l'honnête M. Malet. L'histoire qui constitue le plus humble d'entre nous et dont la connaissance distingue le citoyen du sujet, cet homme de bien la dénature avec une effarante candeur. Si je le tire par sa redingote : « La vérité? me dira-t-il. Mais, mon enfant, je vous l'enseigne. Du Guesclin ne fut-il pas un grand serviteur de la France? Et n'avez-vous pas lieu d'être fier de lui, puisqu'il est votre compatriote? » C'est un dialogue de sourds : je parle histoire et lui, État. Moi, des hommes, et lui, un système.

Et pourtant, qui donne au contenant sa raison d'être, sinon le contenu, c'est-à-dire nous? On ne fabrique pas une amphore pour rien, mais parce que l'huile ou le vin la nécessitent : videz-la, installez-la dans une vitrine de musée, vous aurez un bel objet pour les esthètes, mais ce ne sera plus en effet qu'un objet, du décoratif. Ainsi, l'histoire officielle, vidée de son contenu, le peuple; et ce contenu, rejeté, répandu on sait où, évaporé. Car il y a en vérité deux histoires : celle de l'État, à qui le mot événementielle s'applique communément, et l'histoire du peuple, de ses mœurs, de ses aspirations, de ses mutations secrètes, qu'on pourrait appeler l'histoire culturelle. Mais la première écrase la seconde, la réduit à une vie souterraine, parle en son nom et à sa place. Le pire n'est pas ses erreurs, volontaires ou involontaires — si la *vérité historique* surgissait à nos yeux, quelle Gorgone! — mais ce formidable quiproquo : nous croyons qu'elle parle de nous, elle s'entretient avec elle-même. A des hauteurs inaccessibles, les yeux fixes comme une maniaque, elle dévide sans fin son oracle à l'envers; nos cris qui montent vers elle, elle s'en saisit, les désintègre, en fait un écho à son rêve. — Raconte-nous notre histoire, mère-grand. — Très bien, dit-elle, et elle *se* raconte. Alors commence un long récit dont nous sommes absents : la chronique d'un pouvoir qui peu à peu s'abstrait de la terre et des hommes, fonctionne selon ses propres lois et nous renvoie sa seule image. Nous étions acteurs, nous ne sommes plus qu'objets. L'histoire s'est retirée de nous.

Théologie? Même plus. Mythologie. Chronique de l'Olympe. Les échotiers de la « petite histoire » ont parfaitement compris le principe de la grande : sous le titre *Comment mangeaient nos pères,* ils nous donnent le menu de Louis XIV. Superbes, emplumés, pleins-feux, le roi, l'empereur, le dictateur se mettent à table : en retrait du banquet, dans l'ombre, nous contemplons, absents de nous-mêmes, le Grand, notre maître. Nous regardons manger l'État.

II

L'État, c'est moi. Ce qui frappe dans cette formule, c'est son honnêteté. Louis XIV ne dit pas : la France, c'est moi, comme certains de ses successeurs. Il instaure un pouvoir séparé qui se suffit et dont l'histoire rend seul compte ; et pour bien marquer la séparation, ce pouvoir n'habite même plus la France, mais un lieu de nulle part, Versailles.

Trois cents ans plus tard, les historiens continueront d'appeler « la plus grande page de l'Histoire de France » ce siècle où la France — le pays, les hommes — ne joue aucun rôle, n'entre jamais dans l'action et ne se révèle que par ce qu'elle subit, dragonnades, invasions, misères paysannes, famines de la fin du règne. Ce solitaire soleil et sous lui, cette terre éclipsée... Le spectacle, certes, fascine : un jeune roi, héritier d'un domaine âprement rassemblé, contraint pour imposer son autorité de s'ériger en Personnage. Mais ce n'est en effet qu'un spectacle, les Grandes Heures Royales à l'affiche : douze heures de jour, douze heures de nuit, césure au milieu : alexandrins au rythme implacable, fermant le sens entre les deux rimes ; d'un Lever à l'autre, pas un pied de plus, pas une entorse à l'étiquette ; cohérence lyrique d'où naît une suite de moments parfaits — le grand règne lui-même, moment parfait de l'histoire. On admire l'Acteur ; et pourtant, on serait en droit de lui demander : quoi, *déjà* ? Car enfin, lorsque le roi prend cette décision, Richelieu n'est mort que depuis dix-neuf ans. Faut-il donc que l'État moderne, à peine codifié, se transmue en dramaturgie ? Que son maître pathétise sa fonction, se distribue l'emploi de Roi, fards et perruques, promulgue des rites scéniques et voue la France au rôle de public, contraignant sa noblesse à servir sur le plateau ? Oui, répondent les historiens, et ils rappellent la Fronde, la nécessité de *distraire* les féodaux : bonnes raisons, *raisons d'État*, mais le fait est : entre l'État et la France, aucun lien normal ne parvient à s'établir, aucun pacte familier entre l'Un et son peuple. Mais aussitôt, la distanciation, la fuite vers le haut. Le théâtre.

On peut sourire de la poule au pot d'Henri IV : qu'un roi se soucie de ce que mange son peuple, voilà tout de même le premier contrat[1]. Avec Louis XIV, au contraire, le pouvoir se désintéresse de la France physique. « Aimer la France » ne signifie plus lui porter une tendresse charnelle, l'aimer pour elle d'abord, ses habitants, ses paysages, ses travaux, mais aimer « une certaine idée qu'on se fait d'elle » — et, en effet, rien d'autre qu'une *idée*. A cette Idée, le chef soumet les hommes, lui le premier, et jusqu'aux paysages qu'il rassemble en un seul jardin platonicien, son jardin. La grandeur ? Certes, il tire vers elle — l'Idée ne saurait être que *grande* — mais une grandeur enclose : elle respire en serre, se réjouit d'ordonnances rigoureuses, de parterres inviolables, de massifs taillés chez le coiffeur entre lesquels un ciel de verre filtre sur des statues; on y cultive des fruits en espaliers, on y donne des fêtes pareilles à des pièces montées, on s'y promène dans des rocailles, des îles factices, des royaumes d'Élide où toute une machinerie d'Opéra ou de Marly fabrique les eaux et les soleils; les horizons sont infinis mais en trompe-l'œil; rien que de normal puisque Versailles *représente* la France, ou plutôt l'Idée-France : haute terrasse du sublime, il ne peut être qu'un décor.

Est-ce aimer la France ? S'aimer soi-même ? Ou, plus simplement, aimer un ordre théâtral à l'intérieur duquel triomphe la plus évidente mais aussi la plus facile des grandeurs, la grandeur mise en scène ? Chez les mauvais auteurs, le thème du jardin à la française se doublera d'un autre cliché d'amour courtois, la « France grande dame ». Qu'il devient froid, l'amour de la France ! Mais l'histoire nous enseigne que l'idée l'emporte sur les réalités. La France qui se projettera si souvent hors de ses frontières n'exaltera jamais son propre sol, tôt stérilisé, livré au désert provincial : elle conquerra d'immenses territoires mais sans conquérir le sien par une

---

[1]. Il ne me paraît pas superflu de noter que « le seul roi dont le peuple ait gardé la mémoire » fut aussi le seul provincialement typé, Henri de Navarre, le Béarnais.

longue entreprise pacifique et productive. Paradoxalement, la France ne s'aimera jamais assez, elle qui si pointilleusement exige de l'étranger qu'il l'aime : à l'image de son maître-acteur, elle travaillera pour le public.

La perfection théâtrale se nourrit de son propre rituel. Le tumulte peut battre autour du théâtre, la représentation poursuit son cours : ses seuls accidents sont la chute d'un décor, le ratage d'une entrée, le trou de mémoire d'un comédien, tous événements capitaux que le régisseur note pieusement sur son journal de bord tandis que *dehors* hurle la peste ou la guerre. Le grand règne réduit l'histoire à un registre de La Grange. A l'avant-scène, la vedette, ses monologues et mots d'auteur; mais la simple appartenance à la troupe suffit à élever à une élite de hasard les moindres comparses, rondeurs, coquettes, troisième-couteaux. Leur mérite, se trouver là, en-deçà de la rampe, dans l'éclairage et le temps parfait du théâtre : du Tout-Versailles au Tout-Paris, la France ne sera plus gouvernée, politique, mode, mœurs, que par un gratin qui l'ignore, une grande famille futile et toute-puissante. Quant à la province — notez l'habileté restrictive du mot, qui rapetisse et retranche, alors qu'il s'agit de quoi? de la France entière, sauf un minuscule îlot central — on la confie à la race nouvelle des Intendants qui comme leur maître ne pensent plus *France* mais *État*. Le pays s'identifie à la Machine : il va si la Machine va, au besoin contre lui. Et l'étendue du territoire provoque déjà le choix mortel qui durera jusqu'à nous, l'inévitable injustice économique, la paupérisation de certaines régions, et naturellement des régions excentriques, au nom de l'intérêt supérieur. Les limites raisonnables de l'ancienne nation lui permettaient d'être gouvernée d'un seul et juste tenant; la fausse dimension de l'État privilégie les uns, ignore les autres : demeure trop vaste dont on abandonne les pièces éloignées pour ne meubler que l'étage « noble ». Lorsque, pour la construction de ses navires, Colbert déboise les monts d'Arrée, faisant de ces cantons de la Bretagne un désert, lorsqu'il ruine les métiers de toile bretons au profit de ceux du Nord parce que ces derniers lui paraissent plus rentables dans le plan d'ensemble et plus importants dans la conjoncture politique, il inaugure un système qui aboutit aux transplantations bretonnes d'aujourd'hui : c'est déjà la « vocation régionale », entendez l'octroi forcé de leur destin aux régions — la colonie.

Sous Louis XIV, la Bretagne devient une « possession », ni plus ni moins que les Indes. Ministres et gouverneurs ont de leur fonction une notion simple comme le fouet : faire suer le burnous, obtenir le bon compte d'hommes et d'argent qui se traduira en *états* satisfaisants sur les bureaux du pouvoir central. Les dépenses de prestige ont épuisé le Trésor : donc, au mépris des clauses de l'Union, on exige un impôt dont la Bretagne s'est rachetée la veille par un énorme versement forfaitaire : on taxe, sans le consentement des États affolés, le tabac et le papier-timbré, provoquant une révolte qu'on réprime par un génocide; la troupe reçoit un ordre, à chaque arbre son pendu; elle brûle, rase, pille, abat les clochers, détruit « en représailles » tout un quartier de Rennes, efface de la carte tout village où on lui signale des gens aidant les rebelles; tortures, déportations, galères, impunité du soudard couvert par ses chefs, eux-mêmes couverts par le « pacificateur », le duc de Chaulnes, la province est enfin matée; on lève alors un nouveau *don* de trois millions et les massacres recommencent. De tout cela, que dit le roi? Rien : le colon n'a pas d'yeux ni d'oreilles.

Le Soleil a aspiré la France. Mais cet immense *appel*, l'intérêt, l'ambition, la mode, la fascination même qu'exerce le monarque, toutes les raisons des historiens ne suffisent pas à l'expliquer. Seule, la privation d'histoire en donne la mesure exacte. C'est un vertige : en éclair, nobles et notables sentent le sol se dérober sous leurs pieds. Ces hommes vivaient au temps de leurs pères, protégés de franchises, régnant sur leur pouce de territoire, à portée du plus humble : brusquement, les voici bougnoules. Déjà Henri II avait censuré leur histoire, truffé leurs cours de justice de non-originaires — 50 % d'Angevins et de Poitevins dans celle de Bretagne [1] — Richelieu démantelé leurs murs; aujourd'hui, n'importe quel délégué de Versailles leur impose sa loi. Sans recours : les références sont lettre morte. Hier, à la première contestation, on sortait le Livre : il remontait au contrat de 1532, il disait tout, les droits, les règles, tant à fournir, tant à payer; des discussions, des chicanes, bien sûr, mais au bas la signature. A présent, le bon plaisir. « Mais la parole, la parole donnée ? » s'effarent ces anciens responsables de leur peuple. Le moindre fonctionnaire d'autorité leur dispute leurs droits séculaires, tient pour nuls leurs vœux, leurs remontrances, leurs votes à l'assemblée, pend leurs paysans, incendie leurs fermes; sous leurs yeux, Rennes brûle dans une clameur hallucinée, vingt-cinq mille dragons terrorisent le Poher, défenestrent les habitants de Carhaix, embrochent les enfants et les jettent aux flammes; dans les campagnes bigoudènes, des folles courent les chemins, leurs nourrissons morts dans les bras, criant : Hérode! Hérode! Chose impensable pour des Bretons, l'innocent n'est pas distingué du coupable, on ne sait pas pourquoi on meurt. « Mais je n'ai rien fait! Mais c'est injuste! » — Certains criaient « Vive le roi, A bas le Timbre », les malheureux! Ils en étaient encore au chef de clan, au roi de justice! — D'autres, en bons Celtes, se présentaient, s'avouaient fautifs, demandaient qu'on les pende et qu'on répare ensuite les torts causés à leur pays : les soldats riaient et violaient sous leurs yeux leurs femmes et leurs filles. Les anciens responsables découvrent soudain la honte. Il leur faut détourner le regard de « ces pauvres Bretons qui ne savent plus que demander

---

[1]. Le mixage commence. C'est déjà l'*Ouest*, vocable sournois qui éteint la spécificité bretonne.

grâce[1] » et dont, hier encore, ils répondaient devant Dieu et leur honneur. Que faire, à quel saint se vouer? Parbleu, leur dit-on, le roi! Le roi n'est-il pas à Versailles?

Il arrive à la Bretagne une mésaventure étonnante : elle est exotisée sur son propre sol. L'indigène de Quimper-Corentin passe en proverbe, et sa route défoncée qui amuse tant La Fontaine : c'est le bicot du Tout-Versailles. Il faut partir ou crever, au choix : d'ennui, de pauvreté, de ridicule. Qui reste sur ses terres n'est plus qu'un figurant. Bafoué. Oisif par force. Ruiné (la petite noblesse, membre de droit des États, n'aura bientôt plus l'argent de s'y rendre, sinon en équipage qui fera rire). De temps en temps, quelque personnage de cour visitant le « pays des sots » tombe sur un de ces gothiques et le prend pour un valet. Mme de Sévigné : « Je vis avant dîner chez M. de Chaulnes un homme au bout de la salle que je crus être le maître d'hôtel. J'allai à lui et lui dis : Mon bon monsieur, faites-nous dîner, je meurs de faim. Cet homme me regarda et me dit : Madame, je voudrais être assez heureux pour vous donner à dîner chez moi. Je me nomme Pécaudière, ma maison n'est qu'à deux lieues de Landerneau. — Mon enfant, c'était un gentilhomme de basse-Bretagne... »

Tout plutôt que cette dérision : on se cache, on s'évade, on fuit son pays et son peuple. La dame de Kergournadec'h avait un fils bien-aimé qu'elle se hâta d'envoyer à Versailles. Au bout de quelques mois, le jeune homme s'y déplaît, annonce son intention de revenir en Bretagne. La dame ordonne, implore; en vain. Elle prend alors la décision qui s'impose : elle met le feu à son château.

Mais voici le sceau du pouvoir, la marque suprême de la colonie : en plein XVIIe siècle, la Bretagne subit l'évangélisation. Cette nation millénaire, fondée par les

---

1. Sévigné.

moines constructeurs et fière de ses illustres saints, Ronan, Hervé, Yves, cette fille de l'Église dont les papes garantissaient l'indépendance et qui n'a même pas parpailloté se retrouve terre de mission, catéchisée comme une Guinée.

Prétexte? Les « païens » de Cornouailles, quelques milliers de paysans des Monts à « convertir », entendez à ramener à la ponctualité du culte. La tâche n'excédait pas quelques tournées de prédications; un prêtre raisonnable et bon, Michel Le Nobletz, s'y était déjà consacré; mais un jésuite, le père Maunoir, y vit une terre à arracher au diable. Cet homme avait la vocation des sauvages, il venait de demander le Canada. A défaut des Iroquois, on lui donne les Bretons. Il accourt, il débarque chez ces démons de l'Ouest; il a appris leur langue, affirme-t-il, en trois jours; il leur apporte la croix et, d'emblée, fonctionne par la terreur. D'un bout à l'autre de l'Arcoat, il sème sa parole d'Apocalypse, plante ses tableaux peints, les *taolennou*, où l'on voit en couleurs hurlantes les damnés aux prises avec les pinces, les clous, les crocs, les pals. Écoutons ce cantique d'amour : « Satan nourrit les damnés de l'enfer : pour manger, ils ont leurs excréments, pour boire, ils ont leurs larmes, leur urine, le sang des crapauds. Leur moelle bout dans leurs os, car ils ont abusé des plaisirs de ce monde. Chacun reproche à l'autre sa damnation. Le fils s'élance sur le père, la fille sur la mère, et ils les battent, les mordent, les griffent, les traînent par les cheveux au milieu des flammes. Satan les plonge dans le feu, puis dans un lac de glace, puis de nouveau dans le feu. Oh, comme ils grillent bien, voyez-les se tordre sur les braises ! La clef de l'enfer est perdue, personne n'en ouvrira la porte. Ce feu, même s'il le voulait, Dieu ne pourrait l'éteindre... » Ce sadisme obtient le résultat escompté, la Bretagne s'agenouille dans l'épouvante — dans l'épouvante devant le Monarque. Car, on l'a compris, la véritable mission du père Maunoir n'est pas le retour à Dieu des

Bretons, déjà croyants[1], mais la gallicanisation de leur foi. Elle est morte, l'Église de Bretagne qui perpétuait en maint endroit la communauté chrétienne des premiers âges et dont les centres spirituels, Landevennec, Saint-Gildas, Boquen, équilibraient si harmonieusement le profane et le sacré. Désormais, l'évêque est prince, le clerc, propagandiste. « Quand on sert bien son Dieu, on sert bien son roi » (Louis XIV). Suivant les traces du Jésuite, capucins, eudistes, monfortains prêchent la soumission au *vice-Dieu*, au *Dieu sur terre*, à peine du même feu que les athées; Maunoir célèbre les décrets de Versailles et justifie le supplice des Bonnets Rouges jusqu'à exaspérer ses ouailles : on tire sur lui à Plozevet. Mystiques et visionnaires sont sournoisement utilisés : les premiers, Marie-Amice Picard, Catherine Danielou, Pierre de Keriolet, opposent leur angélisme à tout esprit de rébellion, les seconds, illuminés de villages promenés par les missionnaires, attestent l'amen divin à l'ordre qui s'établit. On appelle « l'ange de la Bretagne » une béate, la Bonne Armelle, de son état servante et sanctifiée pour ses vertus d'obéissance. Soixante ans plus tôt, dans son champ de *Kerana* — du nom de la déesse celte Ana — le paysan Nicolazic avait trouvé une statue que les capucins d'Auray retaillèrent, repeignirent et reconnurent pour la mère de la Vierge : la reconversion s'opère autour de ce « miracle ». Sainte Anne à qui pas une paroisse n'était dédiée un siècle plus tôt commence sa fulgurante carrière de patronne des Bretons et sa basilique, haut lieu de cérémonies « patriotiques » autant que religieuses, deviendra le monument de la fidélité bretonne au pouvoir central.

Opération, donc, politique. Et décisive, car elle s'attaque

---

1. Dans son *Histoire de la Bretagne* (N.E.L.), le P. Joseph Chardonneret, pourtant admirateur de Maunoir, s'étonne : le « pays païen » était curieusement un de ceux qui possédaient les plus beaux sanctuaires, Rostrenen, le Huelgoat, Notre-Dame du Crann...

à l'esprit. Jusqu'alors, rien ne prédisposait la Bretagne — la terre d'Abélard, du juste Helouri, la terre, demain, de Lamennais — rien ne la condamnait à cette forme de religion vulgaire et basse. On dit les Bretons mystiques et il est vrai que beaucoup, croyants ou non, ont le sentiment d'un salut personnel à accomplir : le contraire, justement, de cet accroupissement dans la peur. Cette superstition *importée* fut une horrible nouveauté dans un pays encore tout imprégné de spiritualité celtique. Elle corroda les deux constantes de l'âme bretonne, l'amour de la nature, la notion que le mal n'est pas crime mais faiblesse. Les Bretons aimaient le royaume terrestre et ne le dissociaient pas de l'autre; ils contemplaient ici-bas le reflet du ciel, ils en déchiffraient les signes dans les bois, les eaux, les pierres; le réel était pour eux la figure familière de la vérité. Cette religiosité du quotidien préservait au fond des consciences l'antique doctrine du Voyage des Ames, la croyance préchristique mais qui avait fait avec l'Évangile un pacte naturel d'amour, selon quoi l'homme, impulsé par un en-avant que nul n'a le droit d'interrompre, n'est qu'un moment de lui-même au bord d'un autre moment : ainsi, toute créature tendant au bien à travers ses multiples avatars, le criminel ne devait pas être puni mais fraternellement instruit, dirigé, aidé à passer au Cercle supérieur, à accéder à la Sagesse[1]. Philosophie dont l'État breton s'était inspiré : *Qui punit le crime par un crime ajoute au crime*, cet attendu des lois bretonnes de 1321 répudiait en plein Moyen Age le talion franc, « œil pour œil », qui se perpétue jusqu'à nos jours par la peine de

---

1. Rappelons la Prière druidique :
« *O Dieu, donne-moi la force*
Afin que par la force j'acquière l'étude
Et par l'étude, la connaissance
Et par la connaissance, l'amour. »
Rien ne dit mieux la régression qui s'accomplit, d'un sentiment religieux authentique à la « religion » d'un Maunoir.

mort. Le christianisme césarien déracina cet humanisme. Il décréta l'ici-bas une vallée de larmes, un cloaque; il ancra le mépris du monde, de la beauté des formes, la soumission au Chef lointain, au Dieu anthropomorphisé; il imposa la monstrueuse notion du châtiment, police au ciel et sur la terre.

La Bretagne est retournée au baptême : elle en sort marquée pour trois siècles de conformisme. Sur cette terre appauvrie où la dévotion se conjugue désormais à la raison d'État, l'Église récolte son salaire : partout se fondent des collèges, jésuites, oratoriens, des couvents, capucins, ursulines, augustines, carmélites; des séminaires surtout, et qui recrutent sans effort : les derniers-nés, qui n'ont plus rien à hériter, leur appartiennent de droit. La Bretagne devient une fabrique de prêtres. Quelques-uns de ces fils de la misère ne pourront taire leur amertume : ils se plaindront à voix basse dans les *sôniou*, tel le gentil Yan de Rustefan qui « avait mis sa pensée dans les jeunes filles » ou le Pauvre Clerc de Tréguier dont la révolte nous point encore : « *Va stereden zo kaled, va stad zo dinatur*, Mon étoile est maudite, mon état est contre nature... » La plupart, résignés, se feront les *recteurs* dociles de leur peuple, petit clergé besogneux aux dîmes rognées par les commandataires, imprégnant le pays de suavité bigote. Les responsables sont maintenant des hommes-femmes en noir. Impossible de parcourir les poèmes du *Barzaz* sans noter la rupture de ton consécutive à la rupture d'histoire : hier, des chants virils, une sensuelle tendresse; aujourd'hui un sentimentalisme asexué et, malgré le vieil esprit contestataire qui souffle toujours sur le Tregor, un lent ensevelissement dans la bonne pensée folklorique.

Le pouvoir royal a cléricalisé la Bretagne, fournissant contre elle aux régimes futurs l'arme absolue de domination. Les démocrates exécreront cette bigoterie dont ils ignorent l'origine. Trois siècles plus tard, ils imputeront encore au colonisé le crime du colonisateur.

Le propre du théâtre est de venir *après* : il ritualise de

l'histoire morte. Le Soleil à peine éteint — soixante-quatorze ans entre la mort du grand roi et la Révolution : une ombre portée égale au règne et le néant — la représentation a déjà dévoré ses acteurs. L'État-théâtre crève de son abstraction et sa troupe sans emploi passera bientôt de l'exil intérieur à l'exil tout court, comme une tournée de comédiens d'une scène à l'autre. Quant à la colonie, elle subit le processus normal : elle se dénationalise au sommet; elle se déculturise dans la masse; un abîme se creuse entre ses indigènes riches et ses indigènes pauvres. Une poignée de nobliaux ruinés que les historiens droitiers considéreront comme des frondeurs maniaques continuent de hanter les États de Bretagne et d'y faire valoir leurs vieux droits risibles : ils n'ont pires ennemis que les seigneurs des Marches françaises, éternels ralliés qui trahissaient déjà au temps du Duché et qui maintenant, possesseurs d'immenses domaines, règnent par le prêtre et le dragon. Peu à peu, les derniers contestataires seront à leur tour absorbés. Aux responsables des anciens *plous* succéderont des hobereaux qui passeront insensiblement de l'intérêt général à leur intérêt propre : comme en toute colonie, les pouvoirs de base dégénéreront en caïdat.

Que la bataille des Parlements ne fasse pas illusion. Le duel d'Aiguillon-La-Chalotais exprime sans doute une révolte latente contre l'encanaillement des méthodes gouvernementales, l'abandon définitif de toute loyauté contractuelle, l'escroquerie des impôts trois, quatre fois rachetés, l'accroissement vertigineux de la dette bretonne (passée de 500 000 livres à 34 millions), mille exactions qui tôt ou tard devaient éclater en conflit; mais ce n'est plus qu'une rébellion de notables, aucun intérêt populaire n'y entre vraiment en jeu. Le peuple ne s'y trompe pas : il observe en silence le passage qui s'opère, du rang à l'argent : sous ces querelles de juristes et de gazetiers, il devine la complicité des possédants, les nouveaux maîtres qui ne luttent plus pour sa liberté mais pour leur accession au pouvoir :

COMMENT PEUT-ON ÊTRE BRETON ?

Les Bourgeois qui sont tous du parti français,
Qui vont cherchant à nuire à ceux qui n'ont ni biens ni
rentes,
Qui n'ont que la peine de leurs bras...

Le 4 mai 1720, le dernier chevalier de l'indépendance bretonne meurt à Nantes, décapité place du Bouffay avec ses « Frères ». Il s'appelle Pontcallec, il a de l'audace à défaut d'envergure[1]. Mais il ne figure déjà plus qu'un résistant anachronique, fourvoyé dans un complot absurde avec l'Espagne, sans troupes ni programme.

D'où la tragique ambiguïté de l'époque révolutionnaire. En vue cavalière, elle oppose deux Bretons, le républicain, le chouan : le progressiste citadin et le réactionnaire rural. Belle image, mais hélas! truquée. Car si le Rennais Le Chapelier réclame le premier l'abolition des privilèges provinciaux, inscrivant la Bretagne en tête de toutes les provinces pour l'action révolutionnaire, ce héros du 4 août est aussi l'auteur de la fameuse loi anti-syndicale : il veut un pays libre et des travailleurs enchaînés. A Nantes, la ville la plus prospère de la colonie avec Saint-Malo — mais parce que colonialiste au second degré, capitale de la Traite — les sociétés de pensée recrutent parmi les esclavagistes, les belles patriotes à cocarde qui fessent les religieuses des Couets ou applaudissent aux Noyades sont des épouses de négriers. De l'autre bord, pire confusion. Ces paysans qui pendant six ans mènent une des guerillas les plus célèbres de l'histoire, ces pauvres qui défendent à coups de faux leur sol et leurs franchises réussissent ce tour de force : faire la première jacquerie de droite. Une jacquerie pour les châteaux! C'est qu'en un siècle et demi la Bretagne, dénaturée, a perdu toute perspective d'avenir : rejetée au passé, elle se débat

---

[1]. Significative, dans le *Barzaz*, la scène du recteur de Lignol chez qui Pontcallec en fuite s'est réfugié et qui « au nom de Dieu, notre sauveur », le désarme et le livre aux dragons du Régent. Quarante ans plus tôt, c'était des prêtres qui menaient les Bonnets rouges...

dans l'infantilisme politique : comme toute colonie, elle ne vit plus que de considérations immédiates, haines, fidélités, intérêts de paroisses, au plus bas. Avant d'être écrasés par Louis XIV, les Bonnets Rouges de Le Balp avaient eu le temps de rédiger leur Code paysan qui proclamait les droits de l'homme sur sa terre, la suprématie du producteur, l'égalité des conditions, la fusion des classes par le mariage des paysans et des filles nobles, projets surprenants où certains n'hésitent pas à voir « un communisme avant la lettre[1] ». En 93, plus de doctrine : la chouannerie bretonne ne confond pas ses maquis avec ceux de Vendée, l'*Association bretonne* de La Rouërie, ex-combattant d'Amérique, représente indiscutablement une insurrection populaire et nationale, mais le social n'y figure plus : aucune vision générale ne lui donne la moindre chance d'histoire. Et c'est pourquoi le choix ne pose pas de question. On ne peut être que du côté des bourgeois progressistes, du côté des Moreau, des Kersaint, des Kersangal, du Club breton, du côté de la France et du 4 août. L'Idée prime. Abattre l'ancien régime, fonder l'ordre nouveau sans quoi la défense de la terre n'a pas de sens : la véritable *indépendance* bretonne passe par les libertés du peuple français. Mais alors, la vieille erreur recommença : une fois de plus l'Idée refusa la Terre.

Où, le divorce ? A toutes les pages de la Révolution. Mais nulle part plus absurdement que dans l'apostrophe de Mirabeau aux députés bretons : « Êtes-vous bretons ? Les Français commandent ! » Retenez ce cri : après avoir *les premiers* aboli les privilèges provinciaux, *les premiers* sacrifié leurs droits à l'égalité, *les premiers* concouru à l'unité française — et ce, contre les vœux de leurs commettants qui dans leurs Cahiers rappelaient « la courageuse résistance » des Bretons au pouvoir royal et en espéraient logiquement « la sauvegarde des biens précieux des libertés locales, mères de toute

---

[1]. Yann Poupinot, *Les Bretons à l'heure de l'Europe*, N.E.L.

liberté » — il suffit que ces députés bretons évoquent — si timidement ! — la personnalité de leur pays, il suffit que le sage Pellerin, député de Nantes, suggère dans le cadre de la Nation la création d'une Assemblée bretonne populaire mieux adaptée à la vue d'ensemble de la région, pour qu'un gros aristocrate pourri qui trafique en secret avec la Cour, retrouve instinctivement le langage du maître : *Les Français commandent*, taisez-vous, bougnoules !

Tant de générosité payée d'une insulte, était-ce donc marché de dupes ? *C'était* un marché de dupes — et pas seulement pour la Bretagne, pour la République future. Mais on ne le savait pas encore. On se croyait libéré, et en effet on allait chasser les rois. Les rois, mais non l'Idée royale, la terrible abstraction d'État, le mépris meurtrier de la France physique au profit d'un absolu centraliste — et sa conséquence : une fois de plus, la projection de la France hors d'elle-même, la fuite en avant de la France. En haut, le rêve, en bas, la colonie. Simplement, le roi s'endurcirait, l'État-caserne remplacerait l'État-théâtre. Plus que jamais l'histoire de France allait être l'histoire de Dieu.

III

Toutes les ethnies françaises ont eu leurs séparatistes. Aucun n'a réussi, sauf Napoléon.

Nulle boutade en cela. Le Brutus de collège qui indigne ses maîtres (« Monsieur, vous êtes élève du roi : il faut vous en souvenir et modérer votre amour pour la Corse, qui fait partie de la France »), l'adolescent déraciné qui lance à Bourrienne : « Je hais tes Français ! », qui prononce le serment terrible : « Je ferai tout le mal que je pourrai à la France », le signataire de la Lettre à Paoli qui évoque « le joug français », « l'esclavage », « les trente mille Français vomis sur nos côtes, noyant le trône de la liberté dans des flots de sang », le futur génie militaire qui fait ses premières armes contre des Français en prenant d'assaut, à la tête de ses Volontaires corses, la citadelle d'Ajaccio tenue par le 42e d'artillerie [1], ce Napoléon d'avant Napoléon, personne ne songe à lui reprocher son séparatisme de jeunesse. Le fait est, pourtant : Napoléon n'est pas français. L'est-il même devenu ? C'est une question, comme on le verra, qui peut se poser.

Napoléon n'est pas français : par là, entendons d'abord qu'il a la chance de ne pas se sentir lié au passé français : pour lui comme pour la Corse, la France n'a pas plus de vingt ans — frais annexé, donc à la frange de deux patries. Le Breton francisé Cadoudal traîne après lui des siècles : il a beau rayonner de force et de courage, il reste ataviquement sujet des Princes, ses Pères ; ces dégénérés qui le trahissent, il ne décide rien sans eux ; vainement il les attendra sur son rocher, une amertume mortelle au cœur, sachant qu'ils ne viendront pas, qu'ils sont bien trop lâches pour quitter Londres, qu'ils vont le laisser crever avec ses gars ; mais c'est plus fort que lui, il refuse d'agir à son compte, de tenter sa chance personnelle, pris dans les rets de la Vieille-France comme Merlin dans les sortilèges de Viviane. Napoléon, lui, la Vieille-France, laissez-le rire : il faut être français pour croire qu'il n'osera pas exécuter le duc d'Enghien. Qui ça, le duc d'Enghien ? Ce Corse qui respecte sa noblesse corse même quand elle le combat traite les aristocrates français ralliés comme des chevaux de remonte : au chambellan impérial qui lui présente les gentilshommes de service, il répond, désignant au hasard Turenne et Noailles : « Prenez le blond et le crépu. » Mépris que l'on comprendrait, qu'on approuverait, s'il ne s'étendait aux œuvres françaises et aux paysages. Les Jacobins transformaient les églises en temples

---

[1] « Grâce à l'anarchie qui règne dans l'île, Bonaparte n'est pas inquiété alors que normalement, il relevait du peloton d'exécution. » (A. Castelot, *Bonaparte*, Fayard.)

de la Raison : c'était encore leur rendre hommage. Nous, les châteaux, les abbayes, les demeures historiques, tout ce « patrimoine français » qui ne nous est rien, nous en ferons des écuries ou des magasins de poudre. Soldat, chie dans la nef, enfume les murs séculaires, tu es chez toi, en *pays conquis :* la Révolution a mis moins de chefs-d'œuvre « en péril » que les bivouacs napoléoniens. Quant au mépris des Français, un volume n'y suffirait pas. Claude Roy note justement que Napoléon, comme tous les vrais dictateurs, dit tout. La France, une putain, « je la mets à la rue »; les hommes, « des instruments »; le peuple, « une plèbe corrompue », « une populace qui n'a jamais été bien matée »; et même ses soldats, ses morts : « Bah, de la petite espèce » (Eylau). Ces citations et mille autres sont connues, classiques, nullement extraites de pamphlets anti-napoléoniens mais d'ouvrages hagiographiques où les auteurs les étalent avec complaisance, sachant qu'elles ne terniront pas la gloire de l'empereur mais, au contraire, la fortifieront : pareil à la lettre volée d'Edgar Poe, le mépris de Napoléon pour les Français se camoufle sous son évidence. On l'aime parce qu'il est autre — plus grand, plus fort que les autochtones — étranger.

Conséquence énorme : ce passant fulgurant, sans histoire et sans terre, fera de la France un lieu de passage, un endroit où l'on ne donne pas le meilleur de soi-même, où l'on s'exerce seulement à le donner ailleurs, sur un « théâtre d'opérations » — une caserne.

L'immense élan de 89 était un mouvement intérieur. La France se rassemblait. Elle devenait adulte : libre, décolonisée, responsable : au travail, enfin, *pour elle.* Ce grand dessein se brisa sur le double complot des émigrés de Coblence et des Girondins. Les premiers obéissaient au choix typiquement colonialiste du possédant français, plutôt l'étranger de même rang que le peuple de même pays. Les seconds, qu'on nous présente abusivement comme des défenseurs de la terre, souhaitaient une monarchie bourgeoise étayée de caciques provinciaux. Ils avaient besoin de la guerre, ils l'obtinrent : du coup, le mouvement de libération intérieure qui n'avait pas trop de toutes les forces révolutionnaires du pays pour y établir la *République française* — le Contrat social, la démocratie — se fourvoya en expédition étrangère : la France projeta hors de ses frontières les énergies qu'elle aurait dû concentrer; pis, elle y projeta l'idée nouvelle, dégradant la fin en moyen. La *révolution dans un seul pays* était-elle possible? A-t-on le droit d'imaginer une France aux frontières closes tout entière occupée à sa formidable mutation, non exempte, certes, de tumultes, de crises, de terrorismes, mais se forgeant en vingt ou trente ans un système politique cohérent, basé sur l'égalité des citoyens et l'exaltation du sol? Non, répondent les historiens de la Révolution : il lui fallait une dimension universelle, elle devait se répandre chez les peuples. C'était sa *grandeur*, son *message*. Malheureusement, une explication moins mystique n'a jamais été donnée, celle de l'atavisme colonial. Faite de populations arbitrairement rassemblées, soumises à un maître lointain, dragonnées à la moindre rébellion, la France se reconnaît enfin dans la Nation. Mais pas assez pour se construire : pour se disperser aussitôt. Le propre du colonisé est de sauter l'étape du sol et de courir en sol étranger coloniser les autres. Devant l'autel de la Fédération, ces Basques, ces Lorrains, ces Bretons ont à peine le temps de se saluer du nom de frères et de s'étreindre que déjà leur mouvement les emporte et les déracine. Ils partent, jusqu'au fond de l'Europe, conquérir de nouveaux Basques, de nouveaux Lorrains, de nouveaux Bretons.

S'enrégimenter, c'était déjà trahir — cent ans plus tard, les Communards retinrent la leçon, en furent obsédés. Républiques batave, cisalpine, transpadane, parthénopéenne, départements du Zuyderzee ou des Forêts, cette carte folle, sous couleur de défense républicaine, puis d'impérialisme avoué et carrément de songe, perpétue le malheur français, l'incapacité de s'épanouir à domicile. Dès lors, Napoléon était inévitable. Précisément Napoléon : pas un de ces Turelures guerriers, fils de boulangers ou de forgerons, plantés en France depuis des générations et dont l'étoile, un instant, brilla, mais ce déraciné qui avait commencé par haïr la France et qui n'y vit qu'une disponibilité, transformant son Idée en chimère personnelle et son territoire en tremplin de conquête. Le butin impérial a stupéfié l'histoire ; mais ces rafles d'Italie, d'Allemagne, d'Espagne, ces royaumes qu'on pique à la pointe du sabre et qu'on jette en vrac dans la besace des rois-frères, la France ne les reçoit que parce qu'elle est devenue, elle aussi, abstraite. Le vide dévore du vide. Le Français méprisé conquiert du non-Français.

Ce fut un formidable adultère : toute une jeunesse quittant le sol et ses œuvres, trompant la France avec la guerre : une migration d'énergies, l'équivalent des rushs américains du siècle. Seulement, les *kentocks* du Mississipi ou les pionniers de l'Ouest fondaient une nation tandis que la Grande Armée dilapida la sienne. Si la nation est conscience du groupe tendu dans l'effort créateur, où est celle de ces Français gaspillés sur toutes les routes d'Europe et dont leur maître dit qu'il suffit de hochets pour les conduire « pourvu qu'on leur dissimule le but vers lequel on les fait marcher » ? Si elle est appartenance à un sol, où est celle de Napoléon qui n'a jamais eu d'autre patrie que lui-même ? A quinze ans il se rêve roi de Corse ; à vingt-neuf ans, roi d'Orient ; à trente-cinq ans, il *est* roi de France et d'Europe ; à quarante-huit ans, à Sainte-Hélène, son imagination l'entraîne en d'extravagants sentiers : devant Gourgaud effaré, il se rêve tout haut vainqueur, *c'est-à-dire anglais*, et médite sur la politique à suivre : « Le sort a favorisé l'Angleterre, elle doit en profiter pour anéantir la France... En la diminuant en profondeur, en donnant aux pays voisins l'Alsace, la Lorraine, la Bourgogne, une partie de la Flandre, l'Angleterre diminuerait les dangers du voisinage » (janvier 1817). Cependant, les rois revenus se sont bien gardés de modifier le système de l'usurpateur.

Ils ont joyeusement adopté l'État-caserne, le Code civil basé sur la vieille loi salique et la propriété et surtout, ce qu'ils n'avaient jamais pu imposer eux-mêmes : le centralisme.

Aux Français, il reste cet ersatz d'histoire, la « gloire ». Nous avons été merveilleux. Nous avons mis l'Europe à genoux. *Mais* nous avons échoué parce que le monde s'était ligué pour nous abattre; *donc*, Dieu est français, mais barricadons-nous. On doit à Napoléon le chauvinisme, cette grimace obscène du véritable patriotisme : un mélange égal de vanité et de peur, le sentiment collectif et irraisonné, né des coalitions et du complexe de claustration qu'elles suscitèrent, que la France l'emporte sur toutes les autres nations, mais qu' « on lui en veut », qu' « on lui fait du tort », hantise soigneusement entretenue par la mystique d'État. L'équipée napoléonienne aboutit à une double stérilité, gaspillage extérieur, contraction intérieure. Mais cet héritage, la France n'est pas seule à le subir. L'Europe a vu à l'œuvre l'armée des levées en masse : elle ne casse l'outil que pour mieux le copier.

Un Dieu des armées attelant à son étoile tout un pays de citoyens-soldats, l'implacable philosophie allemande n'attendait que ce signal pour décréter les peuples coupables. Ils sont en enfer, soit : mais parce que l'histoire est encore à venir et qu'en attendant, toute innocence présente doit être niée, toute action soumise aux moyens du futur. Hegel salue en Napoléon « l'âme du monde ». C'est qu'il a déblayé le terrain : grâce à lui, les principautés allemandes sont effacées de la carte, leur sol libéré promis au devenir. Quel devenir ? Il ne tardera pas, le Sang, la Race : avec ses petits royaumes, s'en va la « bonne Allemagne » bucolique et gœthéenne. L'esprit prussien a reconnu son héros. Il s'empare du concept dévoyé de la Nation, formidable aubaine pour la vieille Germanie des Chevaliers Teutoniques qui, du coup, resurgit de ses forêts mythiques : elle ne mettra pas plus d'un siècle pour aller au bout de sa paranoïa. « Le style d'une colonne en marche, et peu importe vers quoi », cette définition du nazi Rosenberg s'inscrivait déjà dans la transhumance impériale. L'Europe, maintenant, est faite pour être conquise au nom d'une Idée. La Prusse militarise l'égalitarisme révolutionnaire, transforme son élan libérateur en dynamique d'oppression, camoufle du principe des nationalités l'État fermé vivant sur lui-même, en autarcie, donc contraint de s'attribuer ce que le fou de la dernière heure appellera l'*espace vital* : la négation absolue et définitive de la terre — la terre-prétexte, désincarnée, vidée de ses peuples, simple fabrique de nourritures.

L'ère des États-forteresses commence. En fait, le *Stadt* hégélien n'innove pas : de même qu'il hausse à la métaphysique la politique de Machiavel, il reproduit la fausse dimension de l'État de la Renaissance, mais au carré[1] : une grande Province aux frontières sans cesse remises en question, aussi éloignée du particulier que de l'universel. Cela tient, mais seulement par le rapport des forces, l'équilibre parfait défensive-offensive, le nombre d'or du corps encaserné. La confusion mortelle prolifère : la nation, affirmation d'un groupe humain spécifique, devient agglomérat d'ethnies caporalisées; le nationalisme, conscience et culture, pourrit en volonté de puissance — et le mot, justement, puera au nez des humanistes. En France, l'unification que les rois avaient réalisée par la colonisation des provinces s'achève en massification; partout ailleurs, en Allemagne, en Italie, les plus nobles guerillas de libération comme les pires entreprises conquérantes conduisent au même État niveleur et expansionniste qui trouvera dans le fascisme son aboutissement logique. Massif, entretenant jalousement sa force, écrasant

---

[1]. Même moyen, mais lui aussi démultiplié, le canon. L'Europe entre dans l'âge triomphaliste du canon, Krupp, Schneider. Le peuple ne s'y trompe pas : les *marchands de canons* font secrètement l'histoire. Le canon ne sera dépossédé qu'en 1945, par la Bombe. Et alors, une nouvelle histoire remplacera celle des États.

ses minorités, le Stadt fabrique une Europe en délire qui se partage au hasard du Tchèque, du Serbe, du Slave, avec des patchworks comme l'Autriche, des illogismes comme la Belgique et, au lieu de nationalités minoritaires cohérentes, des farces comme Monaco, le Liechtenstein, Tour-et-Taxis. Désormais, tous les enfants d'Europe sont voués au métier de soldat une fois au moins dans leur vie. Aimer sa patrie ne consiste plus à l'exalter dans la paix — le civil est un inférieur — mais à se tenir prêt pour l'aventure mortelle qu'elle exige à l'improviste. Où? N'importe où. A Sedan, sur la Marne — ou sur le Mékong. Et accessoirement à domicile, contre l'*ennemi de l'intérieur*.

Et voilà pour cent ans la France installée dans l'État-caserne ou, sans jeu de mots, l'état de siège. Car le système ne marche bien que si le pays se sent assiégé : pendant deux générations, de 1871 à 1914, la France et l'Allemagne vont vivre en fonction l'une de l'autre comme Hamlet vit en fonction du roi Claudius : quels que soient les partis au pouvoir, les conflits sociaux, le mouvement des idées, des techniques, le Spectre rôde, succubant des millions d'hommes qui grandissent, prennent femme et métier, font des hommes à leur tour, et dont chacun possède de l'autre côté du Rhin son double inquiet et inquiétant. Les États-forteresses ont réussi ce chef-d'œuvre, assurer leur police intérieure par l'entretien de leurs antagonismes extérieurs. « Quoi! Je n'ai qu'une vie et vous m'imposez une caserne? — Nous, mon pauvre ami? Mais nous ne t'imposons rien du tout! Le malheur veut que tu sois né à une mauvaise époque, cerné d'ennemis héréditaires qui guettent ton moindre relâchement. N'entends-tu pas, dans nos campagnes, rugir ces féroces soldats? — Je passerai donc toute ma vie sous une épée? — Hélas, hélas, enfant de la Nécessité! » Les Français, pourtant, n'ont pu tout à fait oublier la brève euphorie de 89 : obscurément, ils pressentent qu'il y a *autre chose* — une autre vie, la vie; périodiquement, ils retrouvent le goût de la liberté et avec elle, celui d'une logique élémentaire : le salaire plus large, le travail moins inhumain, bref, cette innocence du présent qu'ils appellent en tremblant le bonheur. Aussitôt, le signal se déclenche, *Ennemi en vue !*, rétablissant l'état de siège. Alerte aux Boches, aux Juifs, aux Rouges, aux Défaitistes, fourriers de la grande *conspiration internationale !* Au travail, dans l'abnégation! Cela finit comme dans Shakespeare : une décision brutale, insensée, quand on commençait à ne plus y croire, et le geyser de sang, et la scène pleine de morts... Finit? Non. Les diplomates s'arrangent pour perpétuer le Stadt, créent de nouvelles Alsace-Lorraine, de prometteurs couloirs de Dantzig; les vainqueurs occupent et ruinent l'Allemagne, suscitant Hitler; de part et d'autre du Rhin, les « nationalistes » étranglent l'idée européenne naissante; vers 1930, enfin! le monde se retrouve en état de siège. Ouf, on avait eu chaud. On avait failli inventer la paix.

Une religion, l'État, dont le nom sacralisé recouvre celui du pays [1]. Un système de gouvernement, la peur. Un état constant de paix armée, de paix-guerre. Et fatalement, l'organisation qui convient à cet ensemble, le centralisme casernaire. La France obéit à un Q.G., Paris. A Paris toutes les informations sont rassemblées, tous les mouvements du pays repérés sur la carte comme des mouvements de troupes; de Paris partent tous les ordres et directives émis par l'état-major, les ministres, approuvés par le général en chef, le président de la République, adressés aux généraux de divisions, les préfets, confiés pour exécution à des officiers de différents grades : colonels (les fonctionnaires dits d'autorité), commandants, capitaines, etc.; au bas échelon, les innombrables sous-officiers, fonctionnaires subalternes de toutes

---

[1]. Mussolini : « Rien hors de l'État, au-dessus de l'État, contre l'État. Tout à l'État, pour l'État, dans l'État. » Et, sans comparaison, bien sûr, d'un homme à l'autre, Michel Debré : « Nos personnes ne sont rien et nos institutions elles-mêmes n'ont de sens que dans la mesure où elles servent l'État. »

catégories. Cette organisation se camoufle à peine en civil : les grades s'alignent sur le militaire (on dit de tel haut fonctionnaire qu'il a rang d'officier supérieur), le préfet porte l'uniforme ; mais son esprit surtout se réfère à l'armée par l'abolition du principe civil, l'égalitarisme. Du maréchal de France au deuxième-classe que son numéro matricule distingue de son camarade de chambrée, l'armée ignore l'égalité, l'État de même : quiconque détient la moindre parcelle d'autorité figure, à proportion de son grade, non un citoyen payé au mois pour servir d'autres citoyens, mais un supérieur régissant des inférieurs ; en revanche, l'administration, comme la caserne, nivelle la nation par le règlement. Elle n'en connaît qu'un, applicable à tous et ne tenant, par exemple, aucun compte des particularités régionales ; l'acte administratif, comme la décision militaire, se répercute à tous les échelons, multiplie jusqu'à l'absurde les seings et contreseings et s'adresse moins à l'intelligence qu'à la docilité. Tente-t-il de défendre ses droits, le citoyen se sent rouspéteur de caserne. Il lui faut remonter tant de filières, subir tant de lenteurs et d'hostilités qu'il préfère finalement « se débrouiller » — le système D, vertu de bidasse ; à la base, l'unique traducteur des ordres demeure l'adjudant de service, c'est-à-dire le policier. Le centralisme creuse le même fossé entre l'administration et le pays que la guerre entre le front et l'arrière.

On aurait tort, d'ailleurs, de se représenter le lointain Q.G. étatique en couleurs d'Épinal : les bureaucraties s'y disputent le pouvoir aussi âprement que les sectes militaires, la conduite des opérations. Marqué par *son* École, affirmant *sa* doctrine, rassemblant *ses* fidèles autour d'un politicien en chef — comme les Éliacins d'état-major lient leur carrière à un général en faveur, chaque clan fait et refait la France à coups de projets et contre-projets. D'admirables grands commis restent anonymes : au chef revient tout l'honneur de la victoire ; la défaite, elle, n'a point de père et les désastres politiques ou économiques — ainsi, le dépérissement financier des dix ans de gaullisme — ne sont jamais connus qu'*après*, comme les offensives militaires manquées. Au sommet enfin, trônent avec l'armée les deux autres castes infaillibles, la police et la magistrature. Elles sont les régiments à fourragère de l'État, les élues de sa cote d'amour, « au-dessus de tout soupçon » et pratiquement de tout jugement pour le service majeur qu'elles lui rendent : elles font la guerre, sa guerre — une guerre qui s'appelle l'ordre.

Cependant, la référence à la caserne ne se borne pas au fonctionnement de l'État. On la retrouve dans un domaine en principe étranger au militaire, l'économie.

Un siècle d'état de siège, cela fait tout de même pas mal d'années de paix. Va-t-on en profiter pour travailler, s'enrichir? Enfin, promouvoir l'essor intérieur paralysé par les régimes précédents? Au début, il le semble : la France de 1840 s'ouvre à la révolution industrielle et quels que soient les sentiments qu'inspire le capitalisme, on s'en réjouit. Or, ce mouvement, à peine lancé, régresse : dès 1880, l'industrie freine son expansion, ralentit ses conquêtes; l'économie se parcellise en entreprises familiales, malthusiennes; le mythe paysan (le « retour à la terre ») s'oppose au mythe scientiste; une génération de rentiers et de petits porteurs succède aux grands investisseurs du Second Empire, mines, chemins de fer, immeubles; significativement, avec Jules Ferry et l'aventure coloniale, la France retourne à sa folie, de nouveau regarde *vers l'extérieur*. Que s'est-il passé? Une bouffonnerie tragique : le capital a eu si peur de son prolétariat qu'il a préféré s'appauvrir. Cette masse proliférante de travailleurs suscitée dans l'euphorie de l'expansion, la bourgeoisie n'y a vu d'abord qu'un troupeau de bêtes de somme : l'homme commence au possédant. Sur ce, deux révélations effrayantes : en 1848, elle découvre que ces animaux se révoltent; en 1871, qu'ils sont le nombre, qu'ils vont la submerger. Les tenir en respect? Nos beaux soldats d'Afrique s'en sont déjà chargés : ils ont « pacifié » Belleville, massacré et repoussé dans leur médina les bicots du faubourg Antoine : la France est le seul pays, au XIXᵉ siècle, qui fusille ses ouvriers [1]. Seulement, ils n'ont pu les tuer tous : ces sauvages se reproduisent et, comble d'horreur, s'éduquent politiquement.

Que faire ? Eh bien, c'est simple : instaurer le numerus clausus colonial. Repousser la montée des évolués en stoppant net l'élan industriel, en le ramenant à des proportions contrôlables, en maintenant autour des zones menaçantes de vastes étendues rurales soumises au catéchisme d'État. Il y aura moins de progrès technique ? Tant pis, nos pères s'en passaient bien. Moins de riches ? Tant mieux, nous resterons entre nous. « L'intendance suivra », certes : à l'heure où elle devrait s'épanouir, l'économie française devient une intendance, une *subsistance* comme on dit à l'armée. Abdiquant toute ambition concurrentielle, elle ne fonctionne plus que pour nourrir quarante millions d'enfermés ; elle remplace l'effort par la stagnation, l'investissement par la subvention ; tournée vers le pouvoir, elle attend de lui sa permanence avare, il compte sur sa complicité ; il n'y a pas de ministre de l'Économie mais un fourrier-chef, pas vraiment d'entrepreneurs civils mais des fournisseurs militaires empêtrés de sous-traitants et que protègent d'exorbitants tarifs douaniers. En pleine paix, l'État-caserne a reconstitué le blocus napoléonien, ce que Sartre appelle la *machine à tourner en rond* : « Puisque le progrès du capitalisme le conduit à sa perte, on arrêtera le progrès ; puisque les biens de ce

---

[1] « Ah, les voilà, les vrais ennemis, et non pas les Russes ou les Autrichiens ! » Rien que pour ce cri du cœur du maréchal Bugeaud devant les ouvriers de 48, si le mot *patrie* avait un sens, le nom de ce reître cesserait de déshonorer nos rues. Mais nul ne l'en arrachera. Et personne n'apposera sur le mur au pied duquel tombèrent, le 1ᵉʳ mai 1891, les grévistes de Fourmies, cette plaque commémorative : *Ici l'armée française expérimenta le fusil Lebel.*

monde doivent passer tôt ou tard par d'autres mains, on s'arrangera pour ne produire que le nécessaire et pour consommer tout ce qu'on produit (...) Il ne s'agit en somme que d'arrêter l'histoire [1]. »

Rien à ajouter à cette analyse, sauf l'essentiel : la structure colonialiste héritée de l'ancien régime, basée sur le mépris de la France physique et dont ce système prend la suite sans efforts. D'autres États plus récents ou moins centralisés subiront autant de conflits sociaux que la France : ils n'en accompliront pas moins leur évolution industrielle. La France, elle, en restera au stade monarchique de la colonie. Repoussé sur ses terres comme l'Arabe dans ses Aurès, écarté des techniques, l'indigène français dépend désormais du pouvoir. On achète à bas prix ses produits qui n'enrichissent que les intermédiaires, on rafle ses matières premières pour les transformer ailleurs; des Compagnies, mines, carrières, épuisent son sol, exploitent ses bras, puis disparaissent. La Bretagne proteste-t-elle? On lui joue le grand jeu : Mais regardez-vous! Si excentrique, si arriérée! Et ici, la censure d'histoire démontre son utilité : l'ignorance où on la tient de son passé prospère interdit à la Bretagne d'imaginer son évolution et lui masque jusqu'à sa situation géographique : ne se souvenant plus d'avoir jadis régné sur les mers, elle contemple d'un œil vide cet océan où elle ne lance plus que des filets de pêche; elle ne comprend pas le système qui la ruine et lui trouve même des avantages paresseux : après tout, on ne se met pas en frais, on vit comme nos grands-parents, loin de ce progrès diabolique... Trop heureuse qu'on la prenne en charge! Pour l'ancien « Pérou », la question est : Que va-t-on me donner? Et la réponse : Mais cela dépend de toi! Vote bien!

Conseil suivi à la lettre. La Bretagne vote bien, c'est peu dire : elle vote *mieux*, toujours plus à droite, quel que soit le

---

1. *Situations VI (Problèmes du marxisme)*, Gallimard.

régime. A droite sont les riches, les maîtres du système qu'on pourrait appeler de l'octroi puisqu'il repose en pleine « démocratie » sur le don royal, la charité d'État qui reprend d'une main ce qu'elle donne de l'autre. Colonie exemplaire, la Bretagne perçoit son allocation de pauvresse — mais au carat : ni routes ni chemins de fer convenables qui seraient au-dessus de sa condition — et donne en retour de la docilité : des prêtres, des domestiques, du lignard contre la Commune, du marsouin contre l'Annamite. Ses notables la servent mal car ces possédants locaux restent solidaires de classe des possédants parisiens dont ils sont la reproduction rurale : aucun conflit sérieux entre eux. L'Église ? Elle a définitivement prostitué son Dieu à l'État, puis à la figure sensible de l'État, la bourgeoisie. Entre la colonie et la métropole des bords de la Seine, rien ne tempère la dictature des intendants louis-quatorziens qui, simplement, se multiplieront et amplifieront leurs pouvoirs, préfets, igames, énarques.

Mais que dire de la Bretagne qui ne réponde de la majeure partie de la France ? Franche-Comté, Flandre, Alsace, Euskadi mystérieuse, Catalogne des rois de Majorque, Occitanie qui a perdu jusqu'à son nom, Corse qui demandait sa constitution à Jean-Jacques, de toutes ces nations françaises s'élève le lamento de Barrès sur sa Lorraine : « Devant nous, cette province s'étend sérieuse et sans grâce, qui fut le pays le plus peuplé d'Europe, qui fit pressentir une haute civilisation, qui produisit une poignée de héros et qui ne se souvient même plus de ses forteresses ni de son génie. » Aux portes de l'Urbs commence une immense déperdition d'être. Cette France si admirablement diverse, les régimes successifs n'ont pu niveler ses paysages [1]; mais sur ces terres qui changent merveilleusement tous les cent kilomètres, où la bruyère, le chêne et l'olivier se relaient et enseignent le

[1]. Le nôtre s'y emploie.

passage d'une civilisation à une autre, où le soc découvre parfois une déesse gauloise au regard insupportable de fierté comme la Marianne pour qui le grand-père alla à Lambessa, vit une population médiocrisée, endimanchée de noir, inférieure à la splendeur qui l'environne comme un acteur banal à un somptueux décor.

Petites gens, petites passions, le *département*. Rien de plus meurtrièrement abstrait que ce morceau de territoire qui reproduit en miniature la dimension fausse de l'État. On l'a tracé en haine de la mémoire des peuples : imposé contre les rivières, les bois, les coteaux, les hommes, trituré, disloqué, baptisé de noms casse-tête qu'on force les enfants à épeler, à la place du passé une table de multiplication; quand par miracle il recouvrait exactement une ancienne province, on a en hâte changé le *Rouergue* en *Aveyron*. Universités, magistratures, états-majors militaires, cours des comptes, aucun service national ne s'y inscrit : au siècle du Boeing, il continuera de se mesurer au trajet quotidien d'un cheval. Entre le pouvoir et cette absurde pièce de puzzle, la silhouette cahotante du facteur. Messager de la lointaine République, il porte la lettre à not' député pour que le fils entre dans les chemins de fer, il apporte les nouvelles de la fille postière, les papiers de pension. De temps en temps, la guerre tonne en roulement de tambour et sur la place, entre l'église et la mairie, pousse un nouveau menhir surmonté d'un soldat de bronze. La France, silencieuse, subit son histoire.

Et d'ailleurs, comment parlerait-elle? En quelle langue?

4

La parole assassinée

> La culture, ça consiste à parler.
> *Un syndicaliste*, mai 68.

Comme l'État n'est pas la France, la langue n'est pas la parole. La langue est le système d'expression commun à un groupe ethnique ou politique, la parole, la faculté pour ce groupe de s'exprimer et de se faire entendre. Langue et parole n'ont pas forcément même destin. Une langue peut être pratiquée par des millions d'individus, voire s'imposer officiellement à d'autres territoires, sans que s'accroisse la faculté de parole de ceux qui l'emploient. Parfois, elle diminue. Ils se comprennent moins bien entre eux, ils ont de moins en moins de choses à dire et à se dire. On serait même en droit de prétendre qu'ils usent de langues différentes à l'intérieur de leur langue puisque, d'une classe sociale à l'autre, les mots ne parviennent plus ou n'ont plus le même sens. Une telle dégradation porte atteinte à l'élément essentiel de leur civilisation, celui dont la déformation machinale de la langue a, justement, dévoyé le nom : la culture. Car la culture est à la base union intime et féconde de la langue et de la parole, parole pleine et substantielle, *parole pour tous*.

Sous l'Ancien Régime, la Bretagne est moins privée de langue que de parole. En fait, elle n'est privée de langue que dans la mesure où elle insufflerait une parole. En 1753, le Parlement — le Parlement de Bretagne! — interdit le théâtre rural en breton : nullement, on s'en doute, pour élever le pays au français classique, mais pour éteindre la parole populaire dans son expression la plus dangereuse, le tréteau de village; en revanche, il encourage le breton à l'église : n'y prêche-t-il pas la résignation? Langue et parole subissent alors une dégradation parallèle. C'est en mauvais breton, en « breton de prêtre » — *brezoneg beleg* — que le recteur invite les pauvres à mettre leur seul espoir en l'Au-delà (ainsi, déjà, le père Maunoir dans son *Levr an Tad Maner*). Cette période où le breton n'est *pas* interdit s'avère la pire de son histoire : il se déforme, se dialectalise, exagère ses différences cantonales, se truffe de gallicismes ridicules, comme le franglais d'aujourd'hui. Bref, on tolère le breton comme on tolère le wolof aux « nègres » : parce que c'est la langue de la soumission et que son abâtardissement favorise les tribalismes utiles au pouvoir. La Révolution fera l'inverse : pour libérer la parole, elle décrétera la mort des langues minoritaires — avec un résultat inattendu, que l'on verra.

Mais le français? Cette fois, nous nous trouvons devant une langue impériale, créatrice d'une des plus grandes littératures du monde. Et pourtant, sa splendeur s'accompagne d'un déclin de la parole qui se poursuit jusqu'à nous.

Que le français eût pu être plus riche qu'il ne l'est aujourd'hui et même qu'il l'ait été, nombreux, maintenant, ceux qui le professent. On pense à Rabelais, bien sûr; à cette immense richesse langagière que Barrault nous a fait récemment (c'est capital) *entendre;* à Ronsard, ne serait-ce que pour le vers fameux où les cuistres verront bientôt un pléonasme :

Pour obsèques reçois mes larmes et mes pleurs;

à ces psaumes huguenots du XVIe où la langue joue cent arabesques autour des mots *pitié* et *miséricorde*, le second seul figurant dans l'édition du XVIIe; enfin et pour tout dire, à l'admirable Dictionnaire des mots anciens que M. Greimas vient de publier, trésor englouti des Provinces, vocables irremplacés, tout coloris et tout musique, qui resurgissent du fond français avec des grâces à crever le cœur. Ce verbe foisonnant et subtil, l'imprimerie, certes, tendait à le ramener à sa *plus simple expression*. A partir du moment où le mot se voit au lieu de s'entendre, où sa musique ne parvient plus que mentalement comme un solfège, il est normal qu'il perde sa grâce constituante, que *pleurs*, longue tristesse cérémoniale au masculin, se confonde avec *larmes*, ondée féminine de douleur, et la pitié du cœur à cœur humain avec la miséricorde cosmique. Avec l'imprimerie, le mot devient « sujet scabreux » (Luhan), monument abrupt dressé devant l'œil et qui ne sera jamais assez isolé, nu, sévère, — le *mot propre* qui fait autour de lui le vide. L'imprimerie pétrifie jusqu'à l'étymologie : elle éteint la vie des mots, cette histoire qui doublait l'autre, et la remplace par une science maniaque : l'analogie se dessèche et meurt. Cependant, l'imprimerie qui d'une part répand le savoir et de l'autre, institue une société ségrégatrice partagée entre ceux qui lisent et ceux qui ne lisent pas, les premiers maîtres des seconds — l'imprimerie, simple médium, n'explique pas seule l'étrécissement du français classique. Il a refusé son héritage : par ordre — par ordre *d'Etat* — il a manqué son rendez-vous avec les langues nationales du pays.

« Que le gascon y aille si le français n'y peut aller. » Justement non, le français veut y aller seul. Sous Richelieu [1], le français d'oïl, certifié par l'Académie, la première banque des mots, exerce enfin sa dictature. Déjà privées d'histoire, les nations annexées se voient arracher la chronique qui courait sous leur langage. Les peuples vaincus avaient fait un feu : des monts d'Arrée aux jardins de Toulouse, ils entretenaient pieusement leur langue qui répondait de leur être; par décret de Paris, de la mode, de la Cour, ces feux

---

[1]. « L'homme qui a jeté l'ennui sur la France » : mot admirable de Simone Weil.

s'éteignent, la province tout entière entre dans l'enfer froid. Récits, épopées, légendes, mythes patiemment élaborés, images qui eussent dû nourrir nos siècles, l'État, achevant l'œuvre de la Renaissance, remplace toutes ces richesses par du passé étranger. La France celtique devient une Italie factice. Deux siècles durant, sa littérature lui imposera en clause de style une Antiquité absurde; et lorsque ces dieux et ces héros, ces Énées et ces Didons, ces Jupiters et ces Neptunes auront été usés jusqu'à la corde, lorsque le Romantisme nous débarrassera enfin de cette friperie, la perte des souvenirs interdira aux écrivains et aux poètes toute grande œuvre collective basée sur le fond national; ils seront contraints d'inventer leurs sujets, leurs mythes, ils en viendront à appeler plagiat la référence au bien commun; au lieu de participer à l'édification d'une cathédrale, chacun d'eux, selon le mot de Brecht, construira à l'écart sa petite cabane personnelle.

Ce racisme linguistique prive le français de la grande transfusion verbale qui devait s'opérer. Même principe qu'en politique, l'écrasement des différences, et même résultat, le silence populaire. Une famille royale avait conquis la France, une famille de mots opprime sa parole. L'opération culture rejoint l'opération histoire.

Robert Lafont[1] date justement de cette époque la fortune du mot *patois*. C'est décidé, l'occitan qui a ébloui l'Europe, le basque et son énigme, le breton, ses mutations et son admirable syntaxe, ne sont plus langues vivantes mais « façons vicieuses de parler » : le « parler des sots » selon le Provençal honteux J. B. Coye, le « moscovite » selon Racine pour qui les barbares commencent à Uzès. On en rira comme du petit-nègre, comme mon bistrot de Courbevoie rit du charabia que les travailleurs immigrés emploient à son comptoir et qu'ils appellent le portugais. On n'écoutera

---

1. *Op. cit.*

plus ce qu'on dit, mais seulement la langue qui le dit — pas
même : l'accent. Dès lors, à partir des salons, temples du
« bon usage », la forme va recouvrir le fond. La société
du xviie se barricade dans son français. Un long règne
commence, du grammairien et de son fol, le bel esprit, moins
pour assurer la pérennité de la langue que sa raréfaction, car
il faut peu de bien-disants comme il faut peu de riches : il
importe que cette langue soit difficile, secrète, une aristo-
cratie, *Ne dites pas mais dites*. Les novateurs de la Pléiade
avaient du moins arraché au latin l'exclusivité de la parole :
le siècle absolutiste fait du français un autre latin [1]. Colleté
comme un abbé de cour, le parler Vaugelas s'épate dans le
fauteuil de la bourgeoise : elle l'écoute en extase, elle défaille,
il lui fait un enfant par l'oreille : pour trois siècles, la France
entre dans la confusion meurtrière du beau langage et de
la bonne soupe. Et bien sûr, la nécessité d'un terme nouveau
suscitera désormais, non l'appel aux images — elles ne se
forment plus que chez ces retranchés, le peuple, les poètes —
mais le recours aux langues anciennes, frangrec, franlatin,
qu'aucun Étiemble ne songera à déplorer. Le français se
nourrit des morts.

A l'aube de ce siècle écrasant, la France peut encore avoir
son Shakespeare : trente ans plus tard, c'est terminé. Qu'elle
est poignante, comme une promesse non tenue, et pas
seulement de liberté artistique mais intellectuelle et politique, la tragi-comédie encore informe des Hardy et des
Schelandre où souffle encore un écho de la tempête verbale
des siècles précédents, où l'on sent le génie de la scène prêt
à brasser le temps et l'espace, à nous donner le grand Théâtre
du Monde des Espagnols et des Élisabéthains! C'était
compter sans M. de Richelieu, auteur dramatique. La
querelle des trois unités pouvait-elle se passer autre part

---

[1]. L'absolutisme aime les langues savantes. Aujourd'hui, les colonels
grecs imposent la *khatarevoussa* contre la *dèmotique*.

qu'ici, je veux dire dans cet *État* ? Partout ailleurs admettrait-on que des contractuels pénalisent Corneille parce que ses héros ne respectent pas les heures et lieux de stationnement ? J'entends qu'on déplore parfois cette contrainte : mais du bout des lèvres, comme on déplore l'absolutisme de Louis XIV, la dictature de Napoléon ou les fermetés de notre police, en ajoutant très vite qu'elle se révéla en somme bénéfique, qu'on ne saurait permettre à l'imagination de fixer ses propres limites — *A bas l'imagination*, maxime constante de l'État, comme le cri de toute révolution sera instinctivement l'*imagination au pouvoir*. Prince de la raréfaction verbale, Racine réussit à faire un théâtre qui tient dans un mouchoir, un oratorio captif du vers alexandrin auquel il ne manque que deux pieds pour s'ouvrir au grand large — mais il s'en garde bien ! — un jeu de société référé à une double litote, l'Antiquité, le langage de Cour — et tout cela, merveille, *avec mille mots*, pas davantage ! A l'image de la France réduite à une Idée au-dessus d'un pays physiquement nié, le théâtre classique s'enferme entre des portants fixes, refusant les paysages, c'est-à-dire la réalité diverse et mouvante. Richelieu rêvait d'une tragédie étatique qui n'eût été qu'une longue pièce à thèse, Racine assume l'État-théâtre retranché, archi-clos, alcôve. Personnages combattants au cimier emplumé, princesses de sérail à fontanges, altières Vashtis, fières Roxanes — et Locuste-Voisin — où sommes-nous, chez le roi Pyrrhus, chez le roi Phébus ? Les historiens de la littérature font grand bruit lorsque Racine quitte le théâtre pour le métier d'historiographe du roi : on se demande bien pourquoi puisque, en vérité, *il ne le quitte pas*, il passe de plain-pied d'une scène à l'autre, de Trézène à Versailles, du théâtre au théâtral. Triomphe du miroir ! Aux siècles suivants, lorsque tous les bourgeois de France seront devenus des bourgeois-gentilshommes — et l'alcôve scénique, toujours aussi abstraite, non plus « Une salle du Palais » mais « Un salon » — l'ordre monarchique régnera toujours sur la salle : elle aura autant de catégories de places que l'Ancien Régime avait de classes sociales, le même trompe-l'œil décoratif maintiendra le spectacle en prison; le style allusif aura simplement tourné à la basse connivence; et, comme le prince, hier, s'asseyait en face d'un prince, deux messieurs Jourdain s'entre-regarderont, l'un sur la scène, l'autre au parterre.

Image parfaite de la culture française : un culturel pour privilégiés. D'un côté les détenteurs du langage et de l'autre, les dépossédés de la parole.

Et qu'on ne dise pas que cela n'est pas voulu, contrôlé. Cette société qui ne peut plus pratiquer le servage se fabrique méthodiquement la classe inférieure dont elle pressent la nécessité accrue. *Picard, Basque, Breton* nomment encore l'indigène-valet, le bougnoule ouvreur de portières, mais déjà le peuple de France devient cette masse neutre, sans mémoire, que l'ère mécanique se prépare à engloutir. C'est alors, je veux dire au XVIIIe siècle, à l'heure où la Colonie entre dans sa seconde phase, où le colon cède par force une partie de ses pouvoirs à l'évolué, que surgit *le* problème : la laïcisation du savoir. L'alphabet est désacralisé, gros émoi! Tant qu'il ne s'agissait que d'ânonner le missel ou l'almanach, il importait peu que le peuple déchiffrât ses lettres; mais les nouveaux maîtres qui instaurent l'ordre de l'argent comprennent aussitôt les dangers de l'expansion des connaissances dans un pays où le sang n'impose plus une ségrégation de droit divin. Comment ne s'en effareraient-ils pas, eux dont la classe intermédiaire repose sur le parchemin? Ce grec, ce latin, cette grammaire d'initiés, cette langue infranchissable qu'ils se sont donnés et que les collèges transmettent à leurs fils comme un secret de puissance, faut-il que le premier venu s'en empare et, maître du verbe à son tour, s'exempte des *personnes interposées*? Alors, la peur, la peur ignoble de voir le nombre leur disputer la place leur fait jeter le masque et pousser le cri de la tribu, le cri de haine viscérale que le sang n'eût pas inventé : « *Le peuple ressemble à des bœufs à qui il faut un aiguillon, un joug et du foin...* » « *Il est à propos que le peuple soit guidé et non pas instruit : il n'est pas digne de l'être.* »

Signé Voltaire. Le bon, le grand Voltaire qui réclame la justice pour le pauvre Calas mais refuse l'instruction à des millions de pauvres.

Arrêtons-nous à ce décret. Voltaire domine le « siècle des lumières »; lui aussi fonde un ordre, l'ordre de l'intellectuel, non plus simple amuseur mais enseignant, maître à penser; à partir de lui, qui *sait* reçoit mission, délivre leçon, ne se borne plus à comprendre le monde mais à le transformer; or, cette entreprise universaliste récuse d'entrée la justice fondamentale, le droit à l'éducation des masses populaires, et en quels termes! — l'aiguillon, le joug, le foin — *des bêtes*. Illogisme furtif? Non : la nécessité de conserver des gueux ignorants demeure une constante chez Voltaire : il tolère mal que ses valets sachent lire, ils existent pour brosser ses souliers, vider ses pots, trop heureux d'avoir un « bon » maître. Opinion solitaire? Pas davantage : la plupart des philosophes considèrent ce point de vue comme allant de soi. Ces Socrates de cafés qui ont succédé aux Euripides de salons, pour qui donc écrivent-ils, sont-ils persécutés, incarcérés à Vincennes, mis en résidence surveillée, obligés de courir la poste sur toutes les routes d'Europe? Pour l'homme. Ils aiment l'homme. Ils veulent son bonheur dans la vertu. Ils *croient* en lui. Mais pas question d'écouter la curieuse voix rauque qui sort de cet animal, et quant à l'admettre comme parole, encore moins. La Colonie s'organise au second stade, entre puissants et conseillers : les esprits se convertissent, mais en petit comité, les despotes éclairés applaudissent et pensionnent mais n'en pressurent pas moins leurs peuples; le bon M. de Voltaire, l'humanité plein la bouche, commandite des négriers. On est en Morale, contrée sans orages. Un seul, Rousseau, ne joue pas le jeu : le plus grand, le plus sincère, le seul à introduire sérieusement la politique dans cette Carte du Tendre, à pousser la logique à son terme, le contrat d'égalité; le seul, aussi, à comprendre, fût-ce à travers des imprécations rustaudes ou des naïvetés pastorales, que l'art se retourne contre un peuple qui ne le partage pas et que toute culture doit s'intégrer au quotidien. On rira de ses Héloïses — ou on en pleurera à chaudes larmes, ce qui revient au même; au fond, la raison restera du côté de Voltaire, père des bonnes consciences bourgeoises. Rousseau, ne l'oublions pas, Rousseau n'est pas français.

« Comme vous y allez! Voltaire droitier et, pourquoi pas, obscurantiste! » Évidemment non. Autant que vous j'admire son œuvre et mesure son importance dans l'histoire des idées. Et par ailleurs, vous ne doutez pas, j'espère, de mon admiration pour Racine et la grande tradition du français, de Mme de Lafayette à Giraudoux. Il est clair que cette grandeur est née d'un choix. L'abusif est que ce choix s'appelle clarté. Car si le français est clair, ses rayons filtrés ne tombent que sur des plages privilégiées, et que vaut la clarté d'une littérature élitaire, d'une langue qu'un peuple ne partage pas? « Sans doute notre langue offre-t-elle moins que d'autres des matériaux tout prêts pour rendre des ensembles concrets », avoue pudiquement M. Jacques Duron[1], en ajoutant en hâte que cette lacune nous a exercés à un « merveilleux travail d'analyse ». Il est vrai; mais les « grands ensembles concrets » n'en demeurent pas moins frustrés, et l'appréhension d'un monde qui ne se réduit pas à *cette* logique. On sait la querelle que cette frustration a soulevée, et qu'on limiterait à tort au XIXe siècle. Le Romantisme revendiquait pour la part maudite de tout un peuple et il n'est pas superflu de noter qu'il s'en prit d'instinct à Richelieu, sa bête noire, devinant obscurément, même sous les défroques grotesques de mélodrame où il le forçait

---

1. *Langue française, langue humaine* (Larousse).

à comparaître, que le problème était d'État. Il s'agissait de qui déterminerait l'histoire. Ou le peuple et la parole. Ou l'État et la langue.

La populace... Le mot ne figure pas dans le rescrit d'un tyran mais dans l'Encyclopédie, lexique des Lumières. Et accolé à quoi? A la définition reprise du XVIIe : « Patois : façon vicieuse de parler, *abandonnée à la populace.* » Double refus, et qui va loin : car enfin, ce mépris de la parole populaire, pardon : populacière, mœurs d'époque? Nullement. Deux siècles plus tard, après la révolution politique de 89 et la révolution culturelle de 1830, après l'instruction obligatoire — obtenue à si grand'peine! — le même fossé retranche les intellectuels du peuple : la langue écrite, au fur et à mesure que la masse se rapprochait d'elle, s'en est éloignée. Sartre : « On parle dans sa propre langue, on écrit en langue étrangère. » Et avant lui, Michelet : « Je suis né peuple, j'avais le peuple dans le cœur... mais sa langue m'était inaccessible. » Réalisme, naturalisme, populisme, autant d'échecs : on écrira sur le peuple, on le décrira : il n'y manquera que la communion, la poésie. Périodiquement, des entreprises désespérées à la Céline — le plus révolutionnaire de tous, car s'attaquant à la syntaxe — tentent l'impossible transfusion et pour ce, recourent forcément à l'argot dont Hugo avait pressenti qu'il était l'*autre* langue, celle de l'histoire censurée. Vains efforts malgré leur retentissement. La ségrégation possède en effet un moyen admirable de les désamorcer : elle les baptise *littérature*. De même que l'histoire étatique ne tient aucun compte des peuples et renvoie à la « petite histoire » leurs mœurs et leur évolution, la bourgeoisie range au tiroir « littérature », affaire classée, l'expression des sensibilités, des mouvements profonds, philosophiques et politiques. Elle les dilue dans son culturel, les ramène pour finir à son divertissement. Les grands courants d'une époque sont au mieux renvoyés à plus tard. Comptez sur la Sorbonne pour les récupérer quand ils seront convenablement périmés : l'écrit vivant n'est pris en considération que devenu pièce d'archives.

Mais Voltaire est immortel... Il l'est. Grand-maître de l'Université, il continue de présider à cet enseignement ségrégateur nourri d'*humanités* abstraites, conçu moins pour répandre le savoir que pour en limiter l'accès. Il se réincarne dans ces professeurs-cerbères qui préservent farouchement leur langue des assauts indécents de la parole : avec quel effroi ces maîtres du français tel qu'on ne le parle pas virent en mai 68 les étudiants interrompre leurs cours, leur demander : Mais, pardon... *de quoi parlez-vous ?* et, comble d'horreur, rechercher avec les travailleurs un commun langage! « Allons bon! Les voilà qui font de l'ouvriérisme! » ricanait en pleine Sorbonne un de ces pontifes — je précise : de gauche, certifié sur carte; et là-dessus, il quitta le terrain, écœuré, et s'en alla signer sa centième pétition pour le Vietnam, son affaire Calas.

Et le peuple, c'est-à-dire M. Tout-le-Monde? Eh bien, chacun sait qu'il a plus d'esprit que, justement, M. de Voltaire; mais par un curieux revirement, il devient de l'avis général un parfait imbécile dès qu'il se réunit à plus de trois personnes. C'est qu'en ce pays d'intellectuels choyés et méprisés, l'écrit demeure dans ses lisières : il ne tire pas à conséquence — *tirage restreint*, c'est le cas de le dire; mais la parole, elle, est une dangereuse risque-tout. Se réunir, c'est se concerter. Se concerter, c'est contester. Et contester, trahir. Il sied donc, puisque les Français tiennent à se réunir, qu'ils ne se concertent jamais qu'en groupes de langage et d'intérêts identiques. Comme l'écrit M. Pierre Gaxotte avec l'impériale certitude des historiens droitiers : « Dans la vie on s'associe parce qu'on a les mêmes opinions [1]. » Mais comment donc! La voilà, la France idéale, archi-compartimentée, disséminée en petites franc-

---

[1]. La *Révolution française*, Fayard.

maçonneries langagières : mille petites cacophonies pour un silence. Encore, ce silence, faut-il le remplir. Mais l'État l'a aussi prévu : à la dispersion, il ajoute la distraction. *Distrait* au sens étymologique, le peuple français est livré tout le jour à la parole machinale, après quoi sa télé le récupère et lui entonne la parole d'État; accessoirement, la parole futile, romance et presse du cœur, meuble ses temps morts. La « populace » a tout de même fini par apprendre ses lettres : mais pour lire *France-Dimanche*, tout est bien qui finit bien.

Cet énorme silence... Comment ne pas admettre qu'il est politique et que l'écrasement des cultures provinciales préluda à l'aliénation de la parole française — tous ces peuples qui *disaient* et maintenant se taisent, tous ces feux éteints ?

II

Lui aussi voué à l'Idée Simple, que je l'envie, l'instituteur de la Troisième République! Le progrès, cette longue ligne droite, il le tient par le bon bout, comme une règle. Ces petits Bretons qu'on lui a confiés, il s'agit d'en faire des hommes, donc des Français : en conséquence, le premier qui patoise, le *symbole* au cou [1], et tu le garderas, mon bonhomme, jusqu'à ce que tu dénonces à ton tour un de tes petits camarades. Il court, il court, le furet de la colonie.

Un jour, la Bretagne aura son musée colonial où le symbole figurera en bonne place. Mais les Bretons qu'il indigne aujourd'hui, leur science est facile : ils sont passés dans la salle suivante de l'histoire. Le maître d'école, lui, ne connaissait que la vérité de son temps, et elle lui comman-

1. On appelait le *symbole* ou la *vache* un sabot percé d'un trou ou tout autre objet, bobine, ardoise cassée, sou rouillé, etc., qu'on accrochait au cou de l'enfant coupable d'avoir laissé échapper un mot de breton.

dait d'écraser pour leur bien la personnalité ethnique de ses élèves. Il en avait d'ailleurs reçu la consigne formelle. Dès 1845, le sous-préfet de Morlaix commence par ces mots son adresse aux instituteurs du Finistère : « *Surtout, rappelez-vous, messieurs, que vous n'êtes établis que pour tuer la langue bretonne.* » Notons la précision des termes : à la différence des ministres parisiens qui, de Guizot à M. Peyrefitte, préféreront *dialecte* ou *idiome*, ce fonctionnaire sait de quoi et à qui il parle : c'est bien une langue qui doit disparaître. Quelles méthodes ? La plus sournoise, la plus efficace, le Comité d'instruction publique de Quimper l'indique aux enseignants : « Favoriser par tous les moyens l'appauvrissement et la corruption du breton jusqu'au point où d'une commune à l'autre on ne puisse plus s'entendre » (précieux aveu : c'est bien le colon qui tribalise. Mais un siècle plus tard, on reprochera encore au breton ses différences dialectales). En 1881, enfin, l'ordre est donné de parachever ce génocide culturel. Les inspecteurs de l'enseignement public — la chronique a retenu le nom des principaux : Carré, Dosimont, Dantzer — exigent l'interdiction du breton à l'école, « *règle inviolable* », « *principe qui ne saurait fléchir* », « *plus un mot de breton en classe ni dans les cours de récréation* ». Pourquoi l'instituteur leur désobéirait-il ? Fils de la Révolution, il garde en mémoire l'adresse de la Convention du 16 prairial an II : « Citoyens, qu'une sainte émulation vous anime pour bannir de toutes les contrées de France ces jargons qui sont encore des lambeaux de la féodalité et des monuments de l'esclavage » (et, certes ! le *jargon* ne peut être qu'une langue façonnée par les siècles et non ce texte digne du marbre). Et puis, il y a une autre raison, immédiate, viscérale, la guerre de l'école et de l'église : guerre quotidienne et sans merci, obscurcissant le but lointain sous la querelle théologique.

Voltaire ne connaissait qu'un infâme : que le peuple subisse le joug pourvu que ce ne soit point celui des prêtres.

Un siècle plus tard, les démocrates respectent encore cette priorité. Dans son Histoire de Louis XIV, Michelet consacre six longs chapitres à la révocation de l'édit de Nantes et neuf lignes aux révoltes de Guyenne et de Bretagne; les Bonnets Rouges ne sont pas nommés, le Code Paysan ignoré : c'est qu'aux yeux des bourgeois libéraux du XIXe siècle pour qui le social est encore une science à naître, toute rébellion populaire se réduit à une jacquerie sans doctrine. Tout, comme la chouannerie, leur est « grande chose obscure » : ils ne voient pas *des* peuples divers, animés de passions contradictoires, brassés en des temps différents, mais une seule masse pathétique, infiniment adorable, il est vrai : Peuple à majuscule, incréé comme la France des manuels qu'il assume; sacralisé, divinisé; « pierre philosophale » (Barthes, *Michelet*) à quoi s'oppose, magie noire contre magie blanche, l'Église. Pour Michelet qui fait de l'histoire une épopée miltonienne, les protestants revêtent une importance capitale : ils sont sa légion sainte, par leur intermédiaire il guerroie contre le parti prêtre; en revanche, les révoltés de Le Balp ne concernent pas son poème : leur combat ne se livre pas au ciel mais sur terre, ils ne se battent pas pour la « tolérance » mais pour du pain. Peuple déifié mais ignoré en ses mouvements intérieurs, Messie appelé à passer sans transition de la nuit au règne, l'instituteur d'avant 1914 ne s'évadera jamais tout à fait de cette vision michelettiste et hugolienne [1]. Non sans excuses : la « guerre de l'ombre et de la lumière », il la mène aux avant-postes. Humble fantassin du laïcisme, il affronte chaque jour l'énorme bêtise cléricale, le curé qui maudit en chaire son « école des cochons », le hobereau, *not' maître*, qui gouverne contre lui le village. Or l'ennemi encourage la différence

---

1. Pour Victor Hugo (*Quatre-Vingt-Treize*) les Bretons « parlent une langue morte qui fait habiter une tombe à leur pensée ». Pourquoi *morte*, puisqu'on la parle? Et pourquoi, une *tombe*? Y a-t-il donc des langues où l'on pense et des langues où l'on ne pense pas?

ethnique — du moins, on le croit — et voilà bien la preuve : le breton ne peut être que la langue de la superstition. Pour l'instituteur, pour les esprits éclairés du canton, le progrès suppose une rupture des racines, un saut de la Bretagne à la France. Deviens un autre pour être.

Ébloui par cette Terre Promise, l'instituteur ne voit pas que l'école libre et l'école laïque, si farouches adversaires, aboutissent au même résultat, l'assujettissement de l'homme breton. Bien-pensant ou libre-penseur, cela fait en Bretagne notable différence; mais l'État bourgeois et militaire se moque bien, lui, de ces querelles d'indigènes, il n'ajoute qu'une unité à son troupeau. Qui traverse le village entend deux cantiques. Le premier s'élève pour le bon Dieu, l'autre pour la République, mais tous deux exaltent la même morale d'État et se fondront dans le même chant de servitude des usines et des casernes. Les spoliés, les expatriés, les servantes et les manœuvres, les mercenaires d'empire, Afrique, Indochine, se fabriquent dans la même salle de classe, ornée ou non du crucifix. L'instituteur laïque promet un avenir d'égalité et de liberté. Nul plus sincère, plus désintéressé, nul plus fervent soutien de la démocratie, et pourtant, en Bretagne du moins, il travaille à son insu pour un État colonialiste à domicile et outre-mer. Il y a là une mystification dont il est la première victime et dont la cause, tout de même, devrait être éclaircie. Pour que ces petits Bretons accèdent à leur dignité d'hommes, l'instituteur ne s'est pas contenté de leur apprendre le français, il leur a interdit leur langue; il a cru ainsi les libérer, et il ne les en a que mieux enfermés dans un système impérialiste. Qu'en conclure, sinon qu'il a commis une erreur ? Or, il en a commis une, en effet, et tragique : *une langue n'est pas affaire de vocabulaire mais de structures mentales*. Il a appris des mots et détruit des structures [1].

1. Opération que Jean Jaurès dénonça admirablement dans un article de la *Revue de l'Enseignement primaire*, du 15 octobre 1911. Le

Un fait — un fait *historique* — aurait dû pourtant l'amener à cette réflexion. L'opinion admet généralement que 89 a sonné le glas des langues minoritaires : il les a condamnées, il est vrai, mais cette condamnation a été paradoxalement suivie de leur renouveau. J'ai dit plus haut comment l'ancien régime avait abâtardi le breton. Sous Louis XVI, il ne sert plus qu'au catéchisme et aux bergeries : désuni, déchu, dévoré de gallicismes, il n'est plus qu'un instrument de domination au service des notables. Or, au lendemain de la Révolution, changement brusque. Le breton trouve son grammairien, Le Gonidec, qui le restructure et le codifie; la langue devient sujet d'études, de premières tentatives d'unification; des dictionnaires sont publiés, des traductions, bientôt des œuvres originales; en 1838 paraît le *Barzaz Breiz*, son monument, qui suscite l'admiration de George Sand : « Une seule province est à la hauteur, dans sa poésie, de ce que le génie des plus grands poètes et celui des nations les plus poétiques ont jamais produit...

passage mérite d'être cité presque en entier :

« Quand j'interrogeais les enfants basques jouant sur la plage de Saint-Jean de Luz, ils avaient le plus grand plaisir à me nommer dans leur langue le ciel, la mer, le sable, les parties du corps humain, les objets familiers. Mais ils n'avaient pas la moindre idée de sa structure et, quoique plusieurs d'entre eux fussent de bons élèves de nos écoles laïques, ils n'avaient jamais songé à appliquer au langage antique et original qu'ils parlaient dès l'enfance les procédés d'analyse qu'ils sont habitués à appliquer à la langue française. C'est évidemment que leurs maîtres ne les y avaient point invités. Pourquoi cela, et d'où vient ce délaissement? Puisque ces enfants parlent deux langues, pourquoi ne pas leur apprendre à les comparer et à se rendre compte de l'une par l'autre? Il n'y a pas de meilleur exercice pour l'esprit que ces comparaisons (...) L'esprit devient plus sensible à la beauté d'une langue par comparaison avec une autre langue, il saisit mieux le caractère propre de chacune, l'originalité de sa syntaxe, la logique intérieure qui en commande toutes les parties et qui lui assure une sorte d'unité organique. Ce qui est vrai du basque est vrai du breton. Ce serait une éducation de force et de souplesse pour les jeunes esprits... » Cité par M. Marcel Carrières, *Le Peuple breton*, août 1964.

Nous voulons parler de la Bretagne. » Pour la première fois, un ouvrage breton obtient une audience internationale : le *Barzaz* est traduit en anglais, en allemand, en polonais, en suédois, en ukrainien. Et ce qui vaut pour le breton vaut aussi pour les autres langues minoritaires. Le basque et le catalan émergent de leur longue nuit : seize ans après le *Barzaz* celte éclate en Provence le mouvement félibre qui conduira Mistral au prix Nobel. 1830, printemps des peuples, est aussi le printemps des langues. Ce phénomène apparemment illogique — mais inséparable du renouveau du français, puisque le Romantisme est d'abord une libération du verbe, un *bonnet rouge* mis sur les mots — comment n'y pas percevoir un écho de la grande Révolution et un signe contraire à l'enseignement qu'on en a tiré ? Pour avortée qu'elle ait été, elle a fait lever un immense désir d'affranchissement; et tout naturellement, l'esprit en a rejeté l'élément étranger, le centralisme niveleur. L'homme ne saurait se sauver seul, dans l'abstrait : il sauve avec lui sa langue, ses composantes [1].

S'il suivait de plus près son histoire, l'instituteur ennemi du breton y apprendrait ceci : les révolutionnaires de 1830, de 48, de 71 se présentent en défenseurs des cultures minoritaires. Mistral n'est pas le simple poète local qu'on exhibe dans les salons et à qui Barbey d'Aurevilly reproche grotesquement de « n'être pas un pâtre », mais un théoricien politique, partisan de l'unité européenne par les pluralismes ethniques. Fédéraliste, Proudhon. Fédéraliste, la Commune. Fédéraliste, le Félibre rouge qui s'en inspire et ne conçoit

---

[1]. Ici encore, citons Jaurès : « En fait, c'est l'événement de France le plus central, le plus largement français, je veux dire la Révolution française, qui a suscité la renaissance littéraire du Midi. Ce n'est pas un paradoxe... Par l'universel ébranlement communiqué aux esprits, par la valeur qu'elle a donnée à toutes les forces populaires, elle a accru chez les hommes le sens du passé comme celui de l'avenir. » (Préface aux poèmes occitans de Justin Bessou.)

pas « un peuple libre sans sa langue ». Tout au long du xixe siècle, un socialisme *français* promulgue la réconciliation de l'Un et du Plusieurs. Contre l'État hégélien, unitariste, policier, il dresse une Liberté « fille de la mer » qui n'abolit dans une parousie prolétarienne sans cesse retardée aucune des valeurs du présent; à la future cité des semblables qui ne parlera plus en effet qu'une langue, mais celle de la servitude, il oppose la pluralité des esprits. Héritiers de cet humanisme, Jaurès qui préconise « l'enseignement du basque, du breton et des langues du Midi », Marcel Cachin qui soutient un projet de loi en ce sens; en Bretagne même, les socialistes Émile Masson et Charles Brunellière qui ne séparent pas le progrès social de la conscience ethnique : « C'est comme Bretons que les Bretons s'éveilleront [1]. » Que veulent ces hommes? Évidemment pas le déclin du français. Le français doit être enseigné, honoré. Mais assassiner la langue régionale au lieu de la laisser se développer *à côté* de lui n'est pas progresser : contrairement au dogme d'État, le progrès ne fait pas de saut; il n'est pas une ligne droite où chaque pas qu'on fait abolit l'antérieur, mais une spirale où les valeurs perpétuellement voisinent, dans une amplitude infinie.

Proudhon, les Fédéralistes, la Commune, je cite, hélas! des morts — et des morts vaincus. Quant à Mistral, on sait à quel port il échoua la barque de Calendal : « Guerre éternelle entre nous et les rois! », celui qui pousse ce cri en 48 deviendra cinquante ans plus tard l'inspirateur de Maurras. Les temps n'étaient pas mûrs : confortée par le bonapartisme puis le nationalisme républicain d'après 70, la mystique du nivellement l'emporta sur ces lucides générosités. On en trouve la doctrine dans Gambetta et cinquante ans de

---

[1]. « La langue bretonne peut, comme toutes les autres langues, véhiculer toutes les idées, y compris les plus révolutionnaires. » (Émile Masson, *Antée ou les Bretons et le socialisme*.)

radicalisme; le reflet en Bouteiller, le professeur kantien de Barrès.

Dès lors, la Province retourne au mépris. Elle ne crée plus et tout ne lui est plus qu'octroyé par l'État, prédateur et distributeur. Cent ans plus tard, les sociologues trouveront un mot pour définir cet immense domaine livré à une formidable jachère de ses énergies politiques, économiques, culturelles. Ils l'appelleront le *désert français*.

« *Octroi*, don gracieux, faveur. » Attendant tout de Paris, chemin de fer ou troupes de théâtre, comment la Province développerait-elle son esprit créateur, cet appendice inutile? Il devient très vite délectation morose, jardin secret. De l'amateurisme. Réveillées par la Révolution mais aussitôt rétractées par le centralisme, les cultures provinciales — et parmi elles, la culture *en français* — ont désormais conscience d'exister; mais elles en restent au stade mineur avec tous ses travers, l'imitation stérile, la fausse pureté, le mépris de l'efficacité professionnelle et, finalement, l'enfouissement dans le songe. Les plus audacieux montent à Paris et s'attablent, lavallière au vent, à cette terrasse de la Chope latine d'où l'on a une vue imprenable sur M. Verlaine : ils finiront boulevardiers, chroniqueurs au *Gil Blas* : l'esprit de la langue française ne sera plus pour eux que « de l'esprit », du mot d'auteur; les plus timides, l'immense troupeau, s'ancreront à domicile, où règne la muse de sous-préfecture. Toute renommée de quelque envergure étant bannie, on œuvre au plus conformiste, pour l'applaudissement immédiat. On fonde des chapelles, on s'entre-admire, on se proclame « désintéressé »; frustré d'horizon et de pouvoirs, on ressasse des principes caducs, des esthétiques fanées. Belle endormie tous volets clos, entourée de manuscrits refusés et de peintures du dimanche, la culture provinciale se rêve.

Significative de ce conflit entre l'efficacité et l'amateu-

risme, l'histoire du breton de 1789 à 1920[1]. On y distingue
deux types d'hommes : les fondateurs, Le Gonidec, La
Villemarqué, Luzel, Vallée, Ernault, Mordiern, les grands
redresseurs de la langue qui restructurent sa grammaire et
son vocabulaire, et les celtomanes, doux érudits qui, tel
Le Brigant, ne s'intéressent pas vraiment au breton mais au
celtique, langue archaïque et légendaire autorisant les plus
suaves rêveries. Une langue que les pouvoirs assassinent
devient *res nullius*, chose à tout le monde et à personne
que chacun tire vers ses mythes personnels. Quiconque
s'approche du breton, on s'interroge : vient-il aider un
peuple ou courtiser une fée? Dans leur cabinet fantastique,
les celtomanes ne se demandent pas pourquoi le peuple
breton doit être autorisé à parler breton, mais si Adam
parlait le celtique au Paradis terrestre; la langue bretonne
est une mendiante, il faut donc qu'elle soit fille de roi; un
peu plus tard, les théories raciales de Gobineau susciteront
d'autres phantasmes auxquels n'échappera pas tout à fait
le bon Charles de Gaulle [2]. Pour conserver ce public qui
malgré tout les sert, les défenseurs sérieux du breton se
prêtent à de pieuses complaisances. La Villemarqué joue

---

1. *A propos de ce rapide historique* : le lecteur n'attend pas de moi,
j'imagine, un cours de breton. Au plus bref : le breton est une langue
celtique, cousine des gaéliques d'Irlande et d'Écosse, sœur du gallois
et du cornique, introduite dans la péninsule aux ve et vi[e] siècles par
les immigrants venus de l'île de Bretagne et fuyant les Anglo-Saxons.
Là, elle se heurta à des populations qui n'avaient pas encore abandonné
l'usage du gaulois : le breton serait donc le produit d'une fusion entre
le substrat gaulois et la langue des immigrés. J'ai dit plus haut ses
caractéristiques essentielles, l'emploi des mutations, la souplesse de la
syntaxe; s'y ajoute un système très riche de préfixes et suffixes inconnu
du français, ce qui rend le breton plus apte que lui à la formation de
néologismes. — Pour « plus amples détails », il reste bien entendu la
masse des ouvrages des celtisants, Loth, Dottin, etc., plus récemment
le chanoine Falc'hun.

2. *Charlez Vro C'hall*, Charles de France. Le grand-oncle.

souverainement de l'ambiguïté gaélique tout en maçonnant de ses fortes mains les poèmes du *Barzaz;* d'autres rusent au plus près, tels les jeunes prêtres de *Feiz ha Breiz* qui se sont pris d'un amour sincère pour le breton et s'affairent à lui rendre vie mais, pour obtenir pleine liberté de leurs évêques, insistent sur son pouvoir d'édification religieuse. Bataille feutrée où la tactique consiste à persuader l'adversaire que l'enjeu ne compte pas, qu'on se bat pour rire. On est culturellement occupé : il faut donc tourner les décrets, berner M. le Préfet, M. le Ministre, passer pour d'inoffensifs dilettantes, en remettre sur le rat de bibliothèque, l'amateur d'anciennetés, camoufler sous le chêne et le gui des druides un problème qu'on sait bien, parbleu! actuel. On n'est toléré que si l'on joue à sa patrie comme les petites filles jouent à la marchande : on joue donc *à y jouer.* Maître du genre, le vieux Luzel, escorté de ses « pèlerines », Barba Tassel, Marc'harid Fulup, parcourt la Bretagne à pied, cueille maison par maison des vocables populaires, herborise sa langue dont Fransez Vallée insérera les mots, comme des simples, entre les pages du premier journal en breton, *Kroaz ar Vretoned.* Le pouvoir désapprend la langue, ces pèlerins la réenseignent; il l'interdit, ils la répandent. C'est la tapisserie de Pénélope, sauf qu'on refait ici en secret ce que le pouvoir défait au grand jour.

Heure trouble, inquiète — héroïque. Figurent-ils une renaissance ou, au contraire, sont-ils *les derniers Bretons* — pour reprendre le titre d'Émile Souvestre — ces humbles conspirateurs d'une langue? La Bretagne d'alors ressemble aux chemins nocturnes de ses contes où le voyageur attardé voit se lever devant lui une ombre. Un spectre? Une âme désolée? L'*Ankou?* A cela près que le Jobig du conte se signe et détale, tandis que ces hommes courent vers l'inconnu, qui ne peut être que la vie. Car ce pays, songez-y, ce pays à qui on a volé ses papiers et sa langue n'existe plus que par une poignée d'hommes passionnés : qu'ils se découragent, qu'ils ne viennent plus au rendez-vous, une culture meurt. Mais, miracle, chaque nuit, chaque nuit, quelqu'un vint et ranima les cendres. Ils sauvèrent leur langue, ces ramasseurs de mots. Cependant, ils ne la sortirent point du ghetto : sincères, émouvantes, sans rapport avec les bretonneries touristiques qui commençaient à sévir, leurs œuvres ne passaient point l'amateurisme; le souci frileux y régnait, de préserver, d'enclore; les puissances réactionnaires récupérèrent sans peine cette culture que Paris « républicain » refusait. Et de complicité avec lui, l'étouffèrent.

Car l'adversaire n'est pas seulement le laïcisme. Durant tout le siècle, des évêques, bretons et non-bretons luttent contre la langue; l'un d'eux, Mgr Morel, poursuit de sa haine *Kroaz ar Vretoned* et obtient sa disparition; en 1872, l'Institut des Frères des Écoles chrétiennes de Guingamp — en somme, l'École normale libre — proscrit l'enseignement du breton. La « bonne école », elle aussi, pratique le symbole; simplement, il n'est pas chez elle un sabot qu'on accroche au cou mais, par mesure d'hygiène sans doute, une bille qu'on se passe de bouche en bouche[1]. Dans leurs orphelinats les religieuses enseignent que « parler breton fait pleurer le petit Jésus » ou que « saint Pierre n'ouvre point à ceux qui jargonnent ». Plus sournoisement, la plupart des recteurs, s'ils continuent de tolérer le breton à l'église, le dénaturent dans la vie quotidienne. Les œuvres bretonnes sont expurgées, les saints bretons chassés du calendrier et remplacés par des saints français (parfois au prix d'un jeu de mots : ainsi, saint *Tugen* transformé en saint *Eugène*); les noms de lieux sont travestis jusqu'au burlesque, comme *C'horz Groaz*, de nos jours *Corps Gras*, ou *Ker Saozon* (« la maison des Anglais ») devenu *Ker Sauce*. Il devient illégal de donner des prénoms bretons aux enfants

---

[1]. Le dernier instituteur à employer le symbole — en 1950, dans une commune du Morbihan — sera un instituteur libre.

et le curé et le secrétaire de mairie s'entendent pour refuser de les baptiser et de les enregistrer à l'état civil. Quant aux notables, certains aiment sincèrement leur pays, il leur arrive même de défendre sa culture : en 1869, ils enverront, sur l'initiative de Gaidoz et de Gaulle, une pétition à Napoléon III pour l'enseignement du breton. Mais leurs efforts sont condamnés à la stérilité pour la raison que j'ai dite, la complicité tacite des possédants. En culture comme en politique, les notables se font bon gré mal gré les complices de la censure : pratiquement, ils expulsent la langue bretonne de l'imprimé.

Étrange ensevelissement d'un peuple, si proche de Paris et pourtant condamné à vivre en retrait ou, pour mieux dire, en secret! Passé le niveau des bourgeois et des fonctionnaires, on ne sait rien, en plein XIXe siècle, de ces populations cornouaillaises, trégoroises, vannetaises, qui constituent pourtant une société avec sa langue, ses mœurs, ses traditions. Les rares ouvrages qui la décrivent [1] nous montrent une ethnie clanique totalement coupée de la France, contrainte de s'exprimer par des media antérieurs, de projeter, faute de livres, ses signes sur des objets ou des images. Le costume, par exemple — ce costume « pittoresque » que les guides touristiques prétendent venu « du fond des âges ». Rien de plus faux que cette ancienneté supposée : le costume breton ne date que du XVIIe, donc postérieur à l'annexion. Les Bretons de l'indépendance s'habillaient comme tout le monde : le costume breton s'est borné à copier le costume français de cour et, en un sens, on pourrait y voir une marque de sujétion. En revanche, à peine adopté, les Bretons l'ont recréé, diversifié de village à village, couvert de symboles et de signes, tous d'une richesse prodigieuse et qui, forme des coiffes, dessins

---

[1]. Yann Brekilien, *La Vie quotidienne des paysans en Bretagne au XIXe siècle.* (Hachette.)

solaires des gilets et des corsages, disposition des broderies
et des velours, tissent un langage extrêmement précis :
le costume breton *parle breton*, il est à la fois une carte de la
nation avec ses neuf *pays* de jadis et une chronique de la
société bretonne sous la France; en somme, il a pris le relais
de l'histoire censurée. Mais cette histoire, comme l'autre,
qui s'en soucie? Pour les touristes et les gouvernants, le
costume breton se réduit au décoratif, pareil à ces livres
aux somptueuses reliures qui ornent les bibliothèques
mais qu'on n'ouvre jamais. Revêtu de cet in-folio, le Breton
soliloque, réfugié dans sa parole sans écho.

Il parle, il se parle : que pourrait-il faire d'autre? Parler,
c'est couvrir les campagnes de saints de granit, de roues,
de soleils, d'abstractions resurgies de Gaule et d'Irlande;
c'est promener à travers le pays de petits orchestres ron-
flants, le *soner*, le *talabarder*, biniou, bombarde, parfois
un grêle tambour, et les deux chanteurs alternés du *kann ha
diskann* se répondant au-dessus des bruyères; c'est danser,
et chaque canton invente ses figures, surprenantes comme
la formation à deux couples des *korollerien* cornouaillais,
les deux femmes à l'intérieur, ou troublantes comme le
iabadao, la « danse du sabbat », honnie des prêtres. Parler,
c'est se livrer corps et âme au théâtre. En pleine Troisième
République, la Bretagne réinvente les mystères. Sur tréteau
nu, sans pancartes, le décor confié à la seule imagination
des spectateurs, cette dramaturgie populaire née aux environs de Morlaix tient des Élisabéthains et de l'image d'Épinal; on joue des tragédies sacrées ou profanes, *Geneviève
de Brabant*, *le Roi Arthur*, *Sainte Tryphine*, *le Voyage des
Vertus*, des comédies, *le Bouffon moqueur*, *Allonzor et Timo-
gina*, voire des adaptations du français, *la Double Inconstance*,
Britannicus; le style implique le hiératisme, la psalmodie;
mais le public qui boit et mange au spectacle en détourne
le cérémonial et participe à l'action; brusquement, l'acteur
s'interrompt, apostrophe la foule, l'invite au commentaire

ou se lance dans des improvisations, exécutant d'extravagants numéros, comme s'il voulait casser le rite, se désenvoûter : un tisserand de Pleudaniel, Kerambrun, qui ne sait lire ni écrire, apprend par cœur trente mystères et, tout un jour et une nuit, devant un auditoire enthousiaste qui le gorge de crêpes et de cidre, récite les 11 300 vers des *Quatre fils Aymon, Buhez ar Pevar Mab Aymon.*

Mais parler, c'est d'abord parler. Alors, du Léon aux salines de Batz s'instaure un immense palabre. Fêtes, anniversaires, moissons, demandes en mariage portées par le *bazvalan*, tout est prétexte à la Parole rituelle, le Long Débat, la Cour d'amour; dès que le ton monte, la voix quitte le parlé pour le chant, file le dialogue en *sôn* et en *gwerz*, l'une grave, pathétique, l'autre curieusement gaie, son sujet fût-il tragique, comme d'un bouffon qui rit dans les pleurs. Et voici enfin les rois de ce peuple, les Bardes. Rois de gloire, drapés de haillons, rois-prêtres qui n'entrent nulle part sans prononcer la bénédiction : *Dieu soit ici*, à quoi répond l'*amen* avec autant de respect qu'à l'église; chantres errants allant de Pardons en champs de foire, paysans, valets, chemineaux que l'*awenn*, le souffle, a saisis, Homères bretons souvent aveugles en effet — Yann Ar Gwenn, Iack An Dal — vieillards sublimes et dérisoires qui ont connu une autre vie : « après la mort ou avant la naissance » ils furent des âmes toutes proches de la Sagesse dernière, mais quelque faute commise sur terre les condamna à ce purgatoire, plus que des hommes et moins que des saints, des poètes... Ils chantent donc, sans besoin de harpe : la langue suffit, ses cadences, ses allitérations :

« *Daou-Lagad Lemm Levriz, 'vel Lano eul Lenn Lor* [1] »;

---

[1] « Les yeux profonds et doux comme l'eau d'un lac ». J'emprunte cet exemple — et beaucoup d'autres, au cours de cet ouvrage — à l'étude capitale de Yann-Ber Piriou sur la culture bretonne, *Un peuple se penche sur son passé*, in *Le Peuple breton*, n° 21 et suivants.

et devant eux, même les conteurs se taisent. Car ils enseignent à l'homme breton, non seulement sa nation et son passé, mais le lien le plus subtil qui l'unit à sa race : le goût, moins de la réussite élaborée que du moment parfait, l'instant indicible où le mot de sur-vérité frappe le cœur, où le regard vous livre l'âme de l'autre — « l'heure qui vient juste avant la présence de Dieu ».

Dans cette péninsule qui fut la porte de l'Europe et qui n'ouvre plus sur rien, les grands aventuriers solitaires, corsaires, explorateurs, ne comblent pas la faim du monde. Condamné au roc et à la lande, le Breton les repeuple de génies. En quel autre pays un maçon qui vient de construire un mur se lèverait-il la nuit parce qu'il a entendu crier une pierre « qui souffre là où il l'a mise [1] »? Parle la pierre, parlent les herbes et les fontaines. Commence la Nuit bretonne, elle aussi « plus claire que le jour », où vague la Mort personnifiée, l'*Ankou* à qui la langue a donné si bellement deux frères, *Anken*, le chagrin, et *Ankoun*, l'oubli. La traversée redevient intérieure. Le Breton retourne au Voyage des Ames de ses lointains ancêtres : souffle l'alizé des esprits, dansent les atomes, la « farine de l'air »; soulevé par le flot nocturne, chaque lit-clos sculpté d'astres et de comètes prend le sillon des caravelles à pavillon d'hermine qui labouraient jadis les mers. Pas un être, pas un objet qui n'ait sa forme véritable *en tu all d'ar stered*, de l'autre côté des étoiles. Intense familiarité, pourtant. Ce sont des nourritures bien réelles qu'on offre aux âmes errantes, les *anaoun*, et la pierre ou le bois sont vus comme pierre et bois sans rupture avec leur double : pour les Bretons comme pour Van Gogh, une chaise de paille jaune *est* une chaise de paille jaune, et en même temps le tragique du monde. Il y a je ne sais quelle solidité paysanne dans le proverbe que la Bretagne censurée jette à la face de ses persécuteurs :

---

[1]. Rapporté par P. J. Helias.

« La poésie est plus forte que les trois choses les plus fortes : le mal, le feu et la tempête. »

Grand peuple, du songe éveillé et du patient courage ! Mais que son chant ne nous cache pas sa révolte : elle n'a cessé de crier malgré les censures. Contre les notables du Second Empire, leur conformisme et leur bigoterie, court, feu follet sur la lande, la raillerie insaisissable de Prosper Proux, le chansonnier villonnesque dont les œuvres interdites circulent sous le manteau; contre l'assassinat de la langue et le dépeuplement du pays, le poète chrétien Jean-Pierre Calloc'h, mort à la guerre de 14, en appelle à Dieu avec des accents claudéliens :

Vous serez bien avancé lorsqu'il n'y aura plus de Bretagne, Seigneur !

Ce cierge en moins dans votre Église catholique, et sur le rivage d'Occident ce phare éteint pour les peuples à venir !

Vous aviez ouvert ce sillon au couchant du vieux monde, ce sillon sur la mer,

Là étaient vos meilleures graines et Vous en preniez chaque année une poignée pour les jeter sur l'univers[1]*...*

Kousk Breiz-Izel. Dors, Bretagne. Bretagne du sommeil. Bretagne de l'agonie — la « douce agonie » que chantera un autre poète. Car la misère, enfin, l'emporte. Condamnée à une paysannerie sans espoir — doublement symbolique, le sabot à son cou ! — la vieille nation s'abandonne au poison, provende des mal-nourris de l'âme et du corps. Plus tard, de jeunes sociologues munis de statistiques traceront une ligne sur la carte et s'apercevront qu'elle dessine à la fois le recul de la langue bretonne et la progression de l'alcoolisme. Qui le dirait alors ferait bien rire : le Breton boit, voyons, parce qu'il parle breton ! Et puis, quelle bonne conscience pour les bourgeois racistes ! Car enfin, il est temps de les appeler par leur nom, ces

---

1. J. P. Calloc'h, *Ar en deulin*. Trad. de l'auteur.

démocrates fleuris de la Belle Époque, ces cartésiens replets en alpaga qui possèdent, eux, une culture admise, bardée de certificats et de certitudes, et qui viennent une fois l'an contempler le bougnoule breton de la terrasse de Ker-Arvor. Passons donc à la caricature. Voyons comment on tue un peuple — comment on le tue *avec des mots*.

III

On croit à tort que les pouvoirs ont toujours souhaité un Breton assimilé. En fait, il faut distinguer deux périodes : avant la société de consommation — et aujourd'hui.

Au cours de la première période, la bourgeoisie fabrique des inférieurs nommés. Elle en est encore au mercenariat artisanal ou domestique qui réclame une soumission motivée : le prolétaire doit se reconnaître dépendant et pour cela, rien de mieux que l'exotisme. Les *Madames* françaises exigent de leur bonne bretonne qu'elle serve en coiffe. D'abord, pour le spectacle, quand on a des invités; ensuite et surtout, pour que cette fille n'oublie pas ses origines. Elle est servante *puisque* bretonne, renier son pays serait refuser sa condition; nous l'avons ramenée de nos vacances, sans nous elle pataugerait encore dans ses gadoues avec ses cochons, elle nous doit de la gratitude; et puis, sa coiffe répond de ses vertus : tant qu'elle la portera, elle gardera un pied en Bretagne, ne s'émancipera pas, ne nous jouera pas le tour affreux de cesser de croire en Dieu et en nous. La Bretagne garantit le Breton. Il importe même qu'il soit un peu niais, effaré : ce grand enfant se donnera à son patron comme à un père. Toutefois, sa différence ne doit point excéder le pittoresque car alors, il ferait figure d'étranger, donc d'adulte. Il se récupérerait, ne nous appartiendrait plus.

Observez l'immortelle Bécassine : elle ne prononce guère

que trois mots de breton, *Ma doue beniguet ;* mais ces trois mots suffisent à composer son personnage, la Bretonne risible mais bien-pensante, solide comme un menhir. Tous les attributs de l'indigène apprivoisé, Bécassine les cumule : le servage (mais supérieur, en *maison bourgeoise*), la naïveté roublarde (on la croit idiote mais elle trompe son monde), la rondeur ébaubie, le dévouement total à ses maîtres (et, ce qui est typiquement colonial, aux enfants des maîtres), enfin la religion — ça ne nuit jamais. En 1939 des protestations s'élèveront en Bretagne contre un film qui représente cette ilote, et les producteurs, éberlués, reprendront point par point ce catalogue : « Pourquoi cette indignation ? Bécassine n'incarne-t-elle pas les vertus bretonnes, la piété, le dévouement sans limite, la simplicité rustique ? » *Simple*, en effet : Bécassine vit hors du temps et du monde, dans le cocon de sa dévotion à Mme de Grand-Air : ce cocon n'est autre que *sa* Bretagne qu'elle a transportée avec elle et qui la préserve des « tentations ». L'extérieur est pour elle l'enfer, les trains, les bateaux, la grande ville, *ma doue beniguet*, l'épouvantent ; toute rencontre lui inspire méfiance, elle ferme l'oreille à tout propos qui ne concerne pas son service domestique : quand la guerre de 14 éclate, elle demande à Firmin et à Zidore la signification du mot *boche* qu'elle n'a jamais entendu.

Caricature ? Soit. Mais sur fond de vérité : car pareil chef-d'œuvre s'usine en Bretagne même — et s'usine *en français*. Importée de Paris et répandue dans les cinq départements, toute une littérature, Bonne Presse, bulletins paroissiaux, livres de Prix, éduque dès l'enfance le futur prolétaire. Son but est de fabriquer des Bécassins et des Bécassines : le huis clos britto-patronal du « bon ouvrier », de la « servante au grand cœur » — la Bretagne elle-même servante exemplaire, sainte Anne de la buanderie. Chaque Breton susceptible de quitter la glèbe se voit ainsi pourvu d'une sorte de dictionnaire-viatique où les mots qu'il risque d'entendre à la ville lui sont à l'avance traduits, accompagnés d'un commentaire péjoratif qui exalte contre eux les vertus du terroir. Feuilletons ce florilège : « Qu'est-ce que le socialisme ? C'est simple, ôte-toi de là que je m'y mette. *Cet égoïsme-là n'est pas breton* » (Bulletin d'Auray, 1907). « *Plutôt la mort que la souillure !* noble devise de ta petite patrie ! Oui, plutôt mourir que de souiller son âme par le péché d'envie et de rébellion ! » (*La Flamme des Bretons*, 1902.) « *Jamais Breton ne fit trahison*, voilà ce que tu répondras fièrement à ceux qui te pousseront à faire la grève. » (*Yannick mon ami*, 1905.) Un saint nouveau s'inscrit au calendrier : « Sainte Anne protège les Bretons mais saint Dicat les envoie en enfer. » (*Bulletin de Sainte-Luce*, Loire-Inférieure.) « Tu devras choisir, Maryvonne : saint Yves qui t'emmène au paradis ou saint Dicat qui t'emmène au bal » *(Le Pèlerin)*. D'édifiantes « histoires vécues » illustrent cette doctrine, ramenant toutes à la Bretagne en conclusion. Pierre, le mauvais génie de Yannick, se laisse tenter par les meneurs, les suit au cabaret, sombre avec eux dans l'ivrognerie et l'anarchisme et « sa vieille mère en coiffe » en meurt de chagrin ; pour avoir une seule fois oublié ses pâques, Fanchette, la petite Quimpéroise, vole sa patronne et meurt repentante en prison, « quelle honte pour son village ! » Vers 1920, les jeunes Bretonnes commencent à se lasser du métier de servante, étudient la dactylographie, la mécanographie ; en hâte, un bon abbé Cadic les en dissuade : à quoi bon « traîner dans les rues de Paris en quête de situations qui ne se rencontrent jamais ? » « *Déjà quelques-unes, parmi les plus sages d'entre vous, ont retrouvé le chemin de la domesticité. Faites comme elles*[1]. »

Endoctrinement clérical ? Mais l'autre enseignement, en dépersonnalisant le Breton, le livre pareillement à ses exploiteurs — et pareillement, la Bretagne y joue son rôle complice.

---

1. O. V. Lossouarn, *Les Bretons dans le monde* (John Didier, éd.).

Qu'on l'imagine, ce petit Breton à qui on vient d'accrocher le *symbole*. Personne ne parlera de complexe à son sujet : le mot n'est pas encore inventé et ne s'appliquera de toutes façons qu'à une espèce supérieure; mais il le porte au cou, son *péché*, cet objet grotesque relié à lui par une ficelle. Qu'est-il donc, cet enfant, un écolier puni pour n'avoir pas su sa leçon? Non, un petit demeuré qui a lâché un mot de breton comme on s'oublie dans sa culotte, un petit sale que les rires de ses camarades ne châtient pas assez. Le maître en rajoute donc : si l'enfant n'a pas réussi avant la fin de la classe à dénoncer quelqu'un d'autre, il le traîne sous le préau et lui fait épeler l'écriteau : *Défense de cracher et de parler breton;* il l'oblige à nettoyer les cabinets, puisque *parle breton, parle cochon;* mieux, il lui impose de traverser le village avec le symbole, car ce sont les parents surtout qu'il faut corriger, qui donnent le mauvais exemple, qui parlent la langue maudite à la maison. Et en effet : devant leur petit lépreux à crécelle, le père, la mère rougissent; on rabroue la grand'mère qui a bonjouré en breton son petit gars, on promet de se surveiller, on s'épie à table. « Nous nous sentions des criminels, me raconte un témoin de cette époque, M. Le D., aujourd'hui enseignant lui-même. Lorsqu'elle allait voir l'instituteur, ma mère traduisait en français et apprenait par cœur ce qu'elle devait lui dire. Elle tremblait de lâcher un mot de breton à son tour et que le maître lui jette au visage la phrase fatidique : Eh bien, madame? *On parle la langue des poules et des oies?* » Né dans ce caquetage de basse-cour, qui ne se sentirait inférieur? Au surplus, toute infériorité supposant des supérieurs visibles, ceux-ci ne tardent pas à se manifester. Le premier batifole dans les livres scolaires : cet étonnant lutin d'importation, le petit Parisien « en vacances » ou « aux champs » qui s'exprime, lui, « comme un vrai petit Français ». Quel prodige et que l'écolier breton lui sert bien de repoussoir! « Déluré », « dégourdi », « vif et preste »,

« jamais pris de court, ayant réponse à tout », ce petit magicien « qui en connaît des jeux et des tours! » aide l'arriéré de son âge à se civiliser. « Dans tous les jeux il est le chef. Chacun l'admire et lui obéit, honte à qui lui disputerait la place! » « Après son départ, chacun se sent bien triste. Comme on voudrait lui ressembler[1]! » Le pli est pris, la relation établie : même s'il ne se mésestime pas en son for intérieur, le Breton gardera toujours le sentiment plus ou moins ancré que la supériorité vient d'ailleurs, qu'il lui faut écouter, respecter, subir. Deux fois prolétaire, mais aussi deux fois péquenot, double provincial. La tare originelle qu'il porte, ses chefs ne manqueront pas de la lui rappeler : à la caserne, il sera le *maho* hagard à qui on ne commande pas *gauche*, *droite*, mais *paille*, *foin*, parce que « ça, il comprend »; à l'atelier ou « en place », on le menacera de le renvoyer dans « son pays de sauvages qui ne causent même pas français ». Le D^r Le Guillant, étudiant les troubles psychiques des domestiques bretonnes a recueilli là-dessus d'innombrables témoignages — et aussi, la police des mœurs : « Les prostituées bretonnes sont de toutes les plus soumises à leurs souteneurs. *Elles se sentent étrangères*, livrées à qui les protège » (Inspecteur-principal Piguet, 1937). Dans le même ordre d'idées, le D^r Le Scouezec note le grand nombre de miséreux bretons qui, dans la rue ou dans les asiles, éprouvent le besoin d'exhiber leur carte d'identité tricolore : « Faut pas confondre, je suis français », « Après tout, je suis français comme les autres », etc. Il y

---

[1]. Avec la généralisation du français, je croyais disparu ce génie en culottes courtes. Je me trompais : « Il n'y a pas longtemps qu'il nous est arrivé de Paris. Son vrai nom est Lucien mais tout le village l'appelle le petit Parisien. Il parle mieux que les enfants du village et ses cahiers sont mieux tenus : sur chaque page il y a des « bien » et des « très bien ». Lorsqu'un jouet est cassé ou qu'une bicyclette est abîmée, c'est au petit Parisien qu'on s'adresse. » (*Le Livre que j'aime*, diffusé dans les écoles publiques bretonnes, 1966.)

voit, bien sûr, un exemple parfait d'affirmation négative : quel Angevin ou Berrichon aurait besoin de se déclarer français ? Mais aussi, l'aveu d'une infériorité ethnique qu'on tente de pallier par une preuve légale, cette carte de citoyenneté en « bonne et due forme ».

Significativement, le breton subit le sort des langues colonisées : il devient l'argot du vainqueur. De même que le conquérant rapporte d'Afrique *flouze*, *bled*, *chouïa*, *kroumir*, il rapporte de Bretagne « je ne vois que dalle » (de *dal*, aveugle) ou « mon pote » (de *paotr*, ami); cette langue même est un *baragouin*, des deux mots essentiels *bara*, pain, et *gwinn*, vin; le mot *nigousse* qui désigne les Bretons vient de la chanson des Ancêtres, *An-hini Goz*, virée au grotesque. A partir de 1914, le breton disant *Ya* pour *oui*, on l'accuse d'être un « patois teuton », le *berlinois*, le *berlingot*; pour l'écolier, une honte supplémentaire, « il parle comme un petit boche »; dans le métro ou dans la rue, des patriotes font arrêter des Bretons et s'ensuivent des scènes burlesques au commissariat [1]. Ainsi se crée peu à peu l'archétype : l'Écossais est avare, le Juif cupide et inquiétant, le Corse vindicatif, le Normand matois, le Méridional hâbleur — le Breton, lui, sera comique. Et par là, désarmé : car qui rit de vous, vous ne sauriez lui en vouloir : il ne vous impute pas un défaut, il vous trouve seulement ridicule; mieux vaut en rire à votre tour. La protestation contre Bécassine soulève un tollé : que ces Bretons manquent d'esprit! Ils s'indignent à cause d'une idiote, n'est-ce pas la preuve qu'ils sont idiots? L'insulte suivant le rire, on jugera naturel, les uns de la lancer, les autres de la recevoir : *le Rire*, *le Sourire*, *l'Indiscret*, *le Bon Vivant*, *la Vie parisienne* regorgent à la Belle Époque de caricatures bretonnes; des humoristes s'y

---

[1]. Pas toujours burlesques. En 1916, un soldat de Mellionec, François Laurent, est sommairement exécuté comme espion parce qu'il ne parlait pas français.

spécialisent (thème favori, la Bretonne engrossée par le Parisien en vacances); *le Journal illustré* montre les Bretons lapant leur soupe accroupis, à la même auge que leurs porcs. En 1929, une tournée de passage chante « Les pommes de terre pour les cochons, les épluchures pour les Bretons » à la face des survivants de Dixmude et pas une association d'anciens combattants ne songe à protester.

Sale, ivrogne, baragouineur, *amusant* — c'est encore trop, le Breton est-il un homme ? On en douterait en lisant ces petites annonces : « Personnel breton demandé, urgent, transport payé »; « On nous informe de l'arrivée de cent Bretons dans notre canton. Employeurs faire offre au journal »; « Pour travaux d'automne, Bretons de préférence. Écrire B.P. 137 »; et cette dernière en date : « Nous vous demandons de faire connaître avant le 8 janvier 1969 au syndicat betteravier, boîte postale 30 à Laon, vos besoins approximatifs en main-d'œuvre. Préciser la catégorie : Bretons, Italiens, Espagnols, Portugais, Marocains. » (*L'Agriculteur de l'Aisne*, 4.1.69.) Au siècle dernier le sous-préfet du Finistère, Auguste Romieu, était plus franc : il traitait carrément les Bretons comme des animaux d'élevage. Écoutons ce grand démocrate : « *Créons pour l'amélioration de la race bretonne quelques-unes de ces primes que nous réservons aux chevaux* et faisons que le clergé nous seconde en n'accordant la première communion qu'aux seuls enfants parlant le français. » Cependant, pour la raison que j'ai dite et qui exige le pittoresque à quoi le mépris ne suffit pas, il faut que le Breton soit autre chose qu'une bête. On lui forge donc une personnalité, sentimentale et sympathique. Après lui avoir volé sa parole, on lui restitue une parole travestie. On le rebretonnise, mais tel qu'on le veut.

Commence alors la traduction française de la Bretagne qui trouvera en Botrel son interprète idéal. Botrel ne parle pas breton¹. Mais pour les Français il le parle, puisqu'il dit comme tout le monde *menhir, korrigan, biniou, Armor*. *Armor* surtout : la patrie de Botrel n'est pas la Bretagne mais l'Armor, contrée mélodieuse où réside le Breton rêvé : le pauvre gars qui meurt en mer en prononçant tout bas le nom de sa Paimpolaise, l'amoureuse angélique veuve dès ses fiançailles, le rustre puéril que tout le monde bafoue — « t'es bien trop petit, mon ami » — mais à qui s'ouvrira tout grand le ciel de gloire, le gueux en révolte vaincu par l'écuellée de soupe que lui tend un fermier prospère (*Vous dormirez en paix, ô riches — vous et vos capitaux — tant que les pauvres auront des miches — pour y planter leurs couteaux* ») et naturellement, la Vendéenne et l'Enfant du Temple : car on entretient soigneusement la confusion avec l'ensemble de l'Ouest bien-pensant et Botrel chante le mouchoir de Cholet comme Bécassine trimbale un parapluie qui pourrait venir de Carentan. L'Armor de Botrel a deux couleurs comme le drapeau breton, blanc et noir, mais défraîchies. Le noir botrélien recouvre une Bretagne dolente, désexuée, gonflée de sensiblerie comme un noyé d'eau sale, dure à la besogne mais sans énergie nationale et par là vouée au sacrifice, sa raison d'être : logiquement, le destin fera du « barde » le chantre officiel de 14-18, le grand pousse-au-crime à biniou. Mais la guerre ne menace pas encore lorsque Botrel inaugure ses bretonneries montmartroises; le temps n'est pas encore venu où le service domestique s'achèvera en service guerrier au rythme d'un *Chant du Départ* revu et corrigé par un patriote de village : « *La République nous appelle... — Un Français doit vivre pour elle — Pour elle, un Breton doit mourir.* » Le blanc prédomine donc, et c'est simplement la Bretagne des vacan-

---

1. Sauf toutefois entre 14-18, pour relever le moral des troupes bretonnantes. Alors, conseillé par l'État-Major, il chante en breton *Rosalie la baïonnette* sur l'air de *Breiz da Virviken*.

ces, cette terre exotique pour le petit-bourgeois falliéresque qui ne se rue pas encore vers la Côte d'Azur et met dix heures pour aller à Morgat en train de plaisir. Colonie de vacances dans tous les sens du terme, l'Armor de Botrel offre au Parisien l'attrait d'un pays étranger et pourtant bien de chez nous, pittoresque mais apprivoisé, maquillé en immense kermesse de patronage. A chaque stand, des crêpes, du cidre, de l'âme bretonne : ce rude pays, pour le qualifier, on ne trouverait plus que les mots *gentil*, *attachant* — *prenant*, peut-être, ou mieux encore *spécial*, comme les bourgeois disent : « C'est spécial » de ce qu'ils ne comprennent pas. A l'appel d'une musique aigrelette surgit sur commande le Breton, poupée grandeur nature dans son *joli* costume. On l'a reconnu : c'est Mon frère Yves, bon cœur et mauvaise tête, brave et fidèle comme un chien mais pas tout à fait adulte, ayant toujours besoin près de lui d'un grand frère français qui l'empêche de faire des sottises. Respectueux des distances, Mon frère Yves se tient à disposition sur la plage, attendant que madame ait fini de lire Pierre Loti ou que monsieur souhaite voir « les Bretons danser ». Il se met alors en frais, organise des fêtes, Pardons, concours de costumes ou de cornemuses; il n'ignore plus qu'il en vit et que les visiteurs en veulent pour leur argent — précisément non lui, mais son image.

Rien de plus signifiant que le folklore, expression d'un peuple. Seulement, il ne signifie qu'*au-dedans*, pour qui se donne la fête : extérieurement, il n'offre qu'un rituel non-traduit, donc superficiel et aussi comique que — dirait Bergson — des danseurs qu'on regarderait se trémousser sans entendre la musique. Un pays vivait dans sa vérité, il n'existe plus qu'en représentation : ce sera donc, progressivement, une représentation mensongère. Comédien en costume, le danseur folklorique martèle de son pas cadencé le sol figuré de sa patrie, un plancher de scène. Le but de ce Théâtre des dimanches est de rassurer, son programme, le déjà-vu. A mesure de l'engouement des Français pour les plages atlantiques, l'authenticité bretonne disparaît. Paradoxalement, le nombre des orchestres populaires diminue d'année en année : c'est que les *sonneurs* n'ont plus qu'un public réduit, les Bretons se laissant conquérir par la musique d'importation tandis que les touristes refusent l'expression profonde au profit de la pacotille. L'art s'enferme dans l'imitation : les sculpteurs sur pierre ou bois n'inventent plus, copient les modèles désignés par les « Parisiens » et, en moins d'un demi-siècle, les dégradent en objets de bazar; à Pont-Aven, les Bretons rejettent Gauguin qui a pourtant *vu* la Bretagne car les touristes ne la voient pas avec ses yeux, et cette petite ville qui aurait pu être un haut lieu de l'art breton devient une foire aux croûtes. L'authenticité en est réduite à se cacher : pour la rencontrer, il faut descendre au fond des villages de l'intérieur, là où d'humbles voix conservent la parole exilée; jusqu'aux années 25 [1] elle n'en sortira plus. Ainsi dégénère un peuple qu'on regarde. Il n'échappe plus à ce regard, il se mimétise sous lui. Comme le garçon de café de Sartre joue au garçon de café, le Breton finit par jouer au Breton. Il en remet, vulgarise ses effets; la fête tourne à la chienlit, chansonnette armoricaine, *Clairons et binious*, *Sabots de la reine Anne*, défilés carnavalesques de la « Duchesse des Bretons » à Quimper ou dans les banlieues bretonnes de Paris. A la limite de l'insignifiance, tous les folklores se ressemblent : lorsque les Bretons de New York organisent leur fête annuelle, ils la confient à Amable et à son accordéon. On comprend donc qu'à proportion de l'écrasement de la culture bretonne, le folklore botrélien s'officialise et reçoive encouragements et subventions : c'est le désamorceur par excellence. Grâce à lui, chômage, transplantations, assassinat de la langue, tout finit par des chansons. Sont-ils si malheureux, ces gens qui

---

1. Cf. chapitre VI.

dansent la gavotte? Les notables applaudissent, le pouvoir, attendri, bat la mesure : « Et vous nous accusez de détruire votre culture! Nous qui vous permettons de porter ces beaux habits! »

Battait la mesure. Car la première période à quoi se réfère tout ce qui précède, où le colon nomme encore l'indigène, cette période est révolue. La Bretagne se survivait. Aujourd'hui, elle meurt.

Le temps breton se hâte avec lenteur : au soir de cette agonie, on pourrait se croire encore à la Belle Époque. A Port-Navalo, Mme Messmer, la femme de l'ex-ministre, s'habille « en Bretonne » pour visiter ses villageois et le maire d'une commune la précède en frappant aux portes : « Allons, dehors! Venez voir le *beau monde* qui nous arrive [1]! » Toujours aussi comique, le Breton : l'autre année, au cours d'une « Soirée des Provinces françaises », la Télévision choisit un fantaisiste coiffé « à la bigouden » d'un rouleau de papier hygiénique et chantant *Marie-la-Bretonne*, putain de Montparnasse : « Viens, Marie la Bretonne, tu vas nous gagner des gros sous, — Viens, Marie la Bretonne, tu vas nous jouer du biniou. » Quant à sa vertu dominante, j'ai sous les yeux un opuscule qui en témoigne. Sous le titre : *Un brave cœur sous des haillons*, le Manuel des Frères Enseignants de Ploermel nous conte l'histoire émouvante de Popol, pauvre gamin breton en guenilles qui a trouvé en chemin une montre en or. Il la rapporte naturellement à ses propriétaires, les riches époux Des Rivières, qui le reçoivent dans leur belle salle à manger. « Que font tes parents? — Papa est mort en mer il y a six ans, maman est malade depuis deux mois. » Cri du cœur de la bonne Mme Des Rivières : « Comme il y a du malheur sur terre! Et comment pouvez-vous vivre tous les deux? — Dieu y

[1]. Authentique.

pourvoit : des personnes charitables nous donnent parfois des restes bien bons. » « Alors, conclut l'auteur émerveillé, alors les deux époux, profondément émus par tant de misère et d'honnêteté, embrassent le petit pauvre sans faire attention à sa malpropreté. » Date de ce conte de fées ? 1950. Mais il *date*, en effet : le colon a changé de méthode.

Adieu, Bécassine, Botrel ! Adieu, Servante au grand cœur, mangeuse de bons restes ! Les Frères de Ploermel ne sont plus dans le coup : l'esclave typé qu'ils produisaient, le colon n'en a plus besoin. C'était bon pour la vieille économie malthusienne née de la peur des « rouges » qui prescrivait le maintien d'une paysannerie bien-votante encadrée par ses bons abbés. Aujourd'hui, le capitalisme opère à la dimension de la Consommation, par masses prolétariennes transplantées. A l'heure où le produit breton risquerait de concurrencer celui des grands lobbies agricoles français, où les dépenses de l'État se sont accrues en de telles proportions qu'il ne peut plus soutenir les économies locales défaillantes sous peine de se priver de téléphones, d'autoroutes et de bombe atomique, pourquoi maintien-drait-on une Bretagne inutile — et pourquoi s'attarderait-on à reconnaître aux Bretons une personnalité, même travestie ? Au début, on hésite encore : on garde quelques Bretons sur place pour les usines « déconcentrées » qui ont choisi cette terre ruinée où les salaires sont inférieurs de 20 à 46 % à ceux de la région parisienne (et voilà du coup le problème social réglé : éduquer cette main-d'œuvre, à quoi bon ? Sa misère y suffit : saint Dicat n'envoie plus personne en enfer, Citroën-Rennes met simplement les syndicalistes à la porte). Mais à ces séquelles de l'indigénat encore empêtrées de vieux principes [1], le capitalisme préfère

---

[1]. Pour recruter son personnel, Citroën-Rennes s'adresse aux curés de village qui lui font des rapports sur les candidats. Toute commune où s'est tenue une réunion d'information syndicaliste est exclue du recrutement.

de loin l'anonymat de l'émigration. Le Breton n'a plus rien à vendre que ses bras : parfait, on les envoie où la machine les réclame. C'est l'aboutissement du système de l'octroi, l'instant final où il n'octroie plus rien du tout. *Consommer* la Bretagne une bonne fois et d'une seule bouchée, transvaser d'un bon coup les Bretons dans les usines françaises; de ce qui était un pays, des hommes, faire un seul et immense troupeau marqué au marché du travail, parqué dans les HLM, livré à la loi de l'offre et de la demande et dont le destin ne se jouera plus qu'au sommet, entre le patronat et les centrales syndicales. Une intention morale en cela ? Aucune : le système n'a pas d'intentions, bonnes ou mauvaises, il est simplement le système. Lorsque M. Debré parle de « dégager la Bretagne », croyez bien qu'il ne la hait pas; je supposerais plutôt qu'elle lui est sympathique, puisqu'il y possède une villa à Pornichet; mais, chargé de répartir l'économie française, il décrète logiquement que la Bretagne n'a plus raison d'être, qu'il faut l'*évacuer*, que l'homme dit breton doit faire sa valise, prendre le train et s'embaucher où il pourra. De quoi se plaindrait-il ? N'est-il pas Français et ne va-t-il pas en France ? Au surplus, rien de plus facile que d'apaiser les âmes sensibles : un mot y suffit, l'*Ouest*.

L'*Ouest* a toujours été le mot-clé des niveleurs de droite ou de gauche. Lorsqu'à la fin du siècle dernier les démocrates-chrétiens partirent à la conquête de cette partie de la France, leur premier soin fut de fonder l'*Ouest-Éclair* qui niait l'entité bretonne, dispersée et rebrassée en éditions départementales s'ignorant mutuellement, priorité donnée aux vocables nouveaux, la *Cinquième Région*, le *Val de Loire*, etc. Aujourd'hui, l'*Ouest* constitue un alibi inespéré : « les problèmes de l'Ouest », « la situation angoissante de l'Ouest », « le drame de l'Ouest », il s'étend, s'étale, recouvre tout ce qu'on veut, Vendée, Mayenne, Anjou, Normandie, Poitou et, pourquoi pas, Charentes. J'entends que la réforme gaulliste prévoyait une *Bretagne* : mais justement, amputée de la partie nécessaire à son développement, Nantes, la Loire-Atlantique, avec la complicité de l'*Ouest*, ce vocable-boucher qui se prête à tous les dépeçages. Pour comble, il a fallu beaucoup de peine aux dépeceurs : il existe à ce jour dix-sept définitions géographiques différentes de l'Ouest, tant la réalité leur échappait. Cependant, le mot l'a emporté, du moins en locution courante telle que les journaux l'impriment dans les esprits — et, premier de tous, *Ouest-France*. Le résultat se lit au portail *Arrivée* de la gare Montparnasse. La Bretagne se dépeuple ? Non, l'Ouest. Des milliers de jeunes Bretons chômeurs ont quitté l'an dernier leur pays ? Non, des milliers d'habitants de l'Ouest. Dans une récente émission, la Télévision québecoise a cité le cas d'un paysan cornouaillais de quarante-cinq ans obligé d'abandonner sa ferme, de dire adieu à sa terre, à ses murs, à l'horizon où il avait toujours vécu et de partir pour Paris s'embaucher comme manœuvre — manœuvre à quarante-cinq ans ! et ce malheureux était un héros médaillé de la Résistance ! et le village dut se cotiser pour lui payer son train ! Il part, c'est un Breton. Il arrive à Paris : c'est un « Ouestien ». C'est-à-dire qui ? L'expatrié d'un quart de la France : vaste domaine mêlé de riches et de pauvres où les choses, en somme, ne vont pas si mal, où ce malheureux n'a eu, simplement, pas de chance. On serait en droit de lui demander : Quoi ! Y a-t-il tant de misère à Yvetot ? Querelle de mots ? Mais qui ne saisit la différence ? Qui ne comprend que sous un terme vague on écrase le malheur précis d'un peuple précis ?

Cette terre, pourtant, elle reste là. Qu'en faire ? Un champ de tir, propose l'Armée. Un camp de vacances, répond le Tourisme. L'Armée agit : M. Messmer occupe Morgat, détruit l'île Longue, livre l'Arrée aux tanks et Ouessant aux « frelons ». Le Tourisme, lui, cogite dans l'agréable : son plan prévoit cinq Parcs naturels où —

je cite les journaux — à cinq cents kilomètres de la capitale, « un simple coup d'aile », « l'homme moderne » — entendez le bourgeois parisien — trouvera « les conditions idéales d'une relaxation nécessaire » ainsi qu'un « retour vivifiant à la nature ». C'est enfin le triomphe d'Armor. D'abord peuplée de Gaulois gaullistes puis de servantes dévotes et de roucouleurs folkloriques, la Bretagne s'épure en terre de nulle part. Il n'y a fallu qu'une formalité : la débarrasser des Bretons. C'était une patrie, ce ne sera plus qu'un décor. Certes, on protégera les calvaires, les clochers à jour : mais comme les Chefs-d'œuvre en péril, *pour qui ?* On respectera les paysages [1] : oui, comme un théâtre ses toiles de fond. On conservera quelques indigènes — on les *conservera*, il est vrai : j'imagine assez bien les futures hostelleries pour PDG, mi-ranches, mi-relais de gueule, où serviront des figurants en *bragou-bras*, d'accortes soubrettes en coiffe, avec sonneur de biniou aux liqueurs, vieilles légendes au dos du menu et, pourquoi pas sous globe, la brodeuse de Pont-l'Abbé. Manque un gag ? On y a pensé : « l'introduction et l'acclimatation de bisons dans la réserve bretonne ». Et en effet : puisque les Bretons s'en vont, pourquoi les bisons ne reviendraient-ils pas ? Mais cette fin s'inscrivait déjà dans la déchéance que subit la Bretagne depuis des siècles et que trahit le langage : la Bretagne a été un État, puis une province, puis une région, puis l' « Ouest »; demain, plus rien. Ainsi les mots, ainsi les patries.

A moins que... Car il y a un imprévu : le réveil breton en ce siècle. Mais avant de l'aborder, arrêtons-nous et faisons le point — en France.

---

1. Pas si sûr. Le parc de la Vanoise était officiellement protégé : cette « protection » n'a pas résisté à un groupe bancaire qui va y construire des palaces-buildings. Mais faut-il s'en indigner ? La terre est faite pour nourrir les hommes. La nature est où vit l'homme et ce qu'il en fait. Et ce *naturel* re-fabriqué est finalement à la nature ce que le *culturel* est à la culture : sa dérision.

5

Colonisés, mes frères

> Sans institutions locales libres, une nation
> peut se donner un gouvernement libre; mais
> elle n'a pas l'esprit de liberté.
>
> TOCQUEVILLE

Il est rare que la droite étatiste passe aux aveux. Saluons donc comme il convient cette déclaration de M. Alexandre Sanguinetti :

« Je ferai l'éloge de la centralisation à l'Assemblée nationale. C'est elle qui a permis de faire la France malgré les Français ou dans l'indifférence des Français. Ce n'est pas par hasard si sept siècles de monarchie, d'empire et de républiques ont été centralisateurs : c'est que la France n'est pas une construction naturelle. C'est une construction politique voulue pour laquelle le pouvoir central n'a jamais désarmé. Sans centralisation, il ne peut y avoir de France. Il peut y avoir une Allemagne, il peut y avoir une Italie parce qu'il y a « une » civilisation allemande, « une » civilisation italienne. Mais en France, il y a plusieurs civilisations. Et elles n'ont pas disparu, vous pouvez en croire un député de Toulouse [1] ! »

Comment ne pas féliciter M. Sanguinetti de son courage ? Beaucoup de politiciens pensent ce qu'il dit là; malheureu-

---

1. *Le Figaro*, 12 novembre 1968. Cité par *l'Avenir de la Bretagne*, n° 37 et Jean Bothorel : *La Bretagne contre Paris* (Table ronde, Combat).

sement, ils le traduisent en formules codées, « union sacrée », « France éternelle », etc. M. Sanguinetti, lui, lance ses messages en clair. Il ne nous apprend pas seulement que « la France » est une construction artificielle et anti-démocratique érigée « malgré les Français » ou dans leur indifférence, il en dénonce la raison, la pluralité des civilisations de l'hexagone. Pesez le mot. M. Sanguinetti ne parle pas de « terroirs », de « petites patries », pas même d'ethnies : il emploie le terme exact, *civilisations*. Le malheur de la France est qu'elle possède plusieurs civilisations, du burg cathare au kreisker breton, et qu'elles ont, hélas ! la vie dure — croyez-en sur parole un député d'Occitanie.

Cette franchise mérite une réponse aussi précise. Je ne commettrai donc pas l'injustice d'en référer à tel qui, quand on lui parlait de culture, tirait son revolver. Nous ne sommes pas ici dans l'univers fasciste. Nous sommes dans l'étrange huis clos d'un certain Devoir qui en arrive à déplorer, au nom d'un système politique, une profusion de biens spirituels. Un Devoir ? Ah, ce mot fait lever un nom déjà cité sous ma plume. Mais d'hier à aujourd'hui, de Barrès à M. Sanguinetti — *sancta simplicitas !*

J'ai longtemps, je l'avoue, ignoré Barrès. Ce n'était pas tout à fait ma faute : comme beaucoup de Français nés dans les années 14, je le connus d'abord par ses écrits de guerre, noyés dans la littérature obscène de l'époque qui nous enseignait que les balles teutonnes ne tuent pas et dans laquelle, enfant, j'appris la langue de Descartes. Comment croire à un génie hautain qui signe de tels pactes avec la sottise ? Enfin je le lus — ses livres — à l'âge où l'on rend les justices. Et je découvris, bien sûr, le prince lorrain des lieux-communs critiques ; mais surtout, à la plus sourde résonance des contradictions, un déchiré, acharné à concilier l'inconciliable, la France physique et la France d'État. Rien de plus haïssable que le provincialisme raciste de Barrès, rien de plus contraire à la restitution de parole que je propose. Mais

Barrès lui aussi doit être jugé en son temps. A la lettre, le poète assiégé — car c'est bien l'image qu'il nous lègue : un poète et un Lorrain né pour vivre à la plus haute note de son moi dans une patrie heureuse et condamné par son époque à l'état de siège français. Cet *homme libre* est né enfermé, à l'âge des États-forteresses qui écrase toute liberté sous la fatalité de la Revanche; dès lors, son régionalisme n'a plus de sens, sinon inversé, en magie noire, celui qu'exaltent les partis droitiers tendus vers l'effusion de sang, une affirmation d'hostilité, une délectation mortelle, le sombre aliment des « passions nationalistes nécessaires aux peuples vaincus [1] ». Et même ainsi, il dessert sa cause. Car le centralisme a au moins sa logique : l'abolition des différences fera les grands troupeaux guerriers. Barrès a beau mépriser de toutes ses fibres Bouteiller le niveleur, c'est Bouteiller qui a raison car la Nécessité ne tolère pas la diversité française; l'exil des Déracinés est irrémédiable, non parce qu'ils ont quitté leur province, mais parce qu'elle ne doit plus être : logiquement, ils la sacrifient à l'Étranger des Invalides. Le Devoir ou plutôt la Menace commande : Barrès y acquiesce donc, jusqu'à la grimace. Mais ce choix terrible, il le fait dans le cri de sa chair, et c'est sa grâce. Même en ses pages les plus affirmatives, toujours une ambiguïté, la nostalgie de jardins préservés, une évasion lyrique — ou une insolence — le sauvent du pire, la lourde cohérence d'un Bourget, la satisfaction rageuse d'un Maurras à l'intérieur de ses algèbres. Et plus encore que l'admirable lamento sur la Lorraine ruinée nous émeut *la Colline* et son involontaire constat d'avilissement : cette sordide histoire de cagots et de visionnaires si révélatrice de la médiocrisation des provinces.

Certes, le temps n'est plus à ces grandes interrogations tragiques. Sous la Nécessité Barrès se rendait à l'État, mais les civilisations assassinées hurlaient par sa bouche. Aujour-

1. *Scènes et doctrines du nationalisme.*

d'hui, M. Sanguinetti les trouve simplement gênantes. Elles encombrent, il y en a trop et elles sont de trop. On n'a pas idée, ces civilisations en surnombre, trois ou quatre où une suffirait — et dangereuses avec ça, les garces! Admirons ce bon grognard gaulliste pour qui les civilisations ne sont pas des richesses vivantes à préserver mais des risques qu'un État sérieux ne saurait courir. S'il le pouvait — mais il le peut, étant justement *au pouvoir* — M. Sanguinetti enverrait à la casse ces surplus d'histoire. Et pour mettre quoi à la place? Il nous le dit : une construction artificielle péniblement imposée à laquelle il croit mais pas vraiment les Français, en bref M. Sanguinetti lui-même. Il doit y avoir quelque maldonne : entre les civilisations et lui, M. Sanguinetti n'a pas suffisamment évalué la distance.

Mesurons-la donc pour lui. De quoi s'agit-il? Je l'ai dit, de deux histoires. Mais essentiellement, de l'éternelle dispute du profane et du sacré.

Ces mots étonneront-ils sous une plume agnostique? Je les emploie pourtant sans scrupule car l'ignorance ou la négation de Dieu ne modifient en rien les deux rapports élémentaires de l'homme et du monde : le profane, l'appréhension immédiate de la vie, et le sacré, le sentiment de la continuité humaine. Vivant, je suis. Après ma mort, nous sommes. L'équilibre de ces deux termes justifie ma vie, mes actes et, par exemple, ce livre. Cependant cette coexistence à l'universel n'a rien d'un vague idéalisme : contrairement à l'opinion générale, le sacré ne consiste pas à détacher une chose du réel pour l'élever à quelque *idéal* mais à déceler dans le réel la dimension d'éternité. Le sacré récuse l'abstraction, la distraction, le songe.

Des deux histoires, la première, dite de France mais en vérité de l'État, se situe presque entièrement du côté du profane. Qu'elle abuse du sacré ne doit point nous tromper mais au contraire, nous dénoncer sa nature. Si elle sacralise ses rois, ses prêtres, ses guerriers et ses juges, si elle parle à tout propos de *sol sacré*, d'*union sacrée*, de *mission sacrée*, si elle ose en appeler au miracle et apposer la signature de Dieu sur les événements qui lui sont favorables, c'est justement que le sacré lui échappe : elle usurpe le sacré des réalités françaises et le travestit en abstraction. L'histoire d'État idéalise la France, au sens où Versailles est sous Louis XIV son lieu *idéal* — et tout naturellement, en 1871, cette capitale idéale qui a déjà ruiné le pays deviendra la capitale du crime, l'autel du dieu-État où le peuple — la réalité — subira le sacrifice. L'histoire étatique remplace les choses par les signes. Elle substitue l'État à la terre, l'Église à la religion, le drapeau à la patrie. Et ce faisant, elle accomplit, précisément, une *profanation*. Profanations, les rituels césariens qui fixent le sacré sur un chef ou une caste. Profanations, l'État-théâtre qui représente la France au lieu de la vivre, l'État-caserne qui massifie les Français pour ses guerres. Profanation, la prostitution de l'Église à l'État et, comme en Bretagne, la colonisation d'un peuple par la bigoterie. A l'opposé, du côté du sacré, se trouve l'histoire que j'ai appelée culturelle : car elle témoigne non d'un système, mais des millions d'hommes qui font l'Homme. Malheureusement, elle succombe sous l'autre histoire ou, comme chez les libéraux du XIXe, idéalise un peuple massifié, finalement aussi abstrait que l'État. Et c'est ainsi qu'après mille ans d'histoire profane, chaque composante du pays ayant été progressivement éliminée avec ses œuvres, l'esprit simplificateur en arrive à la négation du sacré, le refus de cet héritage humain qu'on appelle une civilisation.

Il le refuse — et personne ne s'en indigne : on trouve ce refus normal, on y applaudirait. M. Sanguinetti, sur ce chapitre, ne se distingue en rien du reste des Français. Il est tout simplement un colonialiste qui s'ignore. Mais pas plus que les gens de son parti ou d'autres partisans de droite ou de gauche; pas plus que les « humanistes » — *personnalistes*, ô ironie — qui luttent pour le français au Québec et contre le breton en Bretagne; pas plus que l'ami de gauche cité au début de ce livre qui soutenait avec ferveur un poète malgache mais ricanait à l'idée d'un poète breton. « Pourquoi vous laisserais-je enseigner un patois que je ne comprends pas ? » répond un proviseur du Morbihan à l'un de ses professeurs qui proposait un cours *facultatif* de breton. Et l'an dernier, dans un meeting : « Je n'ai rien contre vos Bretons. Mais pourquoi ne seraient-ils pas comme tout le monde ? » Comme tout le monde, entendez comme *moi*. Travers bien connu du Français qui en rit sans s'en corriger : il n'est *pas raciste mais*. Jamais le Français n'allumera les bûchers d'Auschwitz mais il exige qu'on lui ressemble, s'effare de la moindre différence affirmée et, le comble! vous accuse alors de racisme. Combien de fois ne m'a-t-on pas dit : Mais votre revendication bretonne, c'est du racisme! — Il est raciste de reconnaître en soi une différence, fût-ce au prix d'une longue réflexion; en revanche, il n'est nullement raciste de la nier sans discussion et de l'interdire de parole. Question, pourtant : quel est le raciste ? Celui qui veut être ? Ou celui qui lui refuse d'être ?

Le racisme est l'anti-sacré. Ennemi des réalités, il s'attaque au principe de toute réalité, la diversité humaine. Soit pour l'écraser — les nazis. Soit pour la nier au nom d'un *idéal* — M. Sanguinetti et vous, peut-être. La raison commanderait une doctrine simple et claire : *Oui*, on est raciste en décrétant une race inférieure et maudite; *Non*, on ne l'est pas en se définissant. Ainsi s'établirait la distinction entre ces deux notions mortellement confondues, la différence et l'antagonisme : la différence naturelle et fraternelle — je suis votre frère, c'est-à-dire votre égal et votre différent; et l'antagonisme, artificiel et ségrégateur. Malheureusement, l'esprit français semble réfractaire à cette distinction. Devant la différence, c'est l'antagonisme qu'il voit : en hâte, il retourne donc à ses simplismes conjurateurs. Et par là, il rend un tragique hommage aux profanateurs de son histoire. Il perpétue l'état de siège et la conquête.

Lors d'un débat de la gauche à Lorient (1966) un dirigeant local du PC déclare que la spécificité bretonne n'existe pas vraiment puisque le socialisme, en arrivant au pouvoir, effacera les *antagonismes*. Me voilà condamné, damné : je ne puis être à la fois socialiste et breton. Pour tout dire, je ne puis être breton que *contre* vous. Mais alors, ne seriez-vous pas, vous, français contre moi ? Car enfin, le jour où l'État socialiste ou non, aura définitivement évacué ma personnalité bretonne, au nom de l'histoire, de l'unité, du peuple et finalement, de la doctrine et du parti qui se prétendront les seuls représentants de ce peuple, il faudra bien que je me situe, que j'appartienne à un groupe, et quel ? « L'humanité », comme disait l'ami de mes quinze ans ? Non : mais *votre* humanité, *votre* groupe, exclusivement *votre* culture. Ah, nous retrouvons ici une vieille connaissance : la manie de refuser la différence baptisée antagonisme ou « nationalisme » pour tout ramener finalement à *une* nation, la France; cet impérialisme subconscient que Marx dénonçait déjà comme une des constantes du tempérament français[1]. « Mais pourquoi ne crient-ils pas Vive la France, ces gueux-là ? » s'étonnaient en toute innocence les massacreurs napoléoniens. Les pacifistes et les justes n'ont pas échappé à cet atavisme : ils l'ont seulement confessé avec une naïveté à la mesure de leur *idéal*. En 1892, Émile Zola prononce le discours d'usage au banquet annuel des Félibres de Sceaux. Partagé entre le souvenir de ses en-

---

1. « Les représentants de la Jeune France (pas ouvriers) mirent en avant ce point de vue que toute nationalité et la nation elle-même sont des préjugés vieillis. Les Anglais ont bien ri lorsque j'ai commencé mon discours en disant que notre ami Lafargue et les autres, qui ont aboli les nationalités, s'adressent à nous en français, c'est-à-dire dans une langue incompréhensible aux neuf dixièmes de l'assemblée. Ensuite, j'ai donné à entendre que sans s'en rendre compte lui-même, Lafargue comprend, semble-t-il, par la négation des nationalités, leur absorption par la nation modèle, la nation française. » (Karl Marx, *Lettre à Engels sur l'Internationale.*)

fances provençales et l'Idée Simple qu'il tient de son époque, il commence par célébrer la « belle vigueur » des poètes occitans ; s'il croit « au nivellement de toutes choses, à cette unité logique et nécessaire où tend la démocratie » — air connu : *unité* égale *nivellement* — il daigne pourtant admettre « que les Bretons nous parlent de leur Bretagne, les Provençaux de leur Provence ». Mais attention : « *Cela du moins jusqu'au jour — hélas, encore lointain — au jour rêvé du retour à l'âge d'or où toutes les forces collectives se seront fondues dans une grande patrie, où il n'y aura même plus de frontières,* où la langue française aura conquis le monde. »

Breton *et* Français, je ne puis donc : il me faut choisir. Mais quoi, au juste ? La construction de M. Sanguinetti.

Car c'est à elle, en fin de compte, que vous me ramenez — avec elle et non la France que ce débat s'instaure. Avec la France, c'est-à-dire avec vous, il n'y a pas plus de litige qu'entre des frères qui s'aiment et mettent en commun leur héritage. Ce que j'appelle ma *nation* est un bien spirituel qui ne prétend l'emporter sur aucun autre, qui ne brime aucun choix personnel — j'ai épousé une non-Bretonne — qui réclame seulement le droit à l'expression originale ; ce que j'appelle *libération*, simplement la décolonisation, la possibilité pour la Bretagne d'exalter ses énergies. Raciste, cette revendication ? Tout au contraire, antiraciste, puisqu'elle tend à sortir la Bretagne de son ghetto et à l'élever à l'universel. Max Jacob — *Morven le Gaélique* — est-il moins breton pour nous parce qu'il était *aussi* juif ? Voilà quelques années, un Cercle celtique du Finistère reçut la demande d'adhésion d'un étudiant malien. Qu'on se représente la chose : un Noir qui souhaite parler breton, chanter et danser breton. Que croyez-vous qu'il arriva ? On accueillit à bras ouverts ce camarade africain qui aimait notre culture — notre *civilisation* — au point d'apprendre notre langue. Il n'était pas breton, puisqu'il avait sa personnalité ethnique ; mais il était breton, et plus que beaucoup de Bretons, puisqu'il communiait avec nous dans l'essentiel. Il y eut toutefois des protestations; mais elles vinrent toutes, soit de touristes, soit de Bretons hostiles à l'*Emsav* qui s'indignèrent ou s'esclaffèrent de voir un « nègre » dans une chorale bretonne : elles vinrent de partisans du centralisme colonialiste, de *racistes*[1].

La querelle n'est donc pas entre la Bretagne et l'Auvergne, la Corse ou tout autre peuple. Elle est uniquement entre des Bretons conscients et une certaine structure héritée des pouvoirs de contrainte qui transmue la différence en antagonisme, l'unité en nivellement, l'universalisme en impérialisme. Eh bien! puisque tant de gens, et si divers, cautionnent cette structure jusqu'à en faire un tabou, elle mérite, certes, d'être considérée. Mais par qui? Par vous, qui êtes les Français, qui êtes la France. La question est : cette structure est-elle donc si bonne, qui a fait de vous à la fois des colons et des colonisés qui s'ignorent?

Qui ricane ou s'indigne de ce que je l'appelle colonisé, je le prie de réfléchir à ceci : la France ne connaît pas l'évolution normale d'un pays libre, mais seulement ces rébellions sporadiques d'indigènes qu'on appelle des révolutions. *Pays des révolutions*, dit le monde.

89, 1830, 1848, 1871, mai 68, autant de sursauts, de prises de parole et d'histoire : mouvements fulgurants, admirables, où brusquement les Français se sentent étrangement unis,

---

[1]. Racisme significatif, car ici au second degré. Les étatistes français ont colonisé le Breton sous le seul aspect qu'ils lui tolèrent, le Breton « pittoresque » à biniou et à costume; et bien évidemment, un Noir en costume breton dansant la gavotte offre abruptement une image d'un comique irrésistible. Mais pourquoi? Parce que le Breton lui-même a été typé dans une image restrictive et puérile. Imaginez maintenant un Cercle breton où au lieu de faire du folklore pour touristes, on s'adonne à l'étude de la civilisation celtique, arts, littérature, modes musicaux, et des grandes œuvres qu'elle a inspirées, des Mabinogion au surréalisme. Le Noir dans ce groupe n'est plus risible. Du ghetto on s'est élevé à l'universel.

où ils se découvrent avec stupeur heureux d'être ensemble, heureux de s'aimer, eux qui la veille ne s'aimaient pas, heureux d'aimer la France et de la sentir battre dans leurs veines, comprenant enfin qu'elle existe en eux et non dans l'image que l'État leur en présentait. C'est une double irruption. Des évidences. Et des compétences. Les Français courent à la rencontre des Français; ils investissent le Palais Royal, la Sorbonne, les vident du passé et des maîtres, les transforment en foyers de la parole retrouvée; les mots-clés leur naissent aux lèvres, le culturel, soudain, s'épanouit en culture : on se répond miraculeusement, on vit ce bonheur jusqu'alors réservé aux amoureux, entendre l'autre dire ce qu'on allait dire soi-même. L'histoire censurée jaillit comme un geyser. Tout ce qu'on avait réprimé éclate : archives clandestines, pétitions repoussées, partout émergent le trésor des silencieux, le testament des suppliciés : dans les cahiers des États généraux figurent des revendications qu'on croyait mortes avec les jacqueries, parfois antérieures à l'annexion de la province. Et le sacré, bien sûr, s'exalte en plein réel. A l'effarement des « spécialistes » un forgeron légifère, un boulanger gagne des batailles, les serruriers s'improvisent rois, bousculant le gros roi, ce serrurier amateur; les travailleurs réglementent le travail, les écoliers l'école. Émerveillés, les Français se réveillent adultes, qualifiés, fascinés de voir tout à coup le monde à l'endroit après l'avoir si longtemps supporté à l'envers, ivres d'une aventure tragique qui ressemble à une fête — vivants, enfin, vivants! Parbleu : ces colonisés qui s'ignoraient accèdent à l'indépendance.

Pas pour longtemps. A peine soulevée, la vague retombe. Il suffit au colon de brandir la peur : à l'instant, il rameute ses évolués complices et ses bons nègres[1]. En apparence

---

[1]. Qui étudiera sous l'angle de la psychologie coloniale la grande peur de mai-juin 68 ? A Arpajon, on avait vu le Sacré-Cœur en flammes. Dans le Blésois une dame ouvrait un refuge « pour les orphelins de l'émeute ». Au cours de sa campagne électorale, l'UDR promena dans

tout se passe exclusivement entre le pouvoir et le peuple. Le peuple s'est révolté, un pouvoir « fort » le mâte. Mais ce pouvoir, vous êtes-vous jamais demandé, non seulement pourquoi il gagnait toujours (ce que les rapports de force sociaux peuvent expliquer) mais avec quelle facilité il l'emportait, comme si la chose allait de soi, comme si une puissante Machine mettait automatiquement à son service, non seulement l'appareil répressif classique, mais d'incoercibles habitudes mentales, un atavisme de sujétion? En 89, le pays se libérait d'une telle compression que l'explosion dérangea la mécanique : on en détruisit les parties les plus visiblement rouillées, on cassa d'énormes rouages qui avaient broyé les hommes; mais la construction n'était pas atteinte dans ses œuvres vives, certaines furent même involontairement renforcées et depuis, chaque révolution est par définition « volée ». La structure césarienne du pays interdit la conclusion logique de la Révolution, l'instauration d'une démocratie authentique. Tous ses rouages fonctionnent en sens contraire, ramènent au Supérieur, au Colon. Quant aux colonisés, ils n'ont que furtivement séjourné en Utopie. Ils se sont *révolutionnés* comme le drogué révolutionne son organisme : ils ont « fait le voyage » du LSD politique, « entrevu des choses », « joui dans les pavés » et se retrouvent à l'aube dégrisés, vaincus. Les remords, comptez qu'on les

toute la France un film d'épouvante sur les « événements » : en Bretagne, on se serait cru revenu aux *taolennou* du P. Maunoir... Mais n'était-ce pas même méthode pour même roi?

Notons le plus significatif : cette peur était en grande partie factice. Le retraité qui s'effarait : « C'est la fin de tout! » n'en faisait pas moins sa belote au café, la commerçante qui levait les bras au ciel : « Où allons-nous! » enchaînait sur ses proches vacances aux Baléares. Bref, on vivait sous la Terreur, mais le plus calmement du monde. Entre les deux tours de scrutin, Guy Mollet déplora que la gauche n'eût pas le temps de rassurer la France. Il n'y avait qu'un malheur : la France ne tenait nullement à être rassurée. Pour le colonisé qui s'ignore il est *bien* d'avoir peur.

en gavera. L'État-colon chargé de crimes n'a plus que leurs crimes à la bouche. Voyez la canonisation historique de sainte Marie-Antoinette : ces nègres ne se pardonneront jamais d'avoir coupé le cou à une blanche.

« Pauvres Français! A vous lire, on croirait qu'ils n'ont pas la démocratie! » Ils ne l'ont pas : ils ont « la République », ce qui n'est pas la même chose. La République *pour-ainsi-dire* : la France n'est en effet qu'une république monarchique, au contraire de l'Angleterre qui est, elle, chacun le sait, une monarchie républicaine. Nous n'avons ni rois ni princes : c'est que chez nous, on ne se succède plus de père en fils mais de père en père — deux vieillards galonnés en vingt ans, qui dit mieux? Notre *histoire* se réduit à la glorification du pouvoir personnel, de préférence le plus féroce, notre *démocratie* à un dosage incertain d'autoritarisme et de laxisme, l'autoritarisme l'emportant au moindre vent de contestation. Encore, ce laxisme n'est-il pas conquête mais cadeau. En démocratie, les lois sont claires, égalitaires, émanant de tous et respectées par tous, elles *font la loi;* en « République », leur connaissance et leur application s'embrument d'on ne sait quel vague qui fausse les rapports du citoyen et de l'État et aboutit sournoisement au signe même de la monarchie, le « don gracieux » sous toutes ses formes. De temps en temps, le gouvernement « libéralise » : il accorde quelques minutes de télé à l'opposition comme il accorde une subvention à la Bretagne, et l'on admire, on remercie. M'objectera-t-on que ce système l'emporte sur beaucoup d'autres? Excusez-moi, je ne mettais pas la France sur le même pied que les pays totalitaires. Il me semble que puisque la France se prétend le berceau de la démocratie, on est en droit de réclamer pour elle ce que le citoyen suisse, anglais ou scandinave obtient naturellement de son État, un contrat social égalitaire et intangible.

Mais une raison plus profonde commande notre exigence : le fait que la France *a eu* la démocratie. Qu'en tout cas,

son principe essentiel, le principe des responsabilités de
base, a été commun à certains peuples de France à l'échelle
de leur temps et de leurs mœurs; et que cette organisation
qui donna entre autres à la Bretagne, même aux heures les
plus troubles du Duché, le sentiment de ses libertés en face
des servitudes franques, n'a été brisée que par une mutation
d'histoire, la conquête des nations par l'État et ses conséquences, éloignement et tyrannie du pouvoir, mépris du
pays réel, superstition du chef. Faut-il évoquer ces nobles
terres de contestation, la Flandre, la Franche-Comté, le
Roussillon, le Languedoc, apprendre à M. Sanguinetti que
ces civilisations qui l'inquiètent furent des civilisations de
liberté — et parbleu, n'est-ce pas pour cela qu'elles l'inquiètent? Or, cette vocation, qui niera que la France en ait gardé
la nostalgie? Si l'histoire dite de France était celle des Français et non d'un pouvoir, on y lirait le divorce constant
entre le vœu populaire et l'atavisme d'État; elle serait la
chronique d'une évolution libertaire que nous ne voyons
éclater qu'en révolutions impuissantes; elle promulguerait la
continuité et non le tumulte; elle aboutirait aux évidences
démocratiques aussi fatalement que l'histoire événementielle
aboutit au monarchisme déguisé.

A-t-on souri quand j'évoquais les mensonges officiels sur
Du Guesclin ou la duchesse Anne? Voici donc un exemple
on ne peut plus récent, vécu par tous, l'altération des buts
de la dernière guerre. Entre qui se passa cette guerre? Entre
États, sans doute, les Alliés et l'Allemagne; mais aussi et
surtout entre deux philosophies inconciliables, la démocratie et le fascisme. Au contraire des deux précédentes, elle
fut une *guerre d'idéologies,* comme telle enseignante, factrice
d'évolution; logiquement, si l'on souhaitait éduquer le
public, c'est cette leçon politique qu'on en devait, avant tout,
retenir. Ainsi eût agi l'histoire culturelle. Écoles, manuels,
cérémonies commémoratives, elle eût tout mis au service
d'une vaste explication politique afin que jamais plus le

fascisme ne séduise des esprits. A l'événement, elle eût préféré le commentaire; au culte du héros guerrier, l'avènement d'une histoire qui n'en ait plus besoin. Or, c'est peu dire que l'idéal démocratique fut déçu dans les faits : insensiblement, après 45 et par le simple jeu de l'appareil d'État — la célébration purement *militaire* de l'événement, l'exaltation exclusive du « sentiment patriotique », certes légitime mais éclipsant l'autre raison de combattre — on vida la guerre de 39 de son contenu idéologique, on la réduisit peu à peu à un conflit inter-États classique, une sorte de doublon de 14-18 : Hitler devint un banal envahisseur, un Guillaume II plus aberrant, plus cruel; Mussolini, un chef de gouvernement comme un autre dont le seul crime avait été d'attaquer « nos armées » en 40 (je n'exagère nullement : en 1967, une émission télévisée alla jusqu'à suggérer que sans ce fatal « coup de poignard dans le dos », Mussolini figurerait aujourd'hui un allié fort convenable : n'avait-il pas, s'extasia un debater, « rétabli l'ordre en Italie [1] »?) Bref, on ramena à la seule histoire événementielle cette formidable bataille de l'Esprit. « J'ai lutté pour la liberté », proclamait le Résistant. « Oui », répondait l'éternelle sourde, « tu as libéré le territoire ». Et le résultat ne se fit pas attendre : dix ans après la guerre, de jeunes Français dont les pères avaient subi la Gestapo employèrent la torture en Algérie sans le moindre scrupule et dans l'indifférence de la majorité de l'opinion [2]. L'histoire profane avait gagné, qui ne grave pas mais efface. Elle veut un peuple-enfant éternellement oublieux.

Rien ne dénonce plus naïvement cette discontinuité que

---

1. Et un autre : « Et puis, il s'est laissé fusiller plutôt que d'abandonner sa maîtresse. Et pour cela, voyez-vous, *il lui sera beaucoup pardonné.* »

2. Sinon sa complicité. « *Oui, ces pauvres Allemands, on les comprend maintenant* », dit une femme à Simone de Beauvoir (*la Force des choses*).

l'expression « prise de conscience » si à la mode de nos jours : la conscience n'est plus une connaissance intime, permanente et progressive, mais une lueur brève et surprenante, quelque chose qu'on branche et débranche comme un fil électrique — un *contact*. On notera que cette expression sévit exclusivement à gauche. Le pire est en effet la caution que la gauche donne à l'histoire étatique en avalisant son principe. De même que pour l'instituteur de la Troisième République le Breton ne devait pas évoluer comme breton mais abolir ses siècles et passer d'un bond à la France, la gauche ne conçoit pas d'homme sauvé qui ne soit un homme nouveau. Curieuse manie du « pays des révolutions » qu'un psychanalyste rapporterait à notre propos, car enfin que trahit-elle, sinon le complexe du colonisé qui refuse son passé honteux, qui *fait le saut* ? L'ennui est que l'homme nouveau de la Révolution ressemble à s'y méprendre à l'homme sans passé de l'État. « La gauche toujours surprise », dit Sartre. Parbleu ! C'est une colonisée sans mémoire : on va la libérer, c'est entendu, on va même lui donner le pouvoir ; mais auparavant, on la lobotomise pour la brancher sur une doctrine ou un prophète. Homme nouveau ? Je ne demande, certes, pas mieux. Mais comment puis-je à la fois fixer l'histoire et la commencer ?

La France est pleine d'hommes nouveaux qui naissent tous les matins et meurent tous les soirs. La journée s'annonce radieuse : on est en « République », pays de la liberté et des droits. Frais et dispos, le Français se lève : Allons, dit-il en se frottant les mains, ce n'est pas chez nous que l'homme serait bafoué, ses valeurs avilies... Eh, si, justement ! Si ! Brutalement, *contact* : en éclair, l'homme tranquille *voit*. Les grands bûchers nazis encore fumants, la France massacre quinze mille Algériens à Sétif et en petite Kabylie, embarque les rebelles malgaches dans ses avions militaires et de là-haut, pieds et poings liés, les jette sur leurs villages « pour l'exemple » — et ceux qui commandent ces crimes sont des *démocrates*, que dis-je, des *démocrates chrétiens !* Fiston déguisé en léopard manœuvre la gégène, et qui lui en a donné l'ordre ? Un gouvernement *socialiste !* Censures, cours spéciales, prisons préventives, misérables traqués par une justice de classe, innocents forcés aux aveux, syndicalistes chassés de leur travail, vieillards cherchant leur nourriture dans le rebut des Halles... Arrêtez ! crie notre colon-colonisé. Je ne savais pas ! Maintenant, je sais ! Homme nouveau, à l'action ! — L'ingénu ! La construction étatique le récupère dans la rue, devant sa télé et jusque dans les partis. Ils la reproduisent comme un calque : centralisés, niveleurs, éloignés du citoyen comme le roi du pays, affairés dans leur Versailles à leurs alliances et intrigues de cour, appareils duplicatés de l'Appareil. De gauche ? Il paraît, et après tout, c'est bien possible. Mais la Machine, elle, est *fonctionnellement* de droite, comme la structure du pays. Les intentions, les talents, les enthousiasmes, tout vient se briser sur elle. La démocratie, tout le monde la revendique. Elle va donc triompher ? Non, elle perd ; quand par miracle elle amène les siens au pouvoir, ils suspendent les lois, gouvernent par décrets ou font en hâte, Algérie, Suez, la politique de l'adversaire. Et finalement, ce qu'on attendait d'eux, ce pourquoi on les avait élus, qui le réalisera ? Mais voyons, nous sommes en monarchie : un général-roi octroyeur.

Comment notre sincère, effaré de constater qu'il a milité et voté pour rien — la fameuse impuissance de la gauche — ne succomberait-il pas au dégoût ? Il finit par se demander, cet *homme dominé*, s'il n'y a pas au fond qu'un seul parti en France, la Droite énorme qui gagne toujours. Et c'est vrai, à cela près que son nom exact serait le parti de l'État : ce parti massif et anonyme, sans cartes ni cotisations, qui est d'abord un état d'âme, rassemble en vrac le patron de combat et l'ouvrier boulangiste, le baroudeur et la dévote, ignore les clivages sociaux ou les traverse par des structures « apolitiques » — les Anciens combattants — révère la poigne

mais déteste le contrôle qu'il appelle le dirigisme, maudit
« l'indiscipline des Français » mais applaudit à tous les coups
de force et ponctuellement réinstalle le chef au pouvoir :
parti des Pères, corseté d'autorité maniaque; parti de l'état
de siège, foncièrement lié à l'histoire militaire, comme le
dénonça son ignoble cri du cœur en mai : « Ah, il leur faudrait une bonne guerre, à ces voyous-là! »; mais surtout
parti du Colonat, hélant le gendarme à la moindre velléité
libertaire, persuadé que les Français, ces *frondeurs*, ces
trublions, ces *anarchistes*, ne sont pas plus mûrs pour la
démocratie que les nègres pour l'indépendance. Plus malin
que nous, puisqu'il l'emporte toujours? Non, nous le savons :
énormément bête. Seulement, il possède tout ce qui nous
manque : les formes, les rites, l'histoire, *son* histoire,
Louis XIV, Napoléon, et jusqu'à *nos* Révolutions qu'il a
récupérées [1]; et même une sorte de conscience, car contrairement à la gauche, il s'inscrit, lui, dans une *durée*. Et cette
conscience, si vague, si morne, recouvre nos aspirations.
Pour comble, notre rebelle d'un jour finit par s'y engluer.
Le voici au crépuscule de ses espoirs, cet homme nouveau
qui n'est plus qu'un vieux vaincu à la bouche amère. Et qui
charge-t-il de ses rancœurs? Pas l'État — je veux dire *cet*
État, car il faut bien un État, mais il pourrait avoir une autre
forme; pas même l'ordre — je veux dire *cet* ordre, car
l'ordre est indispensable, mais il pourrait avoir une autre
âme. Non : il tombe dans le piège de la structure colonialiste, il accuse l'indigène, lui-même : « Les Français, sou-
pire-t-il, ne méritent pas la démocratie. »

1. « Comment ne pas crier aux Français : On vous trompe, on abuse
de votre candeur. Faites comme vos ancêtres de 1789, de 1830, de 1848,
révoltez-vous! » De quel Saint-Just, de quel Blanqui, cet appel à
l'émeute lancé de la tribune du Sénat le 15 avril 1958? Ne cherchez
pas, de M. Debré. *On vous trompe*, on brade l'Algérie, *révoltez-vous*,
installez le pouvoir personnel! L'action, d'ailleurs, suivit la parole :
M. Debré fit mai, je veux dire le 13 mai.

Que serait donc la vraie révolution en France ? Évidemment, une évolution. L'histoire, sans doute, ne s'accomplit pas sans secousses : elles sont l'imprévu, l'accident de parcours qui obligent le peuple à reviser sa stratégie, à improviser l'occupation d'une usine ou la prise de la Bastille. Mais cette longue marche ne se conçoit que sous le ciel de l'Évolution. Or, la gauche s'agite sous un ciel vide. Sans références et sans mémoire, elle cerne l'objet mais ne synthétise plus ; prisonnière de ses formules comme les militants de l'appareil, elle tourne en rond, revenant sans cesse à des points fixes ; elle polit et repolit des doctrines, le socialisme par exemple, mais extérieurement au rythme évolutionnaire, à ce que, faute de l'appréhender, elle exorcise d'un solécisme, le *contexte ;* dans les faits, elle traduit cette impuissance par une caricature, la fondation de partis successifs, chacun possesseur de la *dernière* démocratie, comme va d'objets en objets le drogué de nouveautés techniques. Hélas, les partis, même flambant neufs, ne sont que les hommes qu'ils contiennent ; et que contient l'homme de parti ? Une doctrine en référence à une autre doctrine, mais non à la loi générale qui lui permettrait de s'épanouir. Parallèlement aux partis — car ils sont, bien sûr, nécessaires : on ne me fera pas l'injure de me croire « apolitique » — l'efficacité commanderait aujourd'hui une Ligue de la Démocratie qui nous ramènerait au fond du problème, l'apprentissage des rapports humains. Rien d'une confrérie de bien-pensants chantant les psaumes de la « Liberté » ou de la « Justice », mais une Université populaire fonctionnant au niveau du quotidien, enseignant l'homme à se définir dans la cité : « Qui suis-je ? Pourquoi mes vœux profonds sont-ils toujours trahis ? Quel mécanisme d'aliénations, lois, *media*, travail et loisirs, s'exerce contre moi ? » Ainsi s'établirait, non plus éclair de conscience mais conscience, la présence de l'individu à la société, à l'histoire. Car la démocratie exige la pleine possession de ce qu'on est pour accéder à ce qu'on sera. Elle exige — et ce fut la tragique erreur de l'instituteur breton de croire le contraire — non pas un homme nouveau mais un homme *abouti*.

Encore, cela ne suffit-il pas. C'est peu, en effet, que de manquer de mémoire : la démocratie n'a pas de mains.

II

Au siècle dernier, les démocrates imposèrent enfin leur Marianne. Ils la promenèrent triomphalement, la coiffèrent du bonnet phrygien, l'installèrent à la mairie. Et s'aperçurent qu'elle n'était qu'un buste.

On vaut ce qu'on fait : la démocratie ne fait rien. Elle n'a pas de métier, pas d'outil. Cette dolente idéaliste rêve, discourt, d'adorables sentences lui tombent de la bouche, mais on ne lui a jamais confié une tâche sérieuse, à peine d'insignifiants travaux ménagers, au plus étroit de la commune ou du département. Elle est *sous puissance maritale* : l'État, son seigneur et maître, l'a épousée selon le code Napoléon. A lui seul les responsabilités, les décisions, l'argent du ménage; et comme il se méfie de Madame, il charge un préfet-flic de surveiller ses sorties et ses dépenses.

Absurdité qui, tout de même, sauta aux yeux. En dépit de l'État-caserne qui maintenait férocement le centralisme, d'innombrables hommes politiques, à la mesure de leur expérience, jugèrent le système ruineux, inviable, et conçurent pour le remplacer d'innombrables projets de régionalisation. L'histoire de ces réformes avortées couvre un siècle, du premier vœu de l'assemblée bourgeoise de 1871 au référendum truqué et manqué de de Gaulle; elle épuise toutes les formes de régionalisation et recouvre tout l'éventail politique, y compris les Jacobins, de Clemenceau à Léon Blum, de Poincaré à Paul-Boncour et à Vincent Auriol. La démocratie, on s'en doute, n'inspire pas tous ces régionalistes. Leur but n'est pas toujours de rendre ses mains à Marianne, mais de lui couper *en plus* la tête. Ainsi, le *régionalisme droitier* de Maurras et de Pétain qui n'est qu'un centralisme monarchique déguisé, sous la férule de gouverneurs. Pas d'illusion sur le conseil régional, uniquement consultatif, qu'il préconise : il n'a d'autre raison que d'intégrer le syndicalisme à l'État. Quant à la personnalité provinciale, il la préserve en effet, mais à la manière dont l'ancien régime tolérait le breton et la République, le folklore. Barrès exaltait le racisme provincial pour que de la *terre des morts* jaillisse l'armée de la Revanche. Le régionalisme droitier ne rêve pas d'autre moisson : persuadé — à raison, d'ailleurs — qu'un peuple massifié perd conscience, non seulement de son ethnie mais, à la longue, de l'ensemble qui l'englobe, il stabilise un terroir aux « vertus » disponibles, à demi personnalisé, assez breton pour adorer la supériorité de l'État, pas assez pour imaginer un devenir. L'indigène est nommé, la colonie demeure.

Le *régionalisme technocratique* ne se soucie, lui, ni des ethnies ni des cultures, pas même vraiment de l'ensemble hexagonal. Pour lui, la France est une société anonyme à gérer au plus rentable. Le régionalisme technocratique ignore la terre : il n'y voit qu'un espace géographique à découper sur épure et à redistribuer selon les normes du *management*. Des départements, toujours, mais plus de la Seine ou de la Loire : de la Force Motrice, de l'Industrie, de l'Agriculture Mécanisée ou, comme la Bretagne, du Loisir Naturel. D'une de ces régions à l'autre circule un peuple indistinct, le matériel humain du capitalisme des monopoles; s'il conserve quelque personnalité, ce sera celle du Français folklorique, pastis, tiercé et bifteck-frites; à l'étage des Managers on parlera américain. Pour la politique, on achèvera ce que le gaullisme a commencé, des « spécialistes » parachutés à qui le Chef *permettra* de se présenter aux élections et qui plaqueront sur des régions sans paysages l'abstraction des États-majors et des Écoles : « Votez pour nous, vous recevrez. » Au contraire du régionalisme droitier, le régionalisme technocratique figure une hypothèse d'avenir. Il a seulement oublié l'homme.

« Pas plus que le lycée républicain ne s'est dégagé de l'ancien collège des Jésuites, l'administration républicaine ne s'est dégagée des traditions monarchistes et césariennes. La centralisation napoléonienne s'est elle-même coulée dans le centralisme à la Richelieu et à la Louis XIV ; les régimes subséquents, fût-ce la République, ne sont jamais parvenus ou même n'ont jamais travaillé sérieusement à la briser... Voilà le corset d'airain qu'il faut rompre. Voilà pourquoi le contre-projet socialiste n'hésite pas à lancer le vrai mot d'ordre : décentralisation. » Avec ces lignes de Léon Blum — publiées dans le *Populaire* du 7 décembre 1933 — avec cette analyse historique qui va à l'essentiel, nous sommes enfin sur un tout autre terrain. Seul le mot *décentralisation* prête encore à confusion : car la doctrine de Léon Blum passe de loin cette complaisante formule. Elle préconise le régionalisme des pouvoirs de base tel que Vincent Auriol le définira en 1944 dans son livre *Hier et aujourd'hui* : la Région considérée comme entité naturelle, dotée d'une Assemblée à compétence législative, avec un président et un exécutif régional ; au-dessus d'elle, ou pour mieux dire en prolongement, l'Assemblée nationale, le gouvernement, l'État. « La constitution de la République, écrit Vincent Auriol, doit équilibrer en une puissante unité fédérative le pouvoir de nécessaire centralité et, dans une sage mesure, la nécessaire autonomie locale (...) Dans chaque province organisée il faut faire pénétrer avec sagesse l'esprit d'autonomie et stimuler l'esprit d'initiative. »

Cela porte un nom, le fédéralisme. En arrachant à l'État le contrôle exclusif des réalités, le fédéralisme rend à la démocratie les mains qui lui manquaient. On ne cesse de reprocher à la démocratie son impuissance, son vague ; mais impuissante comment ne le serait-elle pas, fonctionnant à l'intérieur d'un système hostile à sa nature, et vague, puisque ce système la condamne à l'abstraction ? La première tâche consiste à mettre la démocratie en action : à la *forcer à l'action*, à en finir avec ses songes et ses bavardages, à lui donner des pouvoirs étagés et concrets à partir de l'usine, du syndicat, de la coopérative, de la commune. Oui, l'homme vaut ce qu'il fait, et il faut donc lui donner les moyens de le faire; mais agir, c'est aussi se connaître, et se connaître, se libérer. « D'accord pour les libertés bretonnes, m'écrit un lecteur de mon journal. A une condition : que les Bretons commencent. Qu'ils cessent de voter gaulliste. » Bel exemple de charrue avant les bœufs! Rendez aux Bretons leur personnalité et leurs droits, et seulement alors ils auront une chance de se libérer politiquement [1].

Le fédéralisme n'est pas raciste : il ne flatte les « vertus » d'aucun groupe dans l'arrière-pensée de les utiliser. Il n'est pas abstrait : il engage l'homme au plus immédiat, le champ, l'atelier. Il est essentiellement anti-autoritaire et anti-despotique puisqu'il repose sur le principe du responsable et non du chef. Mais surtout, nul moins retrancheur que lui : car, restituant aux peuples leurs composantes, il participe de l'histoire culturelle, renoue le fil rompu, réveille ce qu'Émile Masson appelait bellement « la voix du grand fauve humain » bâillonnée par l'histoire étatique; et par là, moyen politique de la nécessaire Évolution, converge passionnément vers l'unité, la véritable unité, celle des différences reconnues. C'est le centralisme et non lui qui sépare : ainsi, M. Sanguinetti *ne croit pas* à l'unité française qu'il prétend imposer du dehors,

---

1. A preuve, ce fait ignoré de mon correspondant (victime de l'Octroi et lui-même octroyeur : Que nos bons Bretons se conduisent bien, nous daignerons les récompenser!) : ce sont les régions bretonnantes, sauf le Morbihan et pour des raisons que je dirai plus loin, qui votent le plus à gauche, PSU, PC; en 89, l'élan révolutionnaire partit du Finistère et des Côtes-du-Nord actuels. « La zone bretonnante a toujours été à l'avant-garde du progrès, contrairement à la zone francisée, plus enracinée dans ses routines. Cette différence est encore très nette aujourd'hui. » (Jean Markale, *op. cit.*) Vérité sournoisement passée sous silence car *il faut* que le Breton qui parle sa langue soit réactionnaire, pour le système et ses défenseurs de droite ou de gauche.

par sa Construction. Le fédéralisme, lui, y croit : il la recompose de l'intérieur, par la volonté des peuples.

Le fédéralisme réconcilie l'Idée et la Terre. Il respecte les civilisations. Il est du côté du sacré. « Ma conclusion, écrit en 1926 le radical Émile Desvaux, est que dans un avenir prochain, on ne dira plus : Un tel est radical, un tel est socialiste. On dira : celui-ci est étatiste, celui-là est fédéraliste.[1] »

Rien de plus vrai — sauf la prédiction : comme les fédéralistes du XIXe siècle, ceux du XXe ont sans cesse vu s'éloigner une victoire qu'ils croyaient à leur portée. Aujourd'hui encore, tout le monde réclame des Assemblées régionales et personne n'en veut. Pour quelles raisons? Multiples et généralement inavouables. Mais toutes, ramenées à une constante, la peur. 1926, 1945, notez ces dates : Desvaux et Vincent Auriol n'expriment leurs opinions fédéralistes que parce qu'une guerre vient de se terminer; 1933, Léon Blum, que parce que la guerre ne menace pas encore. Le meilleur allié du centralisme est sa propre création, l'état de siège, et la preuve : les ennemis du fédéralisme sont aussi les ennemis de l'Europe, ils refusent à la fois les libertés intérieures et la communauté extérieure. Quant au temps de paix, une autre peur, plus misérable, s'y oppose aux réformes : tout simplement, celle des hommes politiques à qui le centralisme offre un avantage inestimable, l'éloignement — *l'éloignement royal* — la possibilité, aussitôt après avoir gagné sa voix, de prendre leurs distances à l'égard de l'électeur, de se retirer au Parlement comme le roi se retirait à Versailles et là, de devenir en toute quiétude des chefs irresponsables. Ils reviendront sans doute dans leur circonscription : mais pour « tâter son pouls », inaugurer des chrysanthèmes, préparer leur prochaine campagne; et ceux qui restent sur place, maires, conseillers généraux, n'ont pas assez de pouvoirs pour établir une transmission. A quoi sert-il de « dialoguer »

---

1. Cité par Eugène Poitevin, *l'Europe fédéraliste*, 1927.

si le dialogue ne se répercute pas suffisamment au niveau de l'exécutif[1] ?

« Régionalisons! » dit le député, mais à la manière dont le choriste d'opéra chante : Marchons! Marchons! sans bouger de place; car il sait trop bien, cet *élu*, que des pouvoirs directs, vraiment démocratiques, menaceraient son autorité, l'obligeraient à respecter son programme et à agir selon le vœu du pays, si souvent en avance sur la routine parlementaire. Il sait mieux encore : qu'il ne serait peut-être pas élu du tout car en régime fédéraliste, la masse agissante produirait *naturellement*, comme en période révolutionnaire, des responsables plus efficaces que lui. Et s'il ne sait pas tout cela, son parti le sait pour lui. Tous les partis, de droite ou de gauche. Au-delà des idéologies et des programmes, un trait commun unit groupes, partis et même syndicats, la peur de la base. Émile Desvaux avait raison sur le fond : apparemment, il y a des socialistes, des libéraux, des conservateurs; mais en vérité, il y a essentiellement d'un côté les fédéralistes et de l'autre, les étatistes — d'un côté les démocrates et de l'autre, les autoritaires. Un accord tacite s'oppose à la décolonisation de la France.

Il n'y a pas de centralisme démocratique. Tant que le centralisme régira la France, la démocratie s'y réduira à des élections truquées. Non parce que le suffrage universel est antidémocratique, au contraire — on ne trouvera jamais rien de mieux pour exprimer les vœux d'un pays — mais parce qu'il est faussé dans son fonctionnement : il sépare au lieu

---

[1]. D'où les « descentes dans la rue » des ouvriers et des ruraux. Les paysans nantais qui « encadrèrent » l'an dernier M. Guichard ne s'amusèrent nullement à chahuter un ministre. Ils se trouvaient devant des problèmes cruciaux, des problèmes de pain, et *personne* à qui, utilement, les soumettre. Un Important passait en visite, ils l'obligèrent à les écouter. Par force? Eh, qu'y pouvaient-ils? M. Guichard les déféra en justice : rien ne dit mieux la survivance du principe monarchique d'autorité. Un chef intouchable, mais de responsables, point.

de coordonner, il éloigne au lieu de rapprocher; un peuple privé d'histoire envoie au Parlement des hommes qui deviennent automatiquement prisonniers de l'histoire étatique, qui font automatiquement la politique d'une monarchie. Le résultat de ce décalage, nous l'avons aujourd'hui sous les yeux. A la limite, les parlementaires ne sont plus que des marionnettes de partis, désignés pour leur docilité, c'est-à-dire fort souvent pour leur médiocrité; on les élit non pour leur valeur personnelle ou leur connaissance des problèmes, mais sous l'empire d'un intérêt au plus bas (1967) ou d'un sentiment de peur (1968); à l'Assemblée nationale, ils désertent les grandes séances de politique générale, confient leurs votes à des « boîtiers »; leurs questions orales au gouvernement, leurs interventions à la tribune et même leurs travaux en Commissions se réfèrent à des lobbies qui les surveillent et devant lesquels ils jouent un rôle de « défenseurs »; au mieux, ils obtiennent l'*octroi* de quelques faveurs dont il font aussitôt grand bruit; mais en marge, la véritable politique française demeure livrée aux préfets et aux technocrates. Le peuple, lui, se dégoûte du suffrage universel qui, seul, pourtant, le préserve de la dictature. Il le méprise, l'accuse de tous ses maux, alors qu'il lui suffirait de le modifier. Seulement, on se garde bien de l'en convaincre : on lui crie : *Élections, trahisons !* dans l'espoir inavouable d'un règne accru de la Fonction autoritaire et irresponsable — plus même de vote, la désignation directe, par en haut. Et pour refléter l'opinion, plus rien que des sondages de presse.

Modifier le suffrage universel, organiser des pouvoirs de base, nécessité et condition de la démocratie : elle va, comme la nature, du détail à l'ensemble. Cette modification dérange vos habitudes ? Fort bien, rejetez-la; mais alors, ne parlez plus de changement ni de révolution, car vous remplacerez seulement une structure aliénante par une autre structure aliénante, s'appelât-elle le socialisme. Ou pour mieux dire, vous aliénerez le socialisme en le plaquant sur la structure.

Certes, ce n'est pas aux marxistes qu'on reprochera d'ignorer l'histoire. Ils lui ont appliqué la grille irréfutable des rapports de production; ils ont commencé à doter l'homme d'une histoire qui le concerne enfin, une histoire, au sens où j'emploie ce mot, culturelle. Et pourtant, en France du moins et si l'on excepte un bref moment que j'évoquerai en d'autres pages, ils ne se sont pas dégagés de l'histoire étatique, de sa nation incréée, de son citoyen indistinct. Infidèles en cela à Marx qui dénonçait le colonialisme de l'État français et son caractère monarchique; et infidèles à la logique du socialisme : comment serait-il démocratique s'il adopte au départ l'anti-démocratisme de la structure? Étonnante confusion qui choisit le moyen contraire à la fin proposée!

Par malheur, en politique confusion égale escroquerie. Vous m'escroquez en m'obligeant à un choix qui sacrifie une part de mon être. Comment croirai-je à votre *plus* s'il m'impose d'abord un *moins*? Et par exemple, pour continuer à censurer mon pays et sa *civilisation*, quelle raison me donnerez-vous? Me direz-vous que je serai deux fois socialiste en abolissant ma patrie bretonne comme le gouvernement bleu horizon de 1919 déclara les Bretons deux fois français parce qu'ils avaient eu le double de morts? Lui, du moins, était dans son rôle; cette réponse, il la faisait à la même heure aux Algériens, aux Annamites, aux Noirs : par un détour infâme, le colon utilise jusqu'au sang versé pour maintenir l'indigène en servitude. Mais justement, je ne veux pas être deux fois français, figurez-vous : je veux être français, français tout court, français à part entière comme disait l'autre, et pour cela breton reconnu; et je ne veux pas non plus être deux fois socialiste en abdiquant mes droits bretons pour le socialisme. Je veux le socialisme et la Bretagne ou, ce qui revient au même, le socialisme et la démocratie.

Au même? Oui. Ce livre est fait pour le crier.

Lorsqu'à seize ans je m'aperçus que je nourrissais en moi une part maudite, la Bretagne, mon premier sentiment fut, je l'ai dit, de culpabilité. C'est le dilemme du différent : il est reconnu ou il est coupable. Une découverte, alors, me sauva de la solitude. Je découvris que de nombreux Français avaient aussi une part maudite, et qu'elle était la démocratie.

Le premier de nos traits communs est l'impossibilité de se faire entendre. « La Bretagne ? nous dit-on. Mais personne ne la colonise ! La Fête du Biniou, tenez : un triomphe ! » Et pareillement : « La démocratie ? Mais que voulez-vous de plus ? N'a-t-on pas le droit de penser ce qu'on veut en France ? » Comment, par quel langage communiquer une autre définition ? Elle existe, pourtant, puisqu'elle se prouve à contrario. L'homme qui nie le fait colonial breton avouera : « Bien sûr, le gouvernement réprime la langue bretonne. Mais qu'importe, puisque les Bretons parlent tous français ? » Et celui qui se croit en démocratie : « Bien sûr, le gouvernement réserve la télévision à sa propagande. Mais après tout, chacun ne reste-t-il pas libre d'acheter le journal de ses idées ? » C'est donc affaire d'appréciation. Mais en réalité, de dimension : car en affirmant qu'aucun gouvernement n'a le droit de monopoliser un service public ou que la répression d'une langue est en tout état de cause un acte de colonialisme, le démocrate et moi remontons à un principe que notre interlocuteur ignore : il vit dans le relatif, nous dans la Loi. Ici commence l'exil.

Partout où je vais à Paris, entrant dans quelque maison amie, j'imagine une Bretagne reconnue, maîtresse de ses énergies et de son verbe : quelles richesses alors le plus humble d'entre nous apporterait à son hôte ! Mais j'assieds à la table un autre que moi aux mains vides. Ainsi le démocrate : il sait une société où les hommes seraient à la fois plus libres et responsables, un ordre meilleur, mais nul n'en veut. Même censure de nos réalités : votre télévision « régionalisée » vous montrera des danseurs de kermesse mais jamais un

Breton conscient — un militant des jeunes partis bretons, par exemple ; « libéralisée », elle vous produira des doctrinaires de l'opposition mais jamais un démocrate exposant la démocratie comme praxis. Et nous censurer ne suffit pas, on nous raille. De même que le mot *Bretagne*, si je le prononce devant mes hôtes, fait aussitôt lever entre nous l'image d'un biniouseur en sabots, le mot *démocratie* suscite automatiquement un quarante-huitard barbu éructant des moralismes. Comme la Bretagne, la démocratie est une revendication vieillotte, comique — du folklore. Marié de force à cette caricature, le démocrate tente d'en divorcer, comme nous de l' « Armor ». Mais il n'a aucun moyen de se libérer, pas même de s'exprimer, pris dans un nœud de contradictions, de quiproquos, sommé d'accepter la « démocratie » folklorique qu'on lui propose ; englué dans la situation colonialiste qui le ramène, en définitive, à élire le moins mauvais, à accepter le chef par notables interposés — comme la Bretagne et ses bons votes.

Compatriotes de la démocratie, je ne vous insulterai pas en prétendant que pour vous l'action n'est pas la sœur du rêve : car ce n'est pas un rêve qui vous habite, mais la réalité des rapports humains, comme j'ai en tête un vrai pays de chair et de sang. A la longue, comme la Bretagne, la démocratie devient une nation secrète que nous portons en nous. De temps en temps, cette nation s'affirme. Elle reconnaît les siens, brandit ses drapeaux, Front populaire, mai 68... Elle touche terre, enfin! Mais derechef on lui arrache son état-civil et elle se retrouve sans histoire ni parole, étrangère sur son propre sol — colonie. *Exilée*, oui : l'exil n'est pas sous nos pas, mais dans l'impossibilité de vivre à notre note exacte. Comment dès lors ne pas ressentir, et jusque dans l'injustice de leurs malédictions, l'amertume des expatriés ? « Vive la France », n'importe qui le clame sur une estrade, et parfois de quelle bouche ignoble! Mais « A bas la France », des hommes ont jeté ce cri un soir du balcon de la Closerie des Lilas, et c'était les plus grands poètes français; mais celui qui dit récemment « J'ai honte d'être français » fut un des organisateurs de la Résistance; sous combien de dalles fleuries de tricolore repose un homme qui, à un moment de sa vie, a haï la France? — Ils se trompaient! — Oui, de vocabulaire [1]. Ce qu'ils appelaient *la France* dans leur colère, dans leur désespoir — dans leur amour — n'était que le système d'État qui, du plus loin qu'on remonte, a dénaturé le pays, broyé ses énergies et ses cultures.

« *De remède, il n'y en a qu'un. Donner aux Français quelque chose à aimer. Et leur donner d'abord à aimer la France.* » En 1943, une exilée, à Londres, distinguait elle aussi l'État du pays, écrivait que le premier avait « *déraciné* » le second, suppliait qu'on sauvât les civilisations françaises — qu'on les sauvât, non pour elles seules, mais pour le pays tout entier. « *Concevoir la réalité correspondant au nom de France de telle manière que telle qu'elle est, dans sa vérité, elle puisse être aimée avec toute l'âme* [2]. » Un quart de siècle plus tard, la République monarchique n'a répondu à ce vœu que par un surcroît d'anonymat et d'oppression. Cependant, on n'évacue pas impunément le sacré des peuples. L'ennemi ne peut nous cacher son signe, la vulgarité. Et sous cette vulgarité, une certaine solitude de la France qui

---

1. Et ils étaient bien excusables, car dans le système, être français signifie être de droite. Pour Maurras déjà, l'adversaire politique, socialiste ou pacifiste, « n'était pas français ». Au lendemain de mai, lorsque l'ORTF congédia les journalistes coupables de démocratie, le journal *Télé-7 Jours* sollicita l'avis de ses lecteurs; ceux qui se déclarèrent favorables à cette mesure félicitèrent presque tous le gouvernement d'avoir expulsé — des contestataires? Non : des métèques. — « Si ces gens-là ne se sentent pas bien en France, ils n'ont qu'à retourner chez eux. » « Ces messieurs ne sont pas contents? Qu'on les reconduise à la frontière! » Rappelons que les métèques en question portaient des noms aussi peu français que Robert Chapatte, François des Closets, Emmanuel de la Taille, Roger Couderc...

2. Simone Weil, *L'Enracinement*.

n'est jamais aussi vaine de grandeur que lorsqu'elle se retranche du progrès des autres nations.

Lors du vote de la loi Deixonne (1951) qui préconisait timidement l'enseignement facultatif des langues régionales — loi laissée à la discrétion de ses adversaires, tournée par tous les gouvernements successifs et finalement lettre morte — un député *jacobin*, de *gauche* donc, et même *socialiste* comme tout le monde, se signala par une intervention qui mit, comme on dit, les rieurs de son côté. « Comment ! s'écria-t-il, on veut nous apprendre le dialecte des cavernes ? » Bon rire, gros rire réponse-à-tout qui signifiait : Ah ça, pour qui nous prend-on, où sommes-nous ? Eh bien ! il ne me paraît pas inutile d'apprendre aux démocrates, en effet, où nous sommes. Ou, pour commencer par l'antithèse, dans quel pays antidémocratique, Dieu merci, nous ne sommes pas.

C'est simple : nous ne sommes dans aucun des pays qui, en préface à toute citoyenneté, ont inscrit, quel que soit leur régime, la défense des cultures minoritaires. Nous ne sommes pas en Angleterre où le gallois, l'écossais et même le manx (mille locuteurs !) sont enseignés avec l'anglais dans les écoles d'État, où le pays de Galles bénéficie comme d'un droit naturel du bilinguisme (noms des villes, plaques des rues, inscriptions routières dans les deux langues); nous ne sommes pas en Belgique bilingue, en Suisse où l'on enseigne officiellement — outre, bien sûr, les trois langues principales — le romanche (40 000 locuteurs), au Danemark où le féroïen demeure la langue nationale des Iles, en Hollande où le frison reçoit droit de cité égal dans ses écoles bilingues bien qu'il ne soit parlé que par 400 000 habitants sur onze millions; nous ne sommes pas en URSS où soixante langues minoritaires reçoivent expression de plein droit, en RDA où pour 100 000 usagers la langue sorabe possède 110 écoles, une presse spéciale et une radio d'État, en Tchécoslovaquie où le slovaque est seconde langue officielle (presse, télévision, cinéma, maisons d'édition) et où même la langue tzigane a ses écoles, en Yougoslavie où la Constitution titiste ne reconnaît pas moins de six langues minoritaires; nous ne sommes pas au Sud-Vietnam où le FNL, en implantant ses maquis, a rendu en pleine guerre leurs écoles à dix-sept minorités ethniques... Nous sommes en France où la notion de culture minoritaire appelle le scandale ou la bouffonnerie. Parfait, rions donc, et du patois breton, et des États préhistoriques que je viens de citer. Seulement, il sied de savoir où nous conduit cette opinion et qui la partage. Les démocrates s'étonnent fréquemment que la France — le pays des Droits! — n'ait pas contresigné la Déclaration européenne des droits de l'homme. Je leur apprendrai donc qu'elle ne l'a pas fait pour une excellente raison : *elle ne le peut pas*, contrevenant à l'article de cette Charte qui concerne les libertés culturelles et à la *Déclaration sur la race et les préjugés raciaux* (UNESCO, 1967) qui préconise l'enseignement des langues minoritaires « pour contribuer à enrichir la culture générale de l'humanité ». *La France seule*, donc? Pas tout à fait. Deux pays d'Europe — les seuls, comme par hasard, qui ont réimposé à leurs peuples une structure centraliste — ont adopté sa position et refusé comme elle l'enseignement officiel des langues régionales : l'Espagne de Franco et la Grèce des colonels.

Mais le *dialecte des cavernes*! Ah, le *dialecte des cavernes*, que cela est bien dit, bien français, que répondre? — C'est ainsi qu'on pourrit les cœurs.

6

Le réveil breton

> Nous te ferons, Bretagne !
> *Inscription sur un mur,*
> *à Lannilis.*

Dans la nuit du 6 au 7 août 1932, l'organisation secrète *Gwenn ha Du* fit sauter le monument de l'Union de la Bretagne à la France qui décorait depuis 1911 l'hôtel de ville de Rennes. Ce monument en effet « décoratif » au sens où l'entendaient les artistes médaillés de la Belle Époque représentait la Bretagne à genoux implorant le roi de France assis sur son trône et noblement condescendant. L'affaire fit du bruit quelques semaines. C'était le premier attentat « indépendantiste » en Bretagne. Il mettait en lumière le Parti autonomiste breton dit *Breiz Atao* (Bretagne toujours) auquel les journaux parisiens reprochèrent entre autres de s'en être pris à un « symbole ».

Un symbole ? Assurément, un tel monument ne pouvait être que symbolique, représentant deux entités. Mais enfin, il y a symbole et symbole, le bonnet phrygien ou le chapeau de Gessler ; et le fait est qu'entre tant de rapports possibles, debout, mains unies, face à face, le sculpteur de 1911 avait conçu naturellement la Bretagne agenouillée, que les notables consultés l'avaient naturellement admis et qu'on avait naturellement imposé cette vision aux Bretons. La Bretagne vaincue se rendant au vainqueur ? Ce rappel de la conquête eût déjà manqué d'élégance. Mais ce monument répondait moins du passé que du présent : conçu au début du siècle, il traduisait une idée contemporaine, une idée *acquise*, l'idée que la Troisième République se faisait de la Bretagne, province mendiante et serve. Il suffit d'ailleurs que le monument sautât : les Bretons, enfin, le *virent*. Tout en déplorant son dynamitage, plusieurs personnalités non suspectes de séparatisme admirent qu'il était « de mauvais goût » : tacitement, on évita de le reconstruire.

Quant à l'autre symbole — le geste des dynamiteurs — l'opinion le traduisit par la volonté de détacher la Bretagne de la France. Or, les autonomistes se tenaient alors fort loin d'une telle extrémité. Et ils n'étaient pas non plus les premiers à revendiquer des libertés pour leur pays. En 1911 déjà, le parti nationaliste breton *Breiz Dishual*, de Camille Le Mercier d'Erm, avait manifesté à l'inauguration du monument; en 1919, l'action de l'Union régionaliste bretonne auprès du Congrès de la Paix, quoique terminée par le fin de non-recevoir que j'ai dite, avait publiquement soulevé la question des droits culturels. Cette même année, trois très jeunes gens, Morvan Marchal, Olier Mordrel et Fanch Debeauvais fondèrent le parti autonomiste breton, *Strollad Emrenerien Vreiz*, et son journal, *Breiz Atao*. Significativement, ils étaient tous originaires de haute Bretagne, la partie la plus francisée. Au début, leurs revendications ne dépassèrent pas le cadre breton, reconnaissance de la spécificité bretonne, enseignement de l'histoire, de la langue, projet d'un statut spécial; mais en 1928, au second congrès du parti, à Châteaulin, deux nouveaux venus adjoignirent à ce programme la doctrine fédéraliste : un Rennais, Maurice Duhamel, et un non-Breton, Philippe Lamour.

Philippe Lamour était à l'époque un jeune avocat parisien passionné de sociologie. A la tête d'une équipe où figuraient entre autres André Cayatte et Le Corbusier, il avait tour à tour publié deux revues, *Grand'Route* et *Plans*, axées sur ce thème essentiel : « l'édification d'une civilisation adaptée à la révolution industrielle et à l'interdépendance générale qu'elle a engendrée ». Quatre principes s'en dégageaient : 1º « la fondation d'institutions politiques issues du groupement naturel des individus dans leurs unités naturelles »; 2º « une organisation économique fondée sur la propriété considérée, non comme un droit absolu mais comme une fonction » — donc, une économie planifiée s'opposant à l'économie libérale, « anarchie créatrice de misère »; 3º « une éthique de la personnalité substituée à l'éthique de la matière » — donc, le refus de l'accumulation de type américain : « le but de l'homme n'est pas la production illimitée des biens »; 4º enfin, « la construction de l'Europe (...) une Europe concrète faite, non de l'union diplomatique des États, mais de la fédération des unités naturelles autour des axes normaux donnés par les fleuves, les climats et les solidarités naturelles [1] ». Ce programme si étonnamment moderne — la société de consommation, la régionalisation, l'Europe des ethnies! — témoigne de l'originalité des courants de pensée libérés par l'après-guerre et la fin provisoire de l'état de siège. Comment Philippe Lamour passa-t-il des principes à l'action propagandiste et pourquoi choisit-il le cadre restreint et exotique du mouvement breton, sans doute l'expliquera-t-on par le désir de confronter ses théories avec une réalité particulière, de les expérimenter, en quelque sorte, en laboratoire; aussi, par l'amitié qui le liait à Duhamel, Breton de gauche, d'une famille franc-maçonne et dreyfusarde. En tout cas, il occupa dans le mouvement breton une place non négligeable : quatre ans durant il fut le conseiller de *Breiz Atao* et son orateur attitré, providentiel ténor d'une cause plutôt mal reçue.

C'est le moins qu'on en pouvait dire. Les militants de ces années se souviennent de réunions de villages improvisées

---

[1]. J.L. Loubet del Bayle, *Les Non-Conformistes des années 30*, Éd. du Seuil.

sur le marchepied de quelque vieille Ford, devant des auditoires qu'il fallait surprendre, cueillir à la porte du bistrot ou de la messe et qui, les yeux ronds, considéraient les « autonomistes » à peu près comme des martiens, hésitant à leur lancer des lazzis ou des pierres. Parfois, on appelait le curé, les gendarmes ; l'ivrogne local y allait de son numéro ; des mères outragées reprochaient curieusement aux orateurs de « faire ça devant les enfants » et il y avait avantage à ne pas tenir le meeting trop près d'une rivière. Rien, pourtant, d'extravagant dans la doctrine d'alors : la création d'une Assemblée bretonne élue au suffrage universel qui fixait la limite revendicative des *Breiz Atao*, tous les partis politiques, sauf l'UDR, l'inscrivent maintenant à leur programme ; le drapeau breton que les gendarmes leur arrachaient des mains flotte aujourd'hui sur les édifices publics, l'hymne breton, le *Bro Goz*, qu'on leur rentrait dans la gorge, est chanté à toutes les fêtes. Mais à l'époque, le seul mot *autonomie* causait des frayeurs. On était en pleine tempête de l'autonomisme alsacien : face à la rive allemande, Strasbourg, Colmar, Saverne élisaient des municipalités autonomistes avec l'appui des communistes ; *Breiz Atao* avait beau insister sur son légalisme, l'opinion le soupçonnait de subversions secrètes. Ses raisons même le desservaient. Évoquait-il la situation coloniale bretonne : « Quoi! se cabraient ses auditeurs, vous nous prenez pour des nègres ? » Le peuple breton ne se voyait pas : il lui manquait un miroir qui lui vint trente ans plus tard, dont je parlerai. Réservoir de troupes coloniales, il participait au système et accusait de trahison qui le dénonçait. Une coïncidence acheva de troubler les esprits. En 1923, donc bien avant que le public français eût entendu parler d'un agitateur allemand nommé Hitler, *Breiz Atao* avait choisi pour insigne l'*hevoud* celtique, symbole d'union et de paix en forme de croix gammée ; dès 1929, lorsque les premiers drapeaux nazis apparurent sur les écrans de l'actualité, il se hâta de le changer ; mais l'emblème prostitué par le nazisme était maintenant connu en Bretagne, et que répondre plus tard à des gens qui se souviendraient de l'avoir vu porter par les *Breiz Atao même avant la guerre*? Qui étudie l'histoire du mouvement breton — et n'ignore donc pas qu'une de ses factions collabora — ressent cette fatalité : tout se passe comme s'il avait été culpabilisé au départ, pareil à l'enfant de l'Assistance qu'on accuse injustement de vol et qui devient, en effet, un voleur.

Mais la confusion régnait à *Breiz Atao* même. Il s'était fondé sur un slogan, *na ru na gwenn*, ni rouge ni blanc, le sentiment breton d'abord : erreur mortelle qui le priva de contenu social et de toute audience auprès des masses. Disparate d'âges, de conditions, d'opinions, ce fut l'auberge : l'ouvrier y coudoyait le hobereau, le franc-maçon le curé de campagne, le communiste le maurrassien; dans les congrès annuels, une élégie sur « nos chères traditions » suivait un exposé marxiste; l'un citait Lénine, l'autre Léon XIII; d'angéliques vieux messieurs à gilets de velours coupaient court à tout exposé sur la lutte des classes en affirmant que lorsque la Bretagne aurait retrouvé ses libertés du temps de la bonne Duchesse, riches et pauvres s'embrasseraient. Mêmes divergences sur le plan culturel, les uns vantant la culture française indispensable à la conscience bretonne moderne, les autres la refusant en bloc, de Ronsard à Proust, comme un dévergondage pernicieux. Ni sur la laïcité, ni sur le social, *Breiz Atao* n'affirmait de doctrine. Les colonisés n'ont d'autre ressource que de rêver leur patrie : situation malsaine que quelques militants surmontèrent mal. Ils subirent la tentation de l'irréalisme, pallièrent leur impuissance par l'imaginaire, se vantèrent d'une audience qu'ils n'avaient pas, se grisèrent d'un verbe passionnel; enfin, pris dans ce nœud gordien, le tranchèrent par l'activisme. Dès 1932, la coupure s'opère entre les fédéralistes pour qui la question bretonne s'insère dans un ensemble mondial et les nationalistes de la « Bretagne seule ». Morvan

Marchal et Goulven Mazeas fondent *la Bretagne fédérale*, Maurice Duhamel et Philippe Lamour se retirent du mouvement; c'est l'année des démissions, des scissions, l'année où *Gwenn ha Du* commence ses attentats à Rennes, à Ingrandes, contre les préfectures, l'année où faute de substrat politique, *Breiz Atao* oscille d'un courant à l'autre, s'enfouit définitivement dans la solitude. Encore quelques années et sa fraction « dure », devenue extrémiste, ne résistera pas à la pesanteur internationale.

L'histoire représente l'avant-guerre partagée entre une majorité de civilisés et une secte de barbares hitlériens. C'est oublier que le mythe fasciste fonctionnait même dans les pays dits démocratiques. A-t-on si vite passé par profits et pertes les ligues de 35, les cagoulards, l'antisémitisme revenu en force et, plus significativement, les hommes de gauche qui basculèrent dans l'hitlérisme — car enfin, *tous* les partis français sans exception eurent leurs collaborateurs? Le mouvement breton eut les siens, comme il eut ses maquisards et ses combattants de la France libre [1]. Cela dit, non pour excuser l'inexcusable; car hors de toute considération morale, ses militants qui jouèrent la carte allemande se montrèrent infidèles à leur propre doctrine. Qu'une foule en délire refusant la « guerre des Sudètes » acclame Daladier à son retour de Munich, on peut n'y voir qu'un pacifisme inconséquent; mais lorsque *Breiz Atao* admet l'amputation de la Tchécoslovaquie sous prétexte que Benès en a fait un État centraliste à la française, il renie son combat de vingt ans pour le droit des peuples; lorsqu'il imagine une « République bretonne » cautionnée par l'occupant, il soumet son pays à la servitude; fédéraliste, il insère la Bretagne dans un système impérialiste aux antipodes de ses convictions; Breton, il se

---

1. A Londres, un groupe de résistants bretons, *War Zao*, intervint auprès du général de Gaulle pour obtenir après la guerre des franchises politiques et culturelles.

retranche de l'esprit libertaire qui l'animait et qui conduit tant de Bretons dans les maquis. Aussi bien, n'était-il plus question de doctrine mais d'aventurisme. Les fédéralistes achevèrent de se dégager ou passèrent à la Résistance ; quant aux partisans de la collaboration rassemblés autour de *l'Heure bretonne* — car le parti avait changé de journal comme il avait changé de nom : il s'appelait maintenant le *parti nationaliste breton*, le PNB — ils subirent sans tarder les conséquences de leur choix. Les Allemands exilèrent et remplacèrent les chefs, jugés indociles ; les troupes, y compris les membres de la légion Perrot[1], se réduisirent progressivement à une poignée de désespérés exécrés de la population, voués aux exécutions sommaires ou à la fuite — principalement en Irlande dont la rébellion de 1916 avait hanté leurs esprits et où, par solidarité interceltique, on leur fournit des passeports. Telle, la réaction contre eux, que l'opinion ne tint aucun compte des militants de *Breiz Atao* antinazis : tout bretonnisme devint suspect et on emprisonna, en 44, des gens dont le seul crime était de posséder une bibliothèque bretonne. Politiquement, la cause bretonne entrait pour dix ans dans le désert.

Et pourtant, malgré la terrible hypothèque qu'il faisait peser sur elle, lorsque l'heure des comptes arriva, il fallut bien admettre que le mouvement comportait un actif. Pour les tenants d'une Bretagne enfin adulte, à part entière en France et dans le monde, il y avait maintenant deux époques : avant et après *Breiz Atao*.

---

1. Ainsi nommée en mémoire de l'abbé Y.V. Perrot, recteur de Scrignac, exécuté par des maquisards en 1943. Il semble établi que ce prêtre celtisant fut surtout victime de la tension politique qui régnait dans la région — la Résistance n'a d'ailleurs jamais revendiqué son exécution. Tous les témoignages le présentent comme un homme juste et bon. Il avait écrit de nombreux ouvrages pour la défense de la langue et fondé l'association culturelle *Bleun Brug* et une troupe de théâtre bretonnante.

Vers 1960, les jeunes socialistes qui commençaient à repenser la question bretonne étudièrent avec passion ce précurseur maudit. Ils venaient de milieux qui lui avaient été farouchement hostiles; les pères de nombre d'entre eux, anciens résistants, les avaient élevés dans la méfiance de l'idée et même de la culture bretonnes; or, en se penchant sur les imprimés du parti, ils y découvrirent des thèmes qu'ils développaient couramment, et dans les termes dont ils se servaient, et des arguments, des faits, des chiffres qu'ils entendaient quotidiennement énoncer, même par des gens qui considéraient *Breiz Atao* comme une folie criminelle heureusement sans suites. Sous tant d'aventurisme et de contradictions, un acquis demeurait : *Breiz Atao* avait pour la première fois posé le problème breton en termes révolutionnaires. Les militants des années 30 gardaient le souvenir d'un parti tiré à hue et à dia par ses passéistes et ses novateurs; mais dans le journal et les brochures, les seconds seuls, ou presque seuls, s'exprimaient, et ils soumettaient la Bretagne à une analyse politique qui n'a pas été dépassée. C'est dans *Breiz Atao* qu'on trouvait pour la première fois la dialectique colon-colonisé appliquée à la Bretagne, la définition de la stato-nation, la distinction — si vague encore dans l'esprit public — entre les trois hypothèses statutaires, déconcentration, décentralisation, autonomie. *Breiz Atao* dressait un tableau exact de la Bretagne, reliait l'économie à l'histoire, la culture à la politique, prédisait trente ans plus tôt la ruine accélérée du pays par la technocratie monopoliste. Il aérait l'esprit breton, le libérait des mythes et des servitudes. Multipliant les comparaisons à l'échelle mondiale — nouveauté dans ce pays qui continuait à se penser à la dimension du département — il obligeait ses lecteurs à reconsidérer la Bretagne, non plus province excentrique et condamnée mais péninsule de l'Europe en communion avec le monde gaélique. Pour toutes les régions du pays, *Breiz Atao* traçait des plans de développement économique et culturel, s'inspirait d'Israël, des nations scandinaves, imaginait des coopératives et des kibboutz, traitait de paysage et d'urbanisme — ceux que ce dernier point frappait se rappelaient que deux des fondateurs du parti étaient architectes et que cette profession s'y trouvait curieusement sur-représentée. Mais surtout, *Breiz Atao* offrait au présent l'image sensible d'une Bretagne nouvelle. C'était affaire de ton, de choix — infailliblement le meilleur choix, culturel ou esthétique : pour la littérature bretonnante, le mouvement *Gwalarn*, pour les arts, le groupe des Sept Frères, *Ar Seiz Breur* : paradoxalement, *Breiz Atao*, ignoré ou rejeté par la majorité de ses compatriotes, leur imposait à leur insu sa vision[1]. Les jeunes militants de ce parti archi-minoritaire avaient beau se débattre dans un complet isolement, ils n'en incarnaient pas moins la créativité de leur pays et la doctrine de pointe de l'*Emsav;* même incertains ou excessifs, leurs arguments l'emportaient sur les données routinières qu'on leur opposait; ils étaient, en somme, une imagination sans pouvoir. Ainsi constituaient-ils une sorte de société secrète : les *Breiz Atao* se reconnaissaient dans n'importe quel groupe à la passion qui les animait, à leur mépris du folklore et de l' « âme bretonne » touristique, à leur goût de la réussite personnelle en réaction contre l'infirmité sociale séculaire, à leur manie, aussi, de tout ramener à la Bretagne — manie qui ne laissait point de fatiguer leur entourage... Aujourd'hui, au CELIB, à la CODER, dans les syndicats de cadres où maintes « innova-

---

1. Et même son label : c'est *Breiz Atao* qui inventa le drapeau breton à hermines et bandes blanches et noires, symbolisant les neuf *pays*. Avant lui, une dizaine de symboles plus ou moins folkloresques avaient été utilisés : ils disparurent devant le nouvel emblème instinctivement adopté. Le drapeau qui flotte de nos jours sur les mâts et les édifices, qu'on reproduit en écussons et fanions d'autos, le drapeau, enfin, qui reçut de Gaulle à Quimper est donc le drapeau autonomiste de *Breiz Atao*.

tions » exécutent ou améliorent des suggestions de *Breiz Atao*, combien de notables ne peuvent se regarder sans sourire en se rappelant un certain passé ?

Breiz Atao fut un semeur d'idées. On serait en droit de dire de lui ce qu'un peintre célèbre disait de ses camarades impressionnistes : on l'a fusillé, mais on lui a fouillé les poches. Comment, dès lors, expliquer le désastre final ? Avant tout, par les contingences que nous avons vues au chapitre précédent. Dans une Europe immédiatement retournée à l'état de siège, une Europe symbolisée par la ligne Maginot où dix ans à peine s'écoulent entre la fin de la guerre et les débuts d'Hitler, les énergies régionales n'ont aucune chance ; l'État fait bloc défensif, préfère la médiocrité à la diversité ; un mouvement tel que *Breiz Atao* est refusé malgré — et dans une certaine mesure, à cause de — sa valeur intrinsèque. D'où claustration, ressentiment. Les dirigeants de *Breiz Atao*, si bons ouvriers des réalités bretonnes, manquaient de culture politique, de sens tactique : l'ignorance satisfaite qu'on leur opposa, le mépris et bientôt la haine où on les tint rejetèrent certains d'entre eux au pire à l'instant même où ils commençaient, en Bretagne, à se faire entendre. Et puis, les vieux démons du bretonnisme n'étaient pas encore exorcisés. Pendant ses quinze premières années, le parti autonomiste mène une politique rigoureusement antiraciste ; à partir de 1935, le ton change, on voit resurgir, dans la revue annexe *Stur*, les mythes de Gobineau et de Chamberlain ; *Breiz Atao* qui traitait excellemment du problème juif a des foucades antisémites, choisit en 1938 un avocat antisémite pour le défendre. Paradoxalement, ces particularistes subissent le mimétisme des mouvements fascistes parisiens de l'époque : leur drame reste en fin de compte celui du provincialisme.

Cependant, le mouvement autonomiste léguait à la Bretagne des figures incontestables : ainsi Yann Sohier, le fondateur d'*Ar Falz*.

LE RÉVEIL BRETON

En 1928, dans son école de Plourivo, Yann Sohier, instituteur laïque, membre du parti communiste, se livre à une expérience : le breton, ce patois que ses collègues interdisent, il le remet à l'honneur et le traite comme une langue vivante. Il parle breton à ses élèves, corrige leurs fautes de breton aussi sévèrement que leurs fautes de français, leur commente en breton les événements de l'actualité, les techniques modernes ; bref, il les débarrasse du sentiment de péché qu'ils avaient à parler leur langue. Informé du scandale, l'inspecteur primaire accourt. Seulement, impossible de sévir : les petits bretonnants de Sohier sont aussi les meilleurs élèves du canton en français et l'emportent sur tous au certificat d'études. « Et puis, débrouillards ! » s'extasient les parents. Contre un siècle de préjugés, Sohier a démontré le rapport étroit de la langue et des structures mentales.

D'où vient Sohier, nous le savons : de cette lignée de Bretons deux fois désespérés parce que vaincus et combattant hors de l'histoire — cette histoire faussée qui ne retient pas les Bonnets Rouges mais les chouans, pas les communards bretons mais les lignards de l'Ouest. Il vient de ces progressistes qu'on accuse de passéisme car ils remontent, par-delà l'occupation royale, au *vrai* passé breton : les fédéralistes de 48 et de 71, les socialistes bretons de 1900, Émile Masson qui dans son journal *Brug* explique inlassablement — et vainement — qu'un socialisme qui déracine ne peut finir que mystifié. Sohier a assisté à cette mystification. Il a vu l'immense armée socialiste sombrer, drapeaux rouges en tête, dans le gouffre de 1914, il a connu l'après-guerre bourgeois, l'exploitation des cadavres, la célébration éhontée de l'holocauste breton ; il a entendu, dans les banquets « patriotiques », les officiels parisiens se féliciter que « le grand brassage de la guerre ait contribué à la disparition du patois ». C'est une victoire, en effet : Sohier ne croit pas qu'elle soit celle de l'homme. Le Breton a été dépersonnalisé, mais pour devenir chair à canon et bétail d'usine; son sacrifice ignoblement récupéré perpétue son aliénation; quant au socialisme, il a nivelé les différences au nom de l'Internationale mais pour renier l'Internationale au premier coup de feu. Contre ses collègues qui continuent d'imposer ce nivellement, Sohier cite Masson : « La conscience ne se partage pas (...) Il faut que le socialisme et la langue bretonne ne fassent en Bretagne qu'un corps et qu'une âme. » Deux fois prolétaire parce que breton, le Breton ne sera aussi révolutionnaire *que* breton.

Au début de 1933, Sohier voit enfin ses idées prendre corps : des instituteurs laïques se convertissent à sa doctrine, fondent avec lui la revue *Ar Falz* (La Faucille); renfort immédiat, Marcel Cachin, directeur de *l'Humanité*, leur apporte son appui pour la reconnaissance du breton, « langue de notre paysannerie et de notre prolétariat ». A cette époque, le PC français mène une politique violemment anticolonialiste à l'intérieur et à l'extérieur. En 1932, *l'Humanité* a dénoncé « l'écrasement de la civilisation celtique par la France, l'abandon culturel où le pays dominateur a laissé la Bretagne », Maurice Thorez, commenté avec sympathie et clairvoyance les attentats de *Gwenn ha du*, Daniel Renoult, salué le « mouvement confus de libération des masses bretonnes ». C'est peut-être le tournant décisif — la « jonction », tant espérée et nécessaire. L'idée d'un socialisme pluraliste naît dans les esprits et peut susciter un courant populaire en Bretagne. Et pourtant, le passage du mouvement autonomiste au socialisme ne s'opérera pas, malgré les efforts de Sohier à l'intérieur de *Breiz Atao*. Raisons de cet échec, le tribalisme du mouvement, mais aussi la volte-face du PC qui, par tactique, reprend brusquement à son compte la vieille conception unitariste de l'État. Le Front populaire se constitue. Il se veut rassurant. Il sera tricolore et centraliste. D'ailleurs, la menace hitlérienne commande : après les accords Laval-Staline, le PC met en veilleuse jusqu'à la lutte anticoloniale d'outre-mer [1]. Sohier, dès lors condamné à la solitude, fonde *War Zao* qui donnera son titre au journal des Bretons Émancipés. Mais la tâche qu'il s'est imposée, journaux, revues, travaux pédagogiques, correspondance innombrable, l'a épuisé : il meurt en 1935 [2].

Vaincu ? Pas tout à fait. Il reste de lui *Ar Falz* que les cléricaux bretons appellent la *gelaouenn ruz* — la feuille rouge — *Ar Falz* qui survivra à la guerre et, sous l'impulsion d'Armand Keravel, ne cessera plus de recruter parmi les enseignants de gauche. Et mieux qu'un nom, un surnom que tant de Bretons répètent aujourd'hui avec gratitude : *Yann Skolaer*, « Jean le maître d'école », à jamais lié au renouveau breton de l'époque.

Car entre 1925 et 1940, un événement considérable s'est produit : l'implantation en Bretagne du mouvement *Gwalarn*.

Gwalarn (Nord-Ouest) ; son directeur, Roparz Hemon ; ses revues, ses éditions classiques et modernes ; son équipe d'écrivains bretonnants tels que le pays n'en avait jamais connus, espérés... Trente ans plus tard, cet événement qui s'est passé à quatre cents kilomètres de Paris, qui a intéressé des spécialistes des cultures dans toute l'Europe, qui a fourni des sujets de thèses jusqu'aux USA, demeure inconnu en France — inconnu des pouvoirs, des organismes culturels, des partis français de droite et de gauche, inconnu de tous les Français, journalistes, essayistes, public, qui se passionnent pour la « culture ». Il me paraît donc utile de lui consacrer ici un chapitre. J'espère y entraîner sans trop le dépayser le lecteur non-breton. Mais je le préviens qu'il trouvera matière à s'étonner : car, outre qu'elle s'oppose à son habi-

---

[1]. En Algérie, la revendication arabe passe, par ordre, à l'arrière-plan. Un jeune militant, Albert Camus, déchire sa carte du Parti.
[2]. Marcel Cachin conduisit son enterrement à Plourivo.

tude mentale d'*une seule* culture française, l'histoire du breton moderne obéit à un double courant contradictoire jusqu'à l'absurde. D'une part, la politique de Paris le ruine méthodiquement; de l'autre, il progresse en soi et suscite des vocations passionnées. *On le parle de moins en moins et de mieux en mieux; ceux qui le parlaient ne le parlent plus et ceux qui ne le parlaient plus recommencent à le parler.*

II

La culture ne s'hérite pas, elle se conquiert.
MALRAUX

Au xviiie siècle, le breton touchait la Loire, Guérande, Escoublac; de là, suivant au départ le cours de l'Oust, sa frontière se dessinait de Josselin à Binic. Aujourd'hui, la zone bretonnante s'est repliée à l'ouest d'une ligne Plouha-Pontivy-Vannes. En 1806, un million d'hommes parlaient breton; en 1886, l'accroissement démographique portait ce chiffre à 1 300 000; aujourd'hui, il faut revenir péniblement au million, compte tenu que 600 à 700 000 Bretons seulement font de leur langue un usage quotidien. Cependant, le milieu linguistique s'est notablement modifié. Au xixe siècle, seules les classes populaires demeuraient fidèles au breton, en raison majeure de ses termes techniques paysans et maritimes, outil verbal ami de la main qu'on ne remplace pas volontiers; un échelon au-dessus, il devenait malséant de parler breton, d'avouer même qu'on l'avait parlé : le propre de l'évolué est d'effacer ses traces. C'est ainsi que dans les villes, vint à sa majorité au début de ce siècle une génération dont les grands-parents avaient parlé le breton et dont les pères se glorifiaient de l'avoir désappris. Or, une partie de cette génération décida d'y revenir. Fils renégats de leurs renégats de pères, ces jeunes Bretons de 1920 se concertèrent, fondèrent des écoles marginales, des cours du soir et par correspondance, toute une organisation de défense d'abord parcellisée en réseaux locaux, qui aboutit à la grande rencontre de *Gwalarn.* La situation s'inversait : c'était maintenant des membres de la petite bourgeoisie, de l'*intelligentzia* qui revendiquaient la langue. Et ce faisant, ils rompaient ses frontières : sporadiquement, on se mit à parler le breton non seulement dans des régions qui l'avaient oublié, mais dans certaines qui ne l'avaient jamais employé, même au temps de l'indépendance.

Absurde, je le répète, cette situation aux yeux d'un observateur non prévenu. Ces jeunes Bretons qui réapprennent une langue ruinée, le premier mouvement est de les taxer d'engouement factice et de leur conseiller de se mettre plutôt à l'anglais — ou à l'espéranto. Rien de moins romantique, pourtant, que leur démarche. Beaucoup ont commencé à étudier en isolés, sur de vieilles grammaires, des lexiques périmés, et s'étonneront de rencontrer leurs pareils. Ils ne reçoivent aucune aide des bretonnants d'origine qui méprisent — réaction typique de colonisés — à la fois leur « patois » et ceux qui ne sont pas nés dedans et ne sont pas de « vrais Bretons ». Généralement, ces néo-bretonnants acquièrent une conscience politique; cependant nombre d'entre eux se tiennent à l'écart des mouvements nationalistes auxquels adhèrent en revanche des unilingues français. Les celtisants de l'autre siècle sacralisaient le breton; eux, n'y voient qu'un instrument *naturel* de culture; quand on les interroge sur leurs motifs, ils répondent : « Je me suis aperçu que je pensais dans cette langue » ou « Curiosité d'abord, puis impression de plénitude ». Quarante ans plus tard, les décolonisations en chaîne provoqueront une réflexion mondiale sur les renouveaux culturels; on se rassemblera, on tiendra congrès; on définira, à La Havane, la culture nationale conçue « non comme une culture spécifiquement régionale, mais comme un processus d'accumulation des progrès réalisés par l'humanité au cours de son histoire ». Les néo-bretonnants des années 20 ignorent tout de ces codifications. Ils se bornent à ressentir ce que l'avenir expliquera.

Le ministre de Monzie ne prévoyait certes pas le réveil des langues minoritaires dans le monde entier lorsqu'il exprimait le souhait — l'ordre — d'en finir avec le breton. Ultime consigne officielle (ensuite, on n'osera plus *ouvertement* la donner) et de toutes, la plus ironiquement démentie. La même année — 1925 — un jeune professeur brestois, Roparz Hemon, fonde *Gwalarn* « pour la défense et la renaissance du breton » et annonce son programme : sauver la langue, rompre avec les milieux et les traditions qui la paralysent; ouvrir la culture bretonne au monde.

Folie! s'écrient les bretonnants de la vieille école. *Gwalarn* vit uniquement de souscriptions privées et d'abonnements; or, cette petite revue péniblement diffusée en vase clos et qui, presque aussitôt, prend à charge une maison d'édition et des publications annexes, combat d'entrée non seulement le diktat gouvernemental mais les habitudes de son propre public. Son adversaire, je l'ai évoqué : l'amateurisme provincial qui, aux entreprises d'audace et d'envergure, préfère les œuvres mineures immédiatement reconnues et applaudies par le groupuscule. Contre lui, *Gwalarn* engage la lutte sur tous les fronts. Par un flot de traductions, d'Eschyle à Alexandre Blok, au mépris des « œuvres de terroir » que ses pieux actionnaires lui enjoignent de rééditer; par de vastes compositions universalistes : symboliquement, l'un des premiers travaux que *Gwalarn* met en chantier est l'Histoire du monde, *Istor ar Bed*, de Meven Mordiern; par des traités scientifiques, des lexiques, des manuels de physique, de chimie, de géométrie; enfin, par des ouvrages de littérature générale où s'exprime une Bretagne réelle aux prises avec sa situation minoritaire et son époque.

Une telle révolution ne se décrète pas : il y faut une génération nouvelle de prosateurs et de poètes. Mais justement, elle était là, elle piaffait d'impatience : au signal de la petite revue grise, tous se lancent à l'assaut, Drezen, Abeozen, Jakez Riou, Meavenn, Kerverziou, Maodez Glanndour, Kennan Kongar, Langleiz, Jarl Priel, Yeun Ar Gow, Hemon lui-même. Premiers noms de la littérature bretonne moderne! Ils bousculent les tabous, rompent en moins de quatre ans avec des siècles de folklore. Stupeur : Comment! Plus de rustique, de bondieuseries? Plus d'*ajoncs d'or*, de *fleurs de bruyère*, de références au « tendre Brizeux », de coups de chapeau à M. Le Goffic? Des souscripteurs retirent leur argent, des notables s'émeuvent; les écrivains « régionaux » ricanent, parlent d'*intellectualisme;* dans les châteaux et les chapelles, ce n'est qu'un cri : « Ces gens-là ne sont pas Bretons! » Réactions prévues à quoi Roparz Hemon répond en attaquant : « Ah, écrit-il en 1929 dans la revue *Kornog*, ah, ces braves Bretons francisés qui, de confiance, admirent la littérature en langue bretonne comme ils admirent le Kreiz-Ker et les broderies bigoudenn — qu'ils seraient navrés s'ils savaient à quel point notre littérature se soucie peu de « faire breton », combien, au contraire, elle s'efforce de rechercher l'universel et répugne à toute entreprise de terroir! » Et il ajoute ces mots qui disent tout : « Qu'ils accusent notre littérature de n'être pas bretonne, d'être antibretonne! Elle n'en a cure. *Elle est écrite en breton.* »

Elle l'était, et dans tous les sens. Jusqu'alors, seuls quelques cris, en ce début de siècle, avaient percé la grisaille folkloresque. Dans son théâtre, — *Gurvan, les Païens, Salaün, le Conte de l'âme qui a faim (Marvailh an ene anaonek)* — l'étonnant Tanguy Malmanche avait renoué avec la tragédie populaire rurale et, par éclairs, atteint au lyrisme familier d'un Synge; dans *Ar en Deulin*, le Vannetais Jean-Pierre Calloc'h avait chanté en usant du vers blanc breton allitératif, son île de Groix, sa foi paysanne et son déchirant amour d'une Bretagne « opprimée, endormie [1] »; mais le premier,

1. Cf page 111.

manifestement atteint de misanthropie, se tenait à l'écart de
toute action de groupe et le second avait été tué à trente ans
dans cette guerre qui lui était apparue *la mille neuf cent-
quatorzième année après la naissance du Christ dans l'étable,*
*Comme la face du pauvre aux vitres des mondains livrés
aux danses déréglées,*
*Comme une lune de deuil et de terreur, aveuglant chaque
soleil de sa splendeur sauvage,*
Au-dessus des horizons de la catin Europe...
Abruptement, les Gwalarnistes se trouvèrent coupés de
toute parenté, orphelins, ivres de l'être. « Pour comprendre
cette époque, confie un survivant, imaginez notre stupeur
lorsque Jakez Riou nous récita un soir, à Nantes, son *Navire
Famine* : c'était la première fois qu'un écrivain breton chantait les pêcheurs grévistes de Douarnenez. » « J'avais vingt-
six ans, rapporte un autre, et jusqu'alors j'avais fait deux
parts de mes sujets : les premiers, les sujets adultes, le
sexe, l'athéisme, la révolte, je les traduisais instinctivement en
français ; pour le breton, je gardais les autres, les douceâtres,
les « poétiques », les avouables... Et soudain, je compris que
je pouvais *tout dire* dans ma langue et je m'y aventurai,
étonné et craignant à chaque instant de perdre l'équilibre,
comme un enfant qui apprend à marcher... » Significativement, l'humour domine dans les premières œuvres. Saisis
d'une fureur de désacralisation, les gwalarnistes piétinent à
cœur joie les plates-bandes de la « grand'mère Bretagne ».
Les bretonnants révéraient à l'égal d'un saint Nominoë, le
roi-fondateur, le vainqueur de Charles le Chauve à Ballon :
Nominoë-ohé ! persifle Jakez Riou, et il plante sur des tréteaux
burlesques un roi « distancié », quasi brechtien, revenant
d'une victoire hasardeuse et tentant vainement de l'expliquer
à son peuple dans une énorme bâfrerie de cidre et d'andouilles,
un prodigieux concert d'oiseaux-parleurs. On ne saurait dire
que ces novateurs blasphèment (la scène de l'épée, dans
Nominoë, est d'une admirable noblesse) ; mais partout, dans

leur théâtre, leurs poèmes, leurs romans — *Itron Varia Garmez*, de Drezen, *Hervelina Geraouell*, d'Abeozen — leurs nouvelles — *Geotenn ar Werc'hez*, de Riou, *Kleier Eured*, de Hemon — les traditionalistes flairent le mauvais esprit. C'est simplement la vérité, enfin! On ne soupire plus à longueur de strophes dans la littérature bretonne, on n'y vit plus seulement en costume brodé. Les filles bretonnes cessent d'être des vierges dolentes mariées au ciel à des fiancés péris en mer; elles ont un sexe et elles ont appris, on ne sait où, à s'en servir; aucun diable n'emporte plus les ivrognes de village qui ont manqué la messe — et d'ailleurs, il y a là-dedans des gens qui ne vont même pas à la messe; miraculeusement, des mains poussent au bout de tous les bras, les pêcheurs pêchent, les laboureurs labourent, les amants se caressent... Pages claires, pages sombres, à travers toutes circule un mystérieux bonheur. « Tous ces *angry young men* s'abandonnaient avec volupté à la joie de recréer le monde, d'exprimer enfin ce capital de rêves, de sensations accumulées par des générations de paysans et de marins [1]. »

« Pas bretons ? » L'injure est bouffonne. Avant *Gwalarn*, le celtisme se réduisait à des congrès et manifestations purement extérieures. Périodiquement, de braves notaires ou apothicaires, d'ailleurs bons érudits, se baptisaient *Cœur d'Acier* ou *Fils d'Arthur*, revêtaient la robe blanche des druides ou des ovates et tenaient leur *Gorsedd*, reproduction de l'*Eistedfood* gallois, en quelque site touristique pourvu d'un dolmen. On accueillait en grande pompe à la gare nos homologues de Galles et d'Écosse; on se rassemblait autour de l'aire sacrée et le Grand Druide *Taldir*, auteur d'un célèbre pamphlet anti-alcoolique (mais, de son état, marchand de cidre et spiritueux) montait sur la pierre, réunissait les deux tronçons du glaive et proclamait solennellement que « la paix régnait entre les Celtes »; le second druide lançait alors un appel de trompe

---

1. Y.-B. Piriou, *Le Peuple breton se penche sur son passé*, op. cit.

(« V'là le train ! » rigolaient les touristes), puis on intronisait quelques nouveaux bardes, parfois un barde d'honneur non-breton mais de notoriété rentable — une année, Roland Dorgelès en vacances dans le patelin. Sur ce, les Fils d'Arthur s'en allaient banqueter en ordre discutable, chacun retroussant sa robe et tirant sa bonne pipe de sa poche. Ces pieuses cérémonies, les gwalarnistes les regardèrent à peu près comme l'enfant d'Andersen regardait le roi nu ; l'inévitable Jakez Riou en fit une farce, *Gorsedd Digor*[1]. Puis, sous la mascarade, ils cherchèrent le passé profond et la communauté d'âme avec les Bretagnes d'outre-mer. Alors commencèrent les grandes traductions celtiques de *Gwalarn* : les *Sketla Segobrani*, *Krapadeg saoud Koualgne*, la Geste gaélique de Cuchulainn, *Diarmid et Grainne*, le merveilleux blason d'amour, les récits fantastiques, *Tonkadur bugale Tuireann*, les *Mabinogion*, enfin, les immenses *Mabinogion* gallois que se réserva Abeozen et qui lui coûtèrent quatorze ans d'efforts. Ici encore, l'esprit moderne prévalait. « Nous ne sommes pas assez crédules, écrivait Roparz Hemon, pour prendre modèle sur ces vieilles littératures galloise et irlandaise. Nous les considérons seulement comme un héritage qui nous est dû. » Mais quel héritage ! Ces trésors exhumés d'outre-Manche, traduits en breton moderne, préfacés, annotés, étayés par les travaux de Loth, de Kuno Mayer, de Georges Dottin, d'Ifor Williams, apportaient aux Bretons, dans la musique de la langue-sœur, une révélation capitale : la gréco-latinité leur avait volé leur culture. Leur Iliade n'était pas dans Homère : ils n'avaient rien de commun avec les Hector et les Achille, et voici que leurs frères de la grande Ile leur dévoilaient une autre Hélène, plus belle et plus grave, reine enchantée du monde occidental. De *mabinogis* en épopée, les découvreurs allaient, éblouis. « Ils suivent le mirage du celtisme, relate un témoin, comme

---

[1]. Le récit était illustré par un ami de l'auteur, Michel Mohrt, qui, depuis, a fait la carrière littéraire que l'on sait.

d'autres suivaient celui de l'Antiquité. Ils sont bouleversés par la révélation de la beauté comme les Italiens du Quattrocento par les écrits et les statues de leurs pères de race. » Après des siècles de censure, les Bretons retrouvaient leurs origines.

Mais avant tout, le présent, les réalités populaires. *Mont d'ar bobl*, aller au peuple, les gwalarnistes n'ignorent pas la vanité de ces mots. Les pères, commerçants, fonctionnaires, ont, comme ils disent, « franchi une étape »; il faut donc que les fils retournent à la condition première au-dessus de laquelle on les a « élevés ». Ironiquement, le retard breton leur facilite ce retour. L'évolution, freinée, s'est arrêtée en-deçà des barrières sociales qui se dressent ailleurs; paysans, marins, ouvriers de fabriques, ils sont encore là, tout proches, ceux à qui Riou dédie sa *Recouvrance* :

Aux vieux retraités, aux matelots, aux filles de Recouvrance...
Aux bistrots, aux boutiquiers, aux servantes de caboulots de la rue Louis-Pasteur,
Aux gosses, aux mendiants...
Parce que dans leur misère, ils ont gardé jalousement cette richesse suprême, la langue bretonne.

« Coller à notre peuple, le suivre pas à pas. Se taire, se taire, jusqu'à ce que sa parole éclose en nous. » (Meavenn). Et Roparz Hemon, encore : « Nous voulons nous mêler au peuple (...) car il est la chair de notre chair. Ce n'est pas comme des imbéciles que nous venons le regarder, mais comme des fils respectueux (...) C'est en lui que nous trouverons le sens de notre littérature, de notre vie (...) Ce n'est pas pour enrichir une littérature marginale que nous voulons aller à lui, mais pour lui apporter notre temps, notre instruction, l'aider à relever la tête. »

Ailleurs, les écrivains écrivent. Ici, être un *écrivain breton* consiste à s'arrêter d'écrire si nécessaire pour soutenir une grève ou fonder une école. Ailleurs, on emploie une langue;

ici, il faut d'abord l'empêcher de mourir. Le premier souci de *Gwalarn* est donc l'action scolaire, cas unique, toutes proportions gardées, d'une NRF qui serait contrainte d'apprendre aussi aux gens la langue dans laquelle elle publie. En 1928, création de l'œuvre *Brezoneg ar Vugale* (le Breton des enfants) qui collecte des fonds dans toute la Bretagne pour l'enseignement de la langue; en 1931, création d'*Ober*, cours par correspondance couvrant toute la Bretagne, dirigé par Marc'harid Gourlaouen; la même année, à Saint-Goazec, ouverture de la première Université d'été « pour les jeunes Bretons de toutes classes sociales », suivie, à Beg-Meil, d'une université enfantine. A l'exclusion du breton dans les examens d'État, *Gwalarn* répond par des délivrances de diplômes : dès 1928, il institue l'examen du *Simbol* (ainsi nommé en souvenir du sabot infamant), en 1937, les examens à deux degrés du *Trec'h* (Victoire), *Trec'h-kenta* et *Trec'h-meur*. Les livres manquent? *Gwalarn* édite traités et manuels. A son équipe de nouvellistes et de poètes, il impose la rédaction d'une littérature pour enfants « car ce n'est pas pour notre génération que nous travaillons mais pour les enfants qui naissent à cette heure ou épellent leurs lettres sur les bancs de l'école »; ceux qui ne se sentent pas doués pour cette littérature reçoivent mission de traduire, Andersen ou le Hollandais Rotman. La Bibliothèque enfantine de *Gwalarn* connaît un grand succès : dans toutes les régions bretonnantes, on réclame *Prinsezig an dour*[1] ou *Plac'hig vihan ar mor*[2]; s'y ajoute une revue pour adolescents, *Kennedig Gwalarn*, « divertissante, écrite dans un breton clair et simple », destinée aux jeunes ouvriers et aux apprentis. Enfin, Roparz Hemon restructure les méthodes pédagogiques. Il appuie l'enseignement du breton, non sur celui du français — langue officielle, donc sans problème — mais des langues

---

1. *La Petite Princesse des eaux.*
2. *La Petite Sirène*, Andersen.

européennes renaissantes, tel le finnois; son maître est le Danois Grundtvig, créateur des *folkhskoles* grâce auxquelles les paysans danois sont aujourd'hui les plus cultivés d'Europe [1]. Et cette action, bientôt, paie. Depuis le début du siècle, il ne se passait guère d'année sans que des notables intervinssent en faveur de la langue : simples vœux pieux de « régionalistes ». En 1934, pour la première fois, sur l'initiative de Yann Fouéré, la base se manifeste, une commune, Guerlesquin, réclame l'enseignement du breton; quatre ans plus tard — avril 38 — 305 communes de basse Bretagne adoptent le même vœu, soutenues par 37 communes non-bretonnantes. L'élan est donné, des grandes pétitions d'après-guerre.

Aujourd'hui, après la guerre, après les tragédies politiques bretonnes et l'éclosion du mouvement actuel, l'œuvre de Roparz Hemon frappe d'étonnement : *Gwalarn* a fait du breton une langue moderne. Et sa méthode fut, une fois de plus, un pari contre le sentiment général. Jusqu'alors, les défenseurs du breton se soumettaient tous, sauf Vallée, au parler populaire pris pour règle intangible : d'où saveur de la langue, mais persistance du tribalisme. Instruit par des exemples étrangers — entre autres, celui d'Eliezer Ben Yehouda, créateur de l'hébreu moderne — *Gwalarn* prétendit au contraire qu'une langue réclamait une part de confection : il constitua une sorte de laboratoire du breton auquel travaillèrent ses auteurs. Leur premier effort se porta sur l'unification, c'est-à-dire, pratiquement, le choix entre les deux principaux parlers bretons dont les différences, d'ailleurs, n'empêchaient nullement la compréhension mutuelle, le KLT (Cornouailles, Léon, Trégor) et le vannetais. Ils choisirent le KLT et de là, entreprirent la modernisation de la langue. Il ne fallait à aucun prix tomber dans l'erreur du français savant : les gwalarnistes écoutèrent

---

[1]. 86 % de lecteurs de livres contre 23 % pour l'ensemble des Français.

donc passionnément la langue populaire, mais sans révérence superstitieuse : attentif à ses trouvailles, ils ne craignirent pas de la redresser, de la recomposer, d'inventer des termes; et ce, en telle symbiose avec son esprit que les mots leur revinrent, adoptés couramment.

En optant pour un breton unifié immédiatement reconnu par le parler, l'aboutissant, *Gwalarn* en tira une langue d'usage contemporain, capable de tout exprimer grâce à ses mots composés inconnus du français, inventant ses néologismes par jaillissement d'images au lieu de les chercher, comme lui, dans l'anglais ou les langues mortes [1]. Le bretonnant d'aujourd'hui qui lit les poèmes de Youenn Gwernig ou l'admirable *Imram* [2] de Maodez Glanndour comprend que les sentiments qu'il y trouve, bien que communs à tous les hommes, ne pouvaient s'exprimer totalement en français ou en toute autre langue : il a retrouvé sa parole. Et la spontanéité de cette reconnaissance de leur langue par les Bretons s'est prouvée par la transformation du folklore. J'ai dit plus haut à quelle pauvre comédie il était descendu. Après *Gwalarn*, un sens nouveau redonna vie aux mots, les cœurs et les voix s'épanouirent, des poètes et des chanteurs se révélèrent, tel Glenmor, fils d'un paysan de Glomel. L'art et la musique retrouvèrent leur authenticité. Le folklore s'inversa : cessant de se figer dans un spectacle truqué pour autrui, il tourna ses regards sur lui-même, il *joua pour lui*, et cette mutation le conduisit à son double emploi actuel, enfin efficace : d'une part, les grands rassemblements interceltiques annuels qui affirment le fait

---

1. Faute de mots composés, le français en est réduit, par exemple, à naturaliser l'anglais *iceberg* (grand-glaçon ? mont-glace ?). En revanche, le breton invente spontanément *karr-nij* (voiture-vole) pour *avion*, *pellgomzer* (loin-parleur) pour *téléphone*, *pellvellerez* (loin-voyant) pour *télévision*, etc. Cette langue non reconnue, pratiquement interdite, se révèle donc en soi plus vigoureuse que la langue officielle.

2. *Périple*.

breton par leur masse — vastes rencontres des Nations celtiques avec films, chorégraphies, conférences-débats, etc., transmuant progressivement en réalités culturelles les biniouseries touristiques héritées d'avant-guerre — et de l'autre, le retour à l'expression intérieure par le *festnoz*, chants, récitations, contestations publiques. Ici encore, le signe, mais en sens contraire : en 1939, il ne restait qu'une trentaine de *sonneurs;* aujourd'hui, sous l'impulsion des Cercles celtiques, ils se comptent par milliers.

Or, cette action s'est accomplie en une quinzaine d'années; elle n'a jamais réuni que des amateurs — selon la définition rétributive : Roparz Hemon resta professeur d'anglais à Brest, les gwalarnistes devaient gagner leur vie, parfois difficilement; *Gwalarn* ne versait aucun droit d'auteur, ses livres ne pouvaient compter sur aucune critique, aucun encouragement extérieur; ses seules ressources dépendaient toujours de ses souscripteurs bretonnants, relativement nombreux, il est vrai : car les traditionalistes finirent par s'incliner — leur Bretagne semblait maintenant antédiluvienne; et l'œuvre suscita de grands dévouements, beaucoup de Bretons ayant compris qu'au-delà des agitations politiques, l'essentiel était la recréation de la langue.

On ne peut leur dénier une étonnante prescience. En abandonnant la timide position de défense où jusqu'alors les bretonnants s'étaient cantonnés, les gwalarnistes rompirent l'immobilisme culturel de la Bretagne. Ces écrivains et ces philologues qui œuvraient sur une langue interdite la traitèrent comme si elle était reconnue et d'audience universelle. Ils la « forcèrent » comme un fruit. En quinze ans, ils la contraignirent à une évolution qui aurait dû normalement s'étendre sur un siècle. Cette hâte inquiéta : « Vous allez trop vite », disait-on à Roparz Hemon. A distance, sa nécessité saute aux yeux. Tout se passe comme si, prévoyant la grande mutation culturelle des années 50, les gwalarnistes n'avaient eu qu'une crainte : que la Bretagne, politiquement infantile, n'y accède avec une culture également attardée, « franco-folklorique », et ne se trouve, de ce fait, définitivement rejetée par son époque. En ces quinze ans, ils ne pouvaient espérer s'imposer à l'ensemble de leurs compatriotes : le refus de l'enseignement officiel d'une langue creuse un fossé trop profond. Mais ils recréèrent et affinèrent l'outil dont ils savaient la possession indispensable. Et la génération suivante à qui ils le léguèrent en éprouva comme un vertige. Cette langue arrivée brusquement à maturité, il lui parut presque incroyable qu'elle soit parvenue en si peu de temps à la faculté totale d'expression. C'est peu dire que la Bretagne sortait enfin de son silence : il semblait qu'elle n'y fût jamais entrée. Et soudain, une génération s'éveilla avec le sentiment que la Bretagne ne renaissait pas mais continuait, comme une nation développe normalement sa culture et apporte d'âge en âge son tribut ponctuel à l'humanité.

III

C'est entre 1957 et 1964 que le mouvement breton redémarra. Relevons ces dates : celles de la guerre d'Algérie.

Une guerre, donc des Bretons en ligne. — Là, vous exagérez! La guerre d'Algérie ne fut tout de même pas 14-18 ! — Non, elle ne le fut pas : je prie seulement le lecteur, s'il va en Bretagne, de noter sur nos monuments aux morts la proportion des tués d'Algérie (rien de plus facile : leurs noms sont inscrits au bas ou au dos des deux autres listes funèbres du siècle) et il verra ce que coûta à la Bretagne une *guerre* qui n'en était pas une. Mais passons : le fait est que parmi les dirigeants et militants des mouvements bretons actuels figurent, et non par hasard, de nombreux « retour d'Algérie ». A peu près tous admettent qu'ils partirent sans se poser de questions. Elles les attendaient là-bas : celles qui hantèrent les jeunes Français capables de réflexion, la

« pacification », les tortures ; mais une autre les guettait au retour, qu'on devine : la Bretagne était-elle donc une colonie ?

Cette question les étonna — certains la repoussèrent longtemps. Apparemment, la Bretagne qu'ils retrouvaient n'avait rien de commun avec les « départements d'outre-mer » où ils avaient mené un combat si douteux, si éloigné de ce que leurs pères appelaient fièrement défendre la France. Les Bretons étaient français : aucune discrimination légale ne les retranchait d'une « race supérieure » implantée ; et pourtant, sous cette illusion d'une province à part entière, ces jeunes Bretons décelèrent, d'abord surpris, gênés, puis avec des certitudes croissantes, le système qu'ils avaient vu fonctionner en Afrique. Il était seulement au second degré, il avait franchi la ligne du consensus. On *pouvait* l'ignorer, le nier. Mais refus de la langue, de l'histoire, dépersonnalisation accélérée et dirigée, soumission au pouvoir central par l'intermédiaire de caïds locaux, dépendance absolue pour toutes décisions vitales et par conséquent appauvrissement et aliénation, le faisceau de preuves conduisait à une évidence. En Algérie, les jeunes Bretons avaient entendu des phrases de ce genre : « Bien sûr, les Arabes ne construisent pas d'usines, mais qu'importe, puisqu'on leur amène Berliet ? » En Bretagne, ils entendaient : « Bien sûr, les Bretons ne peuvent pas se donner une industrie moderne. Mais ne va-t-on pas leur amener Citroën ? » Fort bien, on leur « amenait » Citroën, et après tout pourquoi pas, puisque Citroën est français et que nous sommes en France ? Seulement, le Citroën breton ne ressemblait pas au Citroën parisien, qui ne passe pourtant pas pour un modèle de justice sociale. Recrutement clérical après enquête sur la docilité des candidats, infériorité scandaleuse des salaires, impossibilité pratique de grève et d'action revendicatrice, pourquoi cette différence ? Que sur les 8 000 ouvriers de Citroën-Rennes, 177 seulement osent voter aux élections syndicales de 1965, que leur délégué soit traité de « vulgaire ouvrier » et frappé devant eux [1], que l'obtention de certains avantages comme l'achat d'une 2 CV au prix-maison implique la remise de la carte syndicale à un agent de maîtrise qui la déchire sous vos yeux, était-ce là pratiques admises ? « Ah, répondait-on aux questionneurs, non, sans doute. Mais, que voulez-vous, la force des choses ! La Bretagne est une région rurale, excentrique », etc. Rien de nouveau, leurs pères avaient entendu ce refrain. Mais eux, en comprenaient le sens et refusèrent la *force des choses*.

Révolte, peut-être, de la dernière heure. Lorsque je fis le plan de ce petit livre, j'y insérai en préambule un chapitre économique. Au bout d'une semaine, il me fallut l'interrompre : à moins de trois cents pages bourrées de chiffres et de graphiques, impossible de dresser un tableau sérieux de la misère bretonne. Or, je voulais écrire un *petit* livre, en effet, axé sur la revendication la plus méconnue, la revendication culturelle ; et puis, cette misère, qui la conteste, même parmi ceux qui n'acceptent pas mes conclusions ? En revanche, quelques vérités devaient être dites, et d'abord, qu'il n'y a pas *une* misère bretonne, mais au moins deux : celle qui se rebelle contre le système et celle qui n'a même plus l'énergie de le combattre. A cet égard, rien de plus révélateur que les émeutes de 1967 : Redon, Quimper — mais non Vannes ou Locminé. C'est que les populations rurales du Morbihan se situent déjà en-deçà de toute revendication : l'état extrême de sous-développement où elles sont parvenues, leur dégradation sociale, alcoolisme, inculture, les condamnent à la résignation sous la houlette de quelques élus bien-pensants du type abbé Laudrin ; au contraire, les agriculteurs qui, le 2 octobre 1967, prirent d'assaut la préfecture de Quimper et tinrent tête trois heures durant aux CRS appartenaient à des régions qui n'avaient

---

[1]. Affaire Fremin.

pas accepté cette fatalité. Ces hommes avaient accompli d'immenses efforts, fondé des coopératives et des GAEC (associations de producteurs); ils s'étaient éduqués aux méthodes nouvelles, endettés pour moderniser leur matériel; l'un d'eux sur qui s'acharna la police et qui resta plusieurs mois entre la vie et la mort revenait d'Afrique où il avait servi au titre de la Coopération : après avoir enseigné l'agriculture aux Noirs, il se retrouvait chez lui sans terre et sans avenir. Le seul tort de cette élite paysanne avait été de croire aux promesses du gouvernement : elle en recevait le salaire, des coups de matraque. Lorsque l'Octroi ne peut plus rien octroyer, il frappe — et il frappe fatalement les meilleurs. Mais la foi de ces Bretons n'était pas sans excuse : seize ans plus tôt, ils avaient pu croire la Bretagne maîtresse, enfin, de son destin économique.

1951, année d'espoir. Cette année-là, pour la première fois depuis deux siècles, la Bretagne prend conscience de former une entité géographique. Trois notables, Joseph Martray, Jo Halleguen, député de Quimper, et André Morice, sénateur de Nantes — de Nantes *en Bretagne* — fondent le *Comité d'études et de liaison des intérêts bretons* (CELIB) qui réunit en quelques mois la totalité des parlementaires bretons, sous la pression de leur électorat. En 1953, sur l'initiative de Michel Phlipponneau, professeur de géographie à Rennes, le CELIB établit un *Plan breton*, premier plan régional d'inspiration vraiment démocratique puisque conçu à la base, par les intéressés eux-mêmes; apparemment, cela déplaît puisque ce plan présenté aussitôt au gouvernement, n'est enregistré au *Journal officiel* que trois ans plus tard, en 1956, et expurgé de tous ses chiffres, ce qui le réduit à la théorie. Encore cinq ans — entre-temps, le gaullisme a pris le pouvoir — et en 1961, c'est un second Plan qu'il faut établir, « le premier se trouvant périmé sans avoir reçu le moindre commencement d'exécution [1] ». Le

1. *Douar Breiz*, bulletin d'information breton, n° 13. Pour tout ce qui

CELIB en profite pour aller de l'avant : fort de l'appui des Chambres de commerce, d'agriculture et de métiers, il présente sa fameuse loi-programme, véritable charte économique bretonne, que les parlementaires des cinq départements obligent l'Assemblée nationale à prendre en considération. Commence alors, entre l'Administration et les responsables bretons, une effarante comédie de dupes. Sommée par la loi du 4 août 1962 de déposer avant le 31 décembre 63 une « loi-programme des régions d'entraînement » qui donnera un commencement d'effet aux revendications bretonnes, l'Administration se couvre de cent prétextes, arguë du manque de temps, « oublie » d'inscrire les crédits au Budget, oppose pendant des mois à toute réclamation des réponses du genre : « Le texte est actuellement sur le bureau du ministre. » En juin 64 tombe enfin le verdict : un veto s'est, dit-on, exercé *en très haut lieu*. Notons le caractère régalien de ce veto qui tient pour nul un texte de loi voté par l'Assemblée : le bon plaisir a tranché, le général de Gaulle ne veut pas que la transformation économique de la Bretagne parte d'un organisme territorial, fût-il en partie composé d'élus UNR. Pourquoi ? Parce que le plan gouvernemental concernant la Bretagne est évidemment tout autre; mais aussi parce que, sans l'avoir désiré, par le simple jeu d'une logique économique et politique, le CELIB a reconstitué la personnalité morale de la Bretagne : il figure désormais une Chambre régionale qui court-circuite le Système, ce qui ne s'était pas vu en France depuis les Parlements. Et cette action l'a conduit dans une affaire, l'affaire d'Hennebont, à commettre le pire sacrilège contre le pouvoir centraliste : l'appel, au-dessus de lui, à l'Europe.

---

concerne la colonisation économique et politique de la Bretagne, se reporter à l'ouvrage capital de M. Phlipponneau : *La Gauche et les Régions* (Calmann-Lévy).

LE RÉVEIL BRETON

La ruine des Forges d'Hennebont symbolise le colonialisme intérieur. Pour l'opinion, aveuglée par la presse para-gouvernementale, rien d'autre qu'un incident banal : la fermeture d'une entreprise périmée bien représentative de ces Bretons qui « ne sont pas à la page ». En vérité, Hennebont fut une réussite : dans ce pays que le diktat du minerai lorrain retranchait de l'essor industriel, il se trouva des Bretons pour construire au moins une usine ouverte sur un débouché naturel, la fabrication de boîtes de fer-blanc pour les conserveurs. Passéisme artisanal ? Nullement. Les Forges sont une entreprise importante employant des milliers d'ouvriers; leur localisation est parfaitement correcte : elles s'alimentent au fuel de Donges, puisent leurs métaux ferreux dans la région; seulement, elles gênent les monopoles, précisément le groupe de Wendel qui « s'intéresse » à elles, entendez : souhaite leur disparition au profit de sa propre fabrication que les conserveries bretonnes paieront *plus cher* mais qui n'échappera pas au trust. Jadis, pour parvenir à ces fins, il fallait racheter l'affaire ou jeter sur le marché des produits concurrentiels; ainsi agirent, au temps de l'économie « libérale », les trusts agricoles et industriels qui s'emparèrent progressivement de l'économie bretonne. Aujourd'hui, on préfère une méthode moins onéreuse : avec l'agrément du gouvernement, le groupe agit sur les banques qui, pendant dix ans, coupent tout crédit d'équipement aux Forges, les empêchant de renouveler leur matériel. Aucun recours financier : avant 1940, les Forges auraient pu s'adresser à des banques régionales : elles sont elles aussi, de nos jours, « concentrées ». Recours moral ? Pas davantage : une campagne de presse soigneusement orchestrée présente les Forges comme une entreprise désuète, « condamnée par le progrès » et qui ne peut que gaspiller les ressources du Trésor. Alors, le CELIB agit. Convaincu de l'inutilité de ses interventions à Paris, il transmet directement le dossier à l'Autorité européenne, la CECA, qui le confie à ses économistes et, après quelques semaines d'études, rend un avis favorable, déclare l'affaire *commercialement rentable* et lui propose les crédits qui lui manquent. Une seule obligation statutaire : obtenir l'assentiment du gouvernement français. Or, celui-ci refuse — il refuse, soulignons-le, des crédits européens qui ne lui coûtent rien et ne demandent qu'à s'investir dans une affaire parfaitement *saine*. Cette fois, le scandale éclate. Le CELIB publie son dossier, les 3 000 ouvriers d'Hennebont manifestent dans la rue, la presse ne peut plus « étouffer ». Talonné par la Haute Autorité européenne, Paris change d'attitude : bon! puisqu'il le faut, pour la Bretagne, pour ces braves gens, il va essayer de sauver les Forges, pas besoin de l'étranger pour ça : il accorde enfin des crédits, mais au compte-gouttes, en « salami »; et naturellement, ces « secours » accordés *sciemment* en pure perte et avec mille déplorations — « l'argent des contribuables! » — se retournent contre l'entreprise : on laisse la situation pourrir et, au bout de quelques années, on ferme enfin Hennebont, dans la lassitude générale.

Les jeunes Bretons retour d'Algérie tombaient au milieu de ces drames. Déflation, surcharge fiscale des petites entreprises, subventions inopérantes et hasardeuses, majorations absurdes des transports dans un pays déjà pénalisé par la politique douanière de l'État, promesses non tenues, consignes aberrantes du ministère de l'Agriculture — « faites du poulet! » — et pour finir, absence de débouchés à cause du veto gaullien contre l'Angleterre, cliente naturelle, un vent de violence naissait de ces fatalités du régime : prise de la sous-préfecture de Morlaix (1961), « bataille du rail » d'octobre 62, etc. Violence bretonne, d'une spontanéité terriblement efficace comme l'avait été celle des Bonnets Rouges et des chouans : sur un mot d'ordre que les Renseignements ne détectaient jamais, des foules barraient les routes, stoppaient les trains, investissaient silencieusement les villes à l'aube; les gendarmes se réveillaient dans une gendarmerie cernée, les préfets dans une préfecture assiégée [1]. Violence pourtant stérile, car strictement occasionnelle. Le vent l'apportait, le vent la remportait : on recevait des coups, on les rendait et on s'en retournait aux champs, tout fier de sa bravoure, après de vagues concessions sur l'artichaut ou le chou-fleur. Et puis, le gouvernement connaissait son métier. On le vit en 67, lorsque le CELIB éclata à la suite d'un changement de bureau. Ce fut rapide comme un dénouement de théâtre : Martray partit, Phlipponneau démissionna, on nomma un non-Breton au secrétariat : l'organisme dangereusement contestataire de la Bretagne était enfin récupéré. Il y avait fallu des années de pressions, de manœuvres dilatoires, de rebuffades ministérielles, mais les notables s'inclinaient, une fois de plus le caïdat breton demandait l'aman. L'affaire s'acheva comme il convenait, par une pluie de Légions d'honneur. Quant aux tribuns paysans qui savaient si bien mobiliser les tracteurs, le gouvernement eut la bonté de s'attendrir sur eux; il les aimait bien, au fond, ces petits soldats de l'émeute : il les convoqua sous ses beaux plafonds, plaignit avec eux les malheurs de la Bretagne et leur suggéra de sa voix la plus douce : « Mais pourquoi ne travaillerions-nous pas ensemble? » Aux élections suivantes, on en fit des suppléants UDR : les Poujade finissent ralliés.

Le résultat? Il tient dans ce raccourci : fin octobre 62, toute la Bretagne se couche sur les rails pour protester contre les tarifs ferroviaires; quinze jours plus tard, elle vote gaulliste en masse; et au Sénat, à propos des Forges d'Hennebont, justement le ministre Bokanowski lâche l'aveu : « Je me demande s'il n'est pas temps de freiner le mouvement (d'industrialisation) sur la Bretagne. »

---

[1]. Bretagne, terre ingrate pour la police. *Breiz Atao* avait été naguère le seul parti révolutionnaire qu'elle ne réussit pas à noyauter.

Étrange Bretagne, constamment rebelle, constamment docile, où à chaque génération une poignée de fous enseigne vainement à cor et à cri que rien ne sera changé tant qu'on ne s'attaquera pas au système! A lire les inscriptions SAV BREIZH! sur les murs et les routes, on se croirait revenu en 1930, sinon en 1910, aux temps de *Breiz Atao*, de *Breiz Dishual* : rien n'y manque, ni les « terroristes », ni l'aimable baryton de M. Pleven qui ronronne en contrepoint la cantilène du peuple bien-votant. Et pourtant, l'histoire ne se répète jamais tout à fait. Émigration massive, dépeuplement accéléré, progression effrayante de l'alcoolisme — non plus au cidre, mais au gros rouge importé[1] — tyrannie des « usines-pirates » extorquant à la région et à l'État des avantages massifs pour exploiter finalement la main-d'œuvre locale, les jeunes Bretons ne recueillaient pas seulement cet héritage de misère. Outre que le drame breton ne pouvait plus être tout à fait camouflé, ils trouvaient sur place des structures plus efficaces qu'avant-guerre, un organisme, le MOB (Mouvement pour l'organisation de la Bretagne) constitué parallèlement au CELIB sur recrutement individuel; après l'injuste éclipse des années 50, la culture s'épanouissait dans les rassemblements de *Kendalc'h*, les combats pour la langue d'*Emgleo Breiz*, une floraison de revues, *Ar Falz, Al Liamm, Ar Vro, Preder, Ar Studer, Barr-Heol*; surtout, le climat avait changé; défendre les thèses autonomistes ne soulevait plus la réprobation; ceux qui s'en prévalaient prenaient place aux tables rondes politiques et syndicales. Chez elle du moins, la revendication bretonne avait cessé d'être réactionnaire.

Elle le devait en partie à deux cautions paradoxales du pouvoir : l'Algérie indépendante et le *Québec libre*.

---

[1]. Un chiffre suffit : 184,6 de décès dus à l'alcoolisme pour 100 000 habitants, contre 77 pour le reste de la France.

LE RÉVEIL BRETON

De tous les enseignements que les Bretons tirèrent de l'affaire d'Algérie, le plus important fut sans doute la faillite du « libéralisme » à la Lacoste. On a fort critiqué l'action de M. Lacoste à Alger : elle suivait pourtant à ses yeux le droit fil du progressisme. Pour ce socialiste bourgeois, dernier tenant de l'Idée Simple, les Français et les Arabes ne formaient idéalement qu'un seul peuple séparé par ce qu'il appelait des deux côtés l' « intolérance »; en bon jacobin, il considérait les rebelles comme des nationalistes rétrogrades que seules excusaient les injustices commises par l'autre camp; on tuerait donc les irréductibles — la pacification, hélas! — on rallierait les autres; après quoi, un Plan vraiment démocratique établirait en Algérie une société égalitaire et *tolérante*. C'était là, je le répète, un idéal que la gauche avait maintes fois adopté, son idéal classique, traditionnel. Il n'y eut qu'un malheur : sans comprendre très bien ce qui lui arrivait, M. Lacoste se retrouva un homme de droite.

La gauche, elle, la vraie gauche, ne s'y était pas trompée : elle avait réclamé *l'Algérie aux Algériens*. Elle avait découvert cette évidence que l'égalité n'est pas l'intégration et que toute libération passe par la reconnaissance ethnique. La philosophie des nationalités reprenait rang à gauche. Elle ne recouvrait plus l'alibi d'un État prédateur mais le retour à la conscience d'un peuple aliéné qui récupère son identité — sa *nation*. Les buts du mouvement breton et du nationalisme algérien différaient? Sans doute. Mais un principe reste un principe sous tous les cieux et l'indépendance algérienne, imposée par le gouvernement, acceptée par une opinion qu'elle scandalisait la veille, ouvrait les esprits à la revendication bretonne : celle-ci ne tolérerait plus le vague intégrationnisme sous lequel tant de politiciens et d' « humanistes » français continuaient d'écraser la personnalité d'un peuple. *L'Emsav* avait maintenant en France des répondants doctrinaux, Sartre, Fanon, Albert

Memmi [1]. En 1964, sur la base de ces nouveaux rapports, de jeunes Bretons résolus à en finir avec l'apolitisme de leurs aînés fondèrent l'*Union démocratique bretonne*, premier parti ouvertement de gauche, axé à la fois sur l'entente avec les partis progressistes français et la revendication autonomiste.

De Montréal, le général de Gaulle leur apporta un argument majeur. Cédant au mouvement mondial de décolonisation, l'homme du discours de Brazzaville avait tranché le conflit algérien selon la justice historique : sa prise de position québecoise partit de sentiments plus ambigus. Il ne défendit pas une minorité nationale par principe, il attisa la querelle d'un domaine francophone. « Aux yeux du nationalisme français, les Québecois ont un grand mérite que n'ont pas les Bretons ou les Basques : ils ont été transportés en Amérique par l'impérialisme glorieux d'autrefois » (Robert Lafont). En tout cas, rien ne pouvait mieux éclairer les Bretons sur leur propre condition. Le *Québec libre?* Grands dieux! Ce livre n'aurait aucune raison d'être si les Bretons possédaient le statut que le colon anglais concède aux Québecois : gouvernement autonome, Assemblée élue, enseignement obligatoire de la langue nationale [2]. Un tel *faites ce que je dis mais ne faites pas ce que je fais* frappa les moins lucides : la *Bretagne libre* fleurit les murs. Et le contrecoup se fit sentir au Québec même. De Gaulle savait sans doute qu'un grand nombre de Bretons résidaient au Canada; mais ignorait-il — ou ne lui avait-on pas dit — que le mouvement breton et le mouvement indépendantiste

---

[1]. En 1969, lors du référendum régionaliste, Sartre a défendu des positions politiques en accord avec les représentants socialistes des minorités basques, occitanes, bretonnes.

[2]. ... Et le statut que les Québecois eux-mêmes accordent à leur minorité, les Esquimaux du Grand Nord qui possèdent leurs écoles, leurs inscriptions officielles trilingues, etc.

québecois se fréquentaient, que des représentants des partis bretons avaient été reçus au Québec? Oubliait-il surtout que les Québécois, pour mécontents qu'ils fussent de leur sort, vivaient sous un système fédéral et qu'ils trouvaient *ici* cette revendication normale? Conclusion logique : la France soutint le Québec à grands frais et les Québecois s'intéressèrent en retour à la Bretagne : ils produisirent des reportages sur elle et offrirent à leur public une enquête télévisée où, pour la première fois, des écrivains et des journalistes bretons — dont l'auteur de ce livre — purent enfin s'expliquer devant des caméras. Ce jour-là, quelques Bretons brûlèrent un cierge au général de Gaulle.

Ils lui en devaient au moins un autre : l'indépendantisme québecois, si crûment mis en lumière, démontrait leur progressisme. Tant que le Québec avait été une colonie maltraitée de l'Angleterre, le pire obscurantisme y avait régné : une autre Bretagne encore plus cléricale, où l'Église prélevait des dîmes monstrueuses, censurait Balzac, George Sand, truffait les manuels scolaires de bigoteries grotesques. Le mouvement indépendantiste fit en quelques années sauter ces verrous. Une nouvelle génération qui ressemblait étonnamment à la génération bretonne de *Gwalarn* — à cela près, bien entendu, qu'elle revendiquait le français — publia des livres, produisit des films qui libéraient en même temps le Québec, et de l'emprise anglaise, et de ses conformismes nationaux. C'était la preuve : l'évolution sociale d'un peuple exige — lieu commun partout, sauf en France — le réveil de sa personnalité, donc, techniquement, un minimum d'autonomie gestionnaire et culturelle.

Autonomisme, il est d'ailleurs temps de rendre à ce mot son sens présent. En 1967, des syndicalistes de l'agriculture et de la métallurgie se rencontrèrent à Nantes et découvrirent que leur action coïncidait : précisément, que les intérêts des paysans bretons différaient de ceux des grands céréaliers de la FNSEA, leurs dirigeants, mais s'apparentaient étroitement à ceux des ouvriers bretons, leurs frères. Ces syndicalistes constataient que le clivage passe par la région : ils faisaient de l'autonomisme sans le savoir. Un an plus tard, ils le surent et le dirent. Ce fut la Commune de Nantes que le leader paysan Lambert définit : « *l'établissement d'un pouvoir régional réel composé d'élus de la population et de ses forces sociales* [1] ». Mais déjà Mai avait réintégré l'autonomisme dans l'histoire. L'évidence révolutionnaire éclatait enfin contre le jacobinisme devenu avec le temps une idéologie de droite; contre l'État napoléonien, son héritier, on revenait à Proudhon, à Bakounine, au principe des pouvoirs de base. Pour la première fois, des Bretons participaient à une révolution qui ne rejetait pas l'entité bretonne. Ils tinrent des réunions fédéralistes dans les facultés, déployèrent le drapeau breton à la Sorbonne. Le lendemain, tout rentra dans l'ordre étatique — mais la Bretagne avait pris date.

Quant au pouvoir, il affrontait enfin l'échéance. Celle de dix ans de gaullisme, mais bien au-delà : de tous les siècles d'État-théâtre et d'État-caserne que le gaullisme assumait dans une symbolique étonnante, mi-Louis XIV, mi-Napoléon III, prestigieux et référendaire, militaire et triomphaliste, comme si toute l'histoire dite de France venait mourir dans ce régime-reflet. Ce n'était pas une faillite : c'était le bilan de vingt banqueroutes camouflées. Physiquement, le pays, asphyxié par la claustration et le système d'octroi, vivotait en marge des économies et des techniques; intellectuellement, il dépérissait sous le culturel élitaire distribué par les Écoles. Au regard des peuples normalement évolués, le paysan français était le plus pauvre, l'ouvrier français le plus mal payé, l'industriel français le plus mal équipé, l'étudiant français le plus mal préparé aux tâches contem-

---

1. Yannick Guin, *La Commune de Nantes* (Maspero). On notera que c'est en Bretagne, pays des anciens *responsables*, que la révolution de Mai suscita pendant quelques jours un authentique pouvoir populaire.

poraines. L'État avait colonisé la France et elle passait à d'autres colons : on découvrait avec stupeur que quinze départements français subsistaient pratiquement d'implantations étrangères. Confrontée au Marché commun, condamnée à exporter des produits et non plus des soldats ou de la « gloire », la France se révélait une boutique de la Belle Époque fabriquant de l'*article de Paris* à l'âge des ordinateurs ; quant au français élitaire, il se révélait totalement inadapté aux techniques nouvelles. On cherchait des responsables à ce désastre et, comme toujours, on ne trouvait que des chefs drapés d'autoritarisme, déclamant des cours magistraux à l'exemple du Chef suprême. Alors, on s'en prenait — éternelle manie de colon — à l'indigène : on déclarait le Français rétrograde, routinier, paresseux, jouisseur. Mais les mensonges ne pouvaient rien contre ce fait : la Machine s'était encrassée à mort.

Il eût fallu de la décision, du génie : connaissant l'État, on pouvait parier qu'il opterait pour les demi-mesures. C'est ce qu'il fit, dans l'ordre : la déconcentration qui se borne à désengorger la région parisienne aussi vainement qu'on désembouteille provisoirement une rue en déplaçant quelques voitures, la décentralisation qui implante çà et là un bureau ou une usine. Ces tentatives bâclées n'intéressèrent que les négriers [1] : on n'improvise pas une infrastructure industrielle avec cent ans de retard. Elles révoltèrent les exploités : on n'oblige pas les travailleurs du XXe siècle à subir les impératifs du capitalisme pionnier du XIXe. Les directeurs d'entreprises sérieux à qui l'on proposait des terrains et des « facilités » financières mais pas de téléphones et dans certaines régions, comme en Bretagne, pas même de routes convenables pour évacuer leurs produits, refu-

---

1. « Belle usine textile à vendre, province. Matériel parfait. *Main-d'œuvre aux tarifs les plus bas de France* » (Annonce parue dans le *Journal du Textile*, 11-9-69).

sèrent ce cadeau empoisonné; leur personnel répugna à s'exiler dans un désert culturel. Restait la régionalisation, ultime et évidente solution, sans cesse proposée, sans cesse repoussée. Fidèle au principe monarchique, le gouvernement y vit le moyen de se débarrasser du Sénat et d'intégrer le syndicalisme au système. Il échoua. Mais cette fois la question demeurait posée, et sous sa forme véritable.

Car l'histoire avait pris un tournant nouveau. Et les ennemis du centralisme, jusqu'alors toujours vaincus, contemplaient, fascinés, l'alliée imprévue et terrible qui, mieux que toutes leurs raisons, leur ouvrait enfin les portes du Temps : la Bombe.

7
La grande mutation

> Nous sommes faits pour l'immense.
> Ernest HELLO

On prétend qu'en apprenant l'explosion d'Hiroshima, un des dirigeants autonomistes d'avant-guerre se serait écrié : « Enfin, le problème breton existe! » Si oui, rendons justice à sa lucidité.

La bombe d'Hiroshima ne termine pas seulement une guerre : elle termine une Histoire en cassant son instrument, l'armée classique. On l'avait conduite, cette armée « moderne », à ses ultimes perfectionnements : dans tous les éléments, eau, terre, air, elle portait la querelle des États géants du XIXe siècle : la Bombe éclate, et ces géants deviennent des nains. Camus voit en Hitler le dernier conquérant provincial. C'est en effet à de simples provinces d'Europe que l'arme atomique réduit les États : une guerre France-Allemagne serait de nos jours aussi dérisoire qu'une guerre Bretagne-Vendée. Conséquence immédiate, leurs murs s'écroulent comme s'écroulèrent jadis les frontières des petites nations. Fini, l'état de siège : pour la première fois, le Français ne vit plus en fonction d'un adversaire mitoyen. Il n'y a plus de ligne bleue des Vosges.

Naturellement, l'État n'en veut rien savoir. Son bel outil rompu, l'armée d'Austerlitz et de la Marne, il l'admire, le flatte, il lui paraît à juste titre impossible de le contester sans se mettre en question lui-même. La commémoration abusive de Napoléon en 1969 n'eut pas d'autre motif : on sécrétait des nuages de gloire militaire pour masquer d'intolérables évidences, et la plus cruelle de toutes, la fausse dimension de l'État actuel. Fausse, chacun sait bien, parbleu, qu'elle l'est. Le Français le plus chauvin, pour peu qu'il réfléchisse entre deux claironnades, ne croit plus à la solitaire souveraineté de cette forme hexagonale « parfaite », pas assez grande pour dominer les autres pays, pas assez petite pour vivre en paix. Jusqu'au « dernier quart d'heure » il s'efforça pourtant d'y croire : il habilla du mythe d'Empire la piètre réalité de 550 000 km² de territoire et de vingt millions d'habitants actifs. Pas de chance : périmée par la Bombe, l'armée classique fut en plus ridiculisée par la guérilla. Ou plutôt, soyons justes : c'est moins l'armée qui se ridiculisa que l'État, quand il la jeta dans des guerres coloniales *après* la Bombe en croyant, l'imbécile! que rien n'avait changé et qu'il suffisait, comme *avant*, d'être le plus fort. Elle aussi le croyait, cette pauvre armée : quand on a la force, on gagne, non? Elle fit ce qu'elle put. Elle cassa du bougnoule, ni plus ni moins qu'au temps d'Abd-el-Kader. Mais ça ne lui servit à rien parce que, même quand elle possédait la supériorité technique comme en Algérie, elle n'était, à son grand étonnement, qu'une armée vaincue, vaincue par un *peuple*, l'armée d'une histoire et d'une idée mortes. Elle s'indigna, accusa des journalistes de trahison, essaya de comprendre : elle alla jusqu'à potasser Mao entre deux séances de gégène. Peine perdue, l'explication lui échappait : elle n'avait pas affaire à des couteaux mais à un déplacement d'histoire. Va, va, lui disait la Révolution, tue et meurs, c'est moi qui réglerai la querelle : la Révolution, entendez, non une poignée d'intellectuels de gauche, mais la loi nouvelle que la Bombe avait établie et que sonnaient toutes les trompettes de Dien-Bien-Phu et des Aurès : *ce sont maintenant les colonisés qui gagnent*. Dans les possessions d'outre-mer, d'abord; puis, logiquement, à l'intérieur des États mêmes.

Pour comble, l'État s'en rend enfin compte. Mais trop tard, du moins en ce qui concerne l'outre-mer. Cinquante ans plus tôt, il pouvait encore organiser, promulguer des autonomies régionales, instaurer, entre l'Algérie et la France une communauté politique et culturelle basée sur la fédération. *Communauté*, c'est justement le mot qu'emploie de Gaulle. Malheureusement, il hérite d'un système qui a déjà mené à terme son autodestruction : l'État français était si organiquement centraliste qu'il a préféré — oui, préféré, secrètement, subconsciemment — *perdre l'Algérie plutôt que d'y instituer le fédéralisme*. De Gaulle arrive au pouvoir à l'heure où l'on ne peut plus retenir, mais lâcher. Il largue donc l'Algérie, l'Afrique, puis, comprenant peut-être que la décolonisation doit se poursuivre en France, restitue en projet leur identité aux provinces. Cependant, cet homme d'envergure demeure prisonnier de la mystique unitariste-impérialiste. Ce que donne sa main *gauche*, sa main droite, c'est plus fort qu'elle, le reprend. La décolonisation réussit ce tour de force, dégager les pays noirs tout en y maintenant le système de l'autorité déléguée, ces roitelets que la Coopération fournit, au nom de Papa N'Goll, de palais, de cadillacs et, au besoin, de parachutistes. L'Empire? Conservé lui aussi, dans son abstraction, la francophonie : on n'occupe plus les terres mais on y règne par Vaugelas interposé. Quant à la régionalisation, elle écarte la réforme de base, la création d'assemblées démocratiques élues au suffrage universel, et la remplace par une organisation corporatiste et maurrassienne livrée à la discrétion des préfets; pis, le Chef — et cet excès provoque sa chute — en profite pour accroître ses prérogatives.

Cet État qui donne et retient, qui oscille perpétuellement entre hier et aujourd'hui, cet État entre deux histoires qui se borne à ravaler sa façade comme l'Opéra, on a envie de lui crier : Tu ne comprends donc pas *ce qui se passe?*

Il se passe une chose immense : Barrès, aujourd'hui, n'aurait plus besoin de sacrifier sa Lorraine. Plus de ligne bleue des Vosges, donc plus rien de ce qu'elle imposait, la résignation au bonapartisme, l'appel au soldat, la fin sinistre dans les bobards de guerre. Et il ne sacrifierait plus son moi : logé comme nous tous à l'auberge planétaire, menacé d'une Apocalypse mais plus d'une querelle de voisinage, Barrès, enfin déchargé de son Devoir, pourrait tout à loisir s'abandonner à ses introspections lyriques. Que dis-je! Il serait utile qu'il s'y abandonnât : car ce n'est plus en dévoyant son attention sur un ennemi proche mais en approfondissant son être que l'homme peut aujourd'hui servir.

Or, Barrès est mort, mais des millions de jeunes Français sont, eux, bien vivants. *Vivants*, pesez ce mot pour comprendre la jeunesse actuelle! Pourquoi ressemble-t-elle si peu à ses pères, pourquoi ces explosions dans la rue, les lycées, les familles, ce refus sauvage au lieu d'une docile succession? Et surtout, pourquoi cet air de fête, la révolution et le jeu, la barricade et le hippy? C'est qu'il n'y a plus d'*ennemi en vue*, plus d'Anciens et de Militaires pour sonner l'alerte et, au nom d'un péril mortel, envoyer cette jeunesse à la mort. « Il leur faudrait une bonne guerre... » Justement non, salauds, il n'y a plus de *bonne guerre!* Pour la première fois, une génération européenne n'est plus arrêtée dans son cours par un Devoir de sang : étonnez-vous qu'elle rompe le rythme de l'histoire et conteste ce qui la précéda, tous ces pactes caducs qu'elle n'a pas signés! Vous pouvez la matraquer, la maudire, vous ne pouvez plus l'assassiner. Elle a enfin *la vie devant elle* : et tout naturellement, elle entreprend la grande œuvre que seule permettait la cessation de l'état de siège : la Révolution culturelle, c'est-à-dire le transfert de l'histoire événementielle à celle de la culture et des mœurs.

Telle fut la grande leçon, si mal comprise, de Mai : le passage d'une histoire à l'autre, traduit par cette exigence culturelle si surprenante et, pour la première fois, prioritaire. Il fallait un détonateur : il fonctionna le 3 mai 1968, lorsque les étudiants de Paris entrevirent en éclair le destin qu'on leur préparait. Ce jour-là, la police les chassa de leur Sorbonne et ils se retrouvèrent dans la rue, cernés et, comme me le dit l'un d'eux, « poussés au cul par des mitraillettes ». Poussés *vers quoi* ? Leurs pères, au moins, l'avaient su : on leur désignait un ennemi bien précis à la frontière. Mais eux, on les poussait vers *rien*, une guerre sans guerre, des devoirs sans Devoir : « cadres », sages petits lieutenants des EOR technocratiques appelés à commander des sections de prolétaires, le fusil de l'ordre aux reins. A peine détruit, la société réinventait l'état de siège. Elle ne jetait plus des générations au feu comme du bois à brûler, elle mobilisait l'armée de la Consommation et lui demandait même discipline : simplement, on ne serait plus tué d'un coup, on mourrait lentement à soi-même, au service des objets, dans une histoire, comme l'autre, ignorant la culture. Contre ces Verduns de l'esprit, les étudiants dressèrent leurs barricades. « Prise de parole ? » Mieux : revendication totale de la parole. Si l'état de siège n'est plus, il faut que la culture soit.

« C'est une révolution ? — Non, Sire, une mutation. » La fin de l'état de siège ne se traduit pas seulement par des impératifs immédiatement ressentis, comme l'unité européenne : elle engage l'homme au plus intime. Elle ruine le mythe monarchique de l'élite, la distance militaire du dirigeant au troupeau : dans l'histoire sans héros symbolisée par la conquête lunaire accomplie par une équipe de techniciens anonymes, il faut que *tout le monde soit un héros*, que chacun développe ses facultés; il est aujourd'hui aussi nécessaire de cultiver un peuple qu'il l'était, il y a cent ans, de lui apprendre à lire. Mais « développer ses facultés » n'implique pas seulement l'accession aux techniques. A moins de sombrer dans le totalitarisme de la technique ou du dogme, cette revendication conduit à la *pleine conscience*. Pour prendre sa mesure, il suffit de considérer l'immense bouleversement qui s'accomplit sous nos yeux. « Revanche de la littérature! » persiflait en Mai un chroniqueur droitier. Il ne croyait pas si bien dire : ce que Mai libérait torrentiellement était bien cette activité primordiale de l'homme que l'histoire étatique avait scellée du mot *littérature*, la réduisant à une futilité. Partout, la révolte des jeunesses décolonise les sensibilités, le vœu profond et censuré des peuples. Certes, l'équilibre de la paix n'a pas encore remplacé l'équilibre de la guerre : la liquidation de l'ordre ancien par la Bombe a creusé un vide où l'on jette en vrac des conformismes doctrinaires, des angélismes, des violences — ou de la drogue; par ailleurs, le monde continue de vivre en décalage temporel, avec des problèmes d'autres siècles et une menace à la dimension de ses nouveaux pouvoirs. Mais déjà les desseins s'affirment. De nouveaux rapports s'établissent, encore hésitants, dans un inévitable scandale. La morale d'État est fracassée, les tabous sociaux, sexuels, s'effondrent. Le Père est déchu de sa puissance. L'Église elle-même conteste le sien : ses éléments avancés rejettent la meurtrière hérésie qui l'affermait à l'État et, du coup, retournent aux sources du christianisme.

Double courant, autonomiste, universaliste. Si la jeune Église revendique en face de Rome le droit d'élire ses évêques et en face de l'État, celui de contester son ordre, c'est pour mieux assumer sa mission *catholique;* de même, l'Université réclame à la fois ses franchises et l'accession de tous au savoir. Rien d'étonnant, donc, que la massification française soit également dénoncée : pour des Basques ou des Bretons, la pleine conscience comporte fatalement celle de leur ethnie, de leur culture. Mais les *nations* de l'hexagone ne reprennent vie que pour élargir leur horizon, s'ouvrir au monde.

Sous l'état de siège, le territoire se décentrait vers l'Est : là veillait en sentinelle la dure race des capitaines de guerre et des grands commis autoritaires où recrutait le plus volontiers le parti de l'État; en temps de paix, la France s'offrait le luxe de présidents méridionaux mais au premier péril, elle appelait un homme de l'Est, un Poincaré, un Lebrun. Est ou Midi — les deux Mariannes françaises, Colette Baudoche, Mireille, les « deux côtés de la Loire », la roideur, le laxisme — les cultures renaissantes périment ce grossier folklore. En retrouvant leur authenticité et leur diversité, elles se réinscrivent dans leurs paysages exacts, hors de la structure centraliste; non contentes de s'affirmer, elles recomposent leur aire géographique : on reparle libertés basques, catalanes, flamandes, mais au-delà du terroir assigné par l'État. L'identité culturelle efface les décisions abstraites des frontières dites *naturelles* : Basques de France et d'Espagne mènent un combat commun — des Basques français contre la police franquiste, des Basques espagnols aux manifestations d'*Embata;* de jeunes Bretons découvrent l'Irlande, l'Écosse et dans le pays de Galles, presque trait pour trait, une autre Bretagne. A l'heure où l'Angleterre recolle au continent, les Celtes des deux États se rencontrent, se reconnaissent — Assemblées interceltiques de Fougères, de Quimper, stage d'étudiants bretons à Carmarthen — et vérifient cette vérité que refusent les habitudes mentales françaises et que les civilisations, pourtant, nous crient aux oreilles : la mer ne sépare pas mais unit.

Dès aujourd'hui, les Celtes n'ignorent plus qu'ils forment une communauté spirituelle et qu'ils ont, dans la mutation que nous vivons, leur mot à dire. Ce mot, ils l'avaient timidement murmuré au début du siècle dernier. Réaction contre la « logique » latine et la langue élitaire, retour à la nature, primauté du sensible, modes situées (Ossian), nostalgie du gothique, en vérité du fonds gaulois, impossible de nier l'imprégnation celtique du romantisme. Lui aussi succédait à un état de siège; lui aussi tendait — mais en un temps qui ne pouvait le concevoir – au passage du culturel à la culture[1]. Comment l'ordre bourgeois eût-il toléré cette « anarchie »? Il disqualifia les poètes en les réduisant à la « rêverie »; il endigua la source rebelle qui dès lors coula souterrainement, affleurant çà et là en œuvres maudites, jusqu'à la révolution surréaliste, première requête formelle de la culture à déterminer l'histoire. Or, voici le romantisme revenu, et cette fois, il réclame les pleins pouvoirs. Dans une société enfin libérée de l'état de siège, plus fertile en techniques nouvelles que les siècles qui l'ont précédée et qui toutes, des ordinateurs aux telstars, se conjuguent dans une dynamique d'information, l'art et la culture deviennent inhérents à la vie : non plus produits de propagande, de distraction complice ou, comme les définit excellemment Nicolas Schöffer, d'autodéfense[2], mais créativité permanente et non-dissociée, *moyens d'existence* : habitat, urbanisme, images du quotidien, etc. C'est bien une révolution de la parole, diffuse, totale, et qui périme l'exclusivité ségrégatrice de l'imprimé. « Quel rapport avec les Celtes? » demandera le colon latin. Tous les rapports, s'il avait pris la peine de nous connaître.

Il est d'étranges rendez-vous, comme si le temps gardait des peuples en réserve. En prévision de quel *emsav* les Celtes ont-ils, par exemple, préservé leurs images de la dictature formelle du classicisme? Le fait est qu'à l'époque

---

1. On a beaucoup relevé d'analogies entre la révolution de 48 et celle de Mai et, dans le *Nouvel Observateur*, Maurice Clavel écrit, à propos de Chateaubriand et Lamartine : « Hier ils étaient périmés. Aujourd'hui moins, il me semble. Ils ont *vu des choses*, et cela reste quand les idéologies s'effritent. » Il y a à mon sens plus qu'analogie ou « vision ». Le romantisme fut la répétition générale manquée de la mutation d'aujourd'hui.

2. *L'Express*, juillet 1969.

où l'art d'Occident, « non plus reproducteur mais créateur » (Schöffer), se convertit à l'abstraction, l'art celte — du Livre irlandais de Kells comme des signes monumentaux bretons — « apparaît comme la forme la plus satisfaisante et la plus parfaite d'art non représentatif qu'ait connu l'Europe [1] ». Cette fidélité à ce qui fut, n'est plus, sera, s'alimente au foyer de la mémoire : forcé de se souvenir, puisque écarté des *media* du conquérant, le colonisé devient un témoin que la révolution du Temps retrouve à sa place exacte. Soudain, le visage resurgit. Signes incompréhensibles au touriste distrait, musique réduite à un folklore puéril, religiosité dévoyée en cléricalisme, le masque s'écaille, imposé quatre siècles; et se révèlent subtilité, harmonie, exigence spirituelle, exaltées par la nouvelle histoire. Le colonisé n'est plus un attardé. Et il n'est plus un séparé. De même que son premier souci est de réunifier sa langue tribalisée par le colon, son premier mouvement, dès qu'il reprend la parole, le porte à s'intégrer à un monde cohérent, mieux : à lui proposer cette cohérence.

Dans une récente étude de *Douar Breiz*, M.-A. Kerhuel note la différence fondamentale entre l'analyse française qui sépare l'objet, le dissèque, l'enferme dans des catégories, et la démarche celte qui, elle, saisit le mouvement « en prise directe » et, rejetant les schémas acquis sur prototypes, perçoit « un univers de rythmes vécus collectivement et directement appréhendés [2] ». Affirmation surprenante pour la « clarté française »; et pourtant, il faut bien admettre que les événements originaux de notre époque, ceux qui *n'appar-*

---

1. Françoise Henry, citée par C. Bourniquel, *Irlande* (Seuil).
2. « Il est difficile, ajoute l'auteur, de faire saisir cette différence (...) d'autant plus que la langue française ne possède pas de vocabulaire correspondant à une appréhension du monde qu'elle ignore, que sa syntaxe rigide est particulièrement réfractaire à l'expression du moment, qu'elle morcelle là où nous unissons. » Suit la comparaison sur laquelle je n'ai pas à revenir avec la syntaxe bretonne et son ordre « psychologique » des mots.

tiennent déjà plus à l'histoire classique, telle que la révolte des jeunesses, lui sont difficilement saisissables malgré une avalanche d'explications. C'est que la mutation actuelle réclame non l'analyse cloisonnée, mais la lecture globale, de même que l'organisation du monde exige désormais de grands ensembles pluralistes et non des États calfeutrés. L'État surmontait la contradiction en l'écrasant, sa pensée en a hérité le retranchement et le terrorisme — toute vue étroite terrorise. Mai lui-même, si on le réduit aux « groupuscules », buta sur ces barrières mentales. Ce mouvement des profondeurs jailli aux premières lueurs de l'émeute comme un vaste dessein sensible se fragmenta en violences crispées ; au lieu de promouvoir une conciliation évolutionniste, il reproduisit les vaines révolutions du passé ; il combattait dans une lumière exacte, mais cerné d'angles morts. Seule une pensée admettant le pluralisme et même la contradiction — seule une pensée pour qui surmonter les contradictions au lieu de les cohérer est une hérésie — accède à ce *contexte* qui est simplement la vie.

On l'appelait la *guerre blanche* des Celtes. Un jour, à l'époque du « printemps sacré », les fils de Tathua De Danann quittaient leurs demeures fleuries et partaient en expédition vers la grande cité du Sud dont le nom, volant de bouche en bouche, avait retenti jusqu'à leurs forêts ; mais arrivés à ses portes, et après quelles aventures ! ils se contentaient de la contempler, d'inscrire dans leur mémoire ses palais et ses temples, d'écouter, comme à Delphes, son oracle, puis de repartir les mains vides : car leur but n'était pas la conquête, mais la connaissance, son contraire. Pareillement, à l'heure où ils émergent enfin de leur enfer historique, nul esprit de domination en eux. Le Celte est un universaliste. Il ne se révolte que pour obtenir la juste paix de l'unité plurielle ; seule, elle apaisera sa soif du monde. De Segalen à Le Clézio, de Kerouac à Dylan Thomas — et je n'aurai garde d'oublier Chateaubriand et ses Amériques. — ressentez cette passion de tout étreindre, du brin d'herbe au cosmos, de tout comprendre — *com-prendre*, comme Claudel disait *co-naître!* Qu'il y a loin de cette com-préhension, qui brasse le temps et l'espace, qui est amour et recueillement jusque dans les attitudes de René, aux certitudes et catégories de l'humanisme bourgeois! Le Celte écoute toutes les voix : à l'opposé de son Maître royal, il sait que la vraie grandeur respire à ras de terre. Et la justice. Et le sacré. Contre les États calfeutrés, le Celte Briand que son époque refuse tente désespérément d'instaurer et de codifier la paix mondiale; contre la religion d'esclaves importée sous Louis XIV, Lamennais rend le Christ aux pauvres, Hello magnifie une « immensité » familière; avant que son prieur ne soit déplacé par Rome — alertée par les bien-pensants étatistes — l'abbaye de Boquen retrouve la tradition des moines-constructeurs bretons, ouvre tout grand le cloître au peuple et y renoue le dialogue comme aux premiers âges. Cette concertation fraternelle s'appelle laïquement la démocratie. Et, de plus en plus, le socialisme, du moins l'une de ses voies, celle qui conduit le plus sûrement à son « visage humain ».

Ils ont donc raison, les jeunes Bretons qui recourent à leur culture. Leurs aînés luttaient pour rester bretons; l'être, aujourd'hui, signifie être *plus*, participer. La voici enfin conciliée, la double exigence de l'Idée et de la Terre. Il faut que le sol demeure et porte ses meilleurs fruits pour que l'homme, en fût-il éloigné, se réfère à ce foyer de création; et ce que ce sol produit ne lui restera point mais s'offrira aux autres hommes. Heureuse France où cette exigence ne soulève aucune tragédie! A la différence des Juifs en litige avec les Arabes, des Noirs américains sans foyer, les Bretons ont leur terre : il suffirait que l'ensemble du pays la reconnût et lui permît de se développer. Mais l'État-colon ne veut, ne peut l'admettre. Pour préserver son dogme centraliste, il censure la pensée et la culture de ses peuples; dès lors, la revendication de la terre lui paraît extravagante. Comment des gouvernants qui ignorent le progrès continu de l'idée bretonne ne s'effareraient-ils pas d'une exigence dont ils n'ont pas suivi le mûrissement ? La requête qu'on leur soumet appartient à un temps plus avancé que le leur. Ils retardent de tout ce qu'ils ont méconnu. Comme des parents qui n'ont pas vu leur enfant grandir, ils réagissent par un mépris étonné ; et il faut que l'enfant se révolte et s'impose par la violence, pour que le père, un instant, touche aux réalités ; mais il referme aussitôt les yeux, car son destin est de ne rien voir.

II

Lorsque le *Front de libération de la Bretagne* signa ses premiers attentats, il sembla que l'histoire recommençait : non reconnue, donc coupable, la revendication bretonne recourait une fois de plus à l'activisme. Mais l'histoire ne se répète jamais exactement et la différence entre le *Gwenn ha Du* des années 30 et le FLB marque toute la distance de la Bretagne d'hier à celle d'aujourd'hui.

Gwenn ha Du, honni de la population, opérait en desperado, économisait ses attentats et fuyait une police peu nombreuse qui ne réussit jamais à le découvrir ; le FLB, lui, « téléphonait » pratiquement ses coups dans un pays quadrillé par les Renseignements et cinquante-six de ses membres, arrêtés en chaîne, avouèrent avec une franchise déconcertante, comme s'ils tenaient moins à échapper aux tribunaux qu'à s'y présenter. Mais la surprise majeure vint de la composition du groupe. Alors que *Gwenn ha Du* ne comportait au su des initiés qu'une poignée d'étudiants extrémistes, le FLB échantillonnait toutes les classes sociales, paysans, ouvriers, commerçants, industriels, journalistes, universitaires — étudiants et professeurs — et même prêtres ruraux. Quant à la presse à qui *Gwenn ha Du* avait fourni trente-cinq ans plus tôt l'occasion d'un sensationnalisme facile, elle se montra cette fois fort circonspecte, minimisa le FLB, mais ne put empêcher l'opinion de lui témoigner un intérêt tout différent de l'hostilité de jadis.

Dès les premières semaines de l'instruction, le bruit courut que le procès n'aurait pas lieu. Quinze jours avant le référendum régionaliste, on parlait déjà de grâce présidentielle — en guise, disait-on, de joyeux avènement de la réforme. Le *non* l'emporta et pendant son interrègne, M. Poher promit de libérer les détenus; le parti gaulliste s'en indigna bruyamment, mais parce qu'on lui coupait l'herbe sous le pied, et le premier acte de son candidat, à peine élu à la présidence, fut de préparer une amnistie. Miracle d'indulgence! Nul ne rappelait les déclarations qui avaient immédiatement suivi le démantèlement du réseau breton et qui, toutes, ressassaient le leitmotiv de trahison. Du jour au lendemain, les « terroristes d'origine douteuse », « recevant leurs ordres de l'étranger », devinrent « de braves gens déçus », « exaspérés par une politique discutable », « chimériques mais non pas vils » (Pleven), pour tout dire, des gens bien de chez nous (« Vraiment, ces hommes ont-ils des têtes d'assassins? » *Armor*). Au début, la presse avait bien entendu pesamment évoqué le collaborationnisme de *Breiz Atao*: elle reconnut en hâte le mal-fondé de cette assimilation puisque les plastiqueurs appartenaient à la génération suivante; d'ailleurs, d'anciens *Breiz Atao* protestaient et certains autonomistes notoires d'aujourd'hui ne sortaient-ils pas de la Résistance, tel Ned Urvoas, le fameux *Capitaine Utrillo*, premier officier français entré dans Berlin? On n'allait pas jusqu'à glorifier les attentats du FLB mais on admirait leur exécution « à la bretonne », sans une goutte de sang (*Gwenn ha Du* lui non plus ne faisait pas de victimes, mais cela ne lui avait jamais valu aucun certificat d'humanisme); on ajoutait avec un brin d'émotion que ce noble souci avait causé les arrestations, les plastiqueurs s'obligeant à rester sur les lieux jusqu'à l'explosion;

à voix basse, enfin, on rapportait ce détail : après chaque attentat le FLB, qui venait généralement d'un département voisin, ne disposait que de dix minutes pour échapper aux barrages routiers : il se cachait donc sur place, il bénéficiait donc — incroyable nouveauté pour un mouvement autonomiste — de complicités dans la population.

Bref, le climat avait changé. Vingt ans de transplantations, de faillites d'Hennebont et de misères paysannes trouvaient dans le FLB une riposte admise. Et ce n'était pas seulement pour des raisons matérielles que la Bretagne sympathisait avec ses plastiqueurs. Outre le Québec libre, deux incidents burlesques l'avaient amenée à réfléchir : l'affaire du BZH où l'on avait vu un préfet interdire aux Bretons le port de l'écusson sur leur voiture [1], et l'affaire des prénoms qui leur avait rappelé que le crime de donner un prénom breton à un enfant — un *vrai* prénom, du calendrier authentique, et non un prénom de fantaisie du genre Yannik ou Maryvonne — entraînait toujours la suppression de l'état civil : aucune inscription, pas d'allocations familiales, pas d'école, etc. Bien entendu, la Bretagne s'était fleurie de BZH et avait été secouée de rires lorsqu'un des enfants Le Goarnic, arrivé à l'âge du service militaire, n'y avait pas été appelé *faute d'exister*, contraignant ses parents à écrire au président de la République pour lui demander quelle nationalité ils devaient donner à leur fils. Ces bécassinades d'État ne suffisaient pas à doter la Bretagne d'une conscience politique. Mais elles levaient un tabou : lors de la campagne présidentielle, tous les supporters du candidat gaulliste, M. Michelet en tête, s'entendirent réclamer la libération des autonomistes.

Le gouvernement avait un motif plus sérieux d'arrêter le procès. Deux ans plus tôt, l'imprudence d'un général-ministre avait déclenché celui des Guadeloupéens, intermi-

[1]. Le gouvernement actuel vient de « remettre ça » : on a le droit d'arborer *J'aime Swipe* sur sa voiture, mais non l'emblème de son pays...

nable déballage d'exactions révélant que la France du discours de Brazzaville perpétuait dans ses derniers territoires d'outre-mer les pires méthodes colonialistes. Or, le procès du FLB menaçait, toutes proportions gardées, d'un scandale de cet ordre. Même Cour spéciale, même avocat, même système de défense, non, d'accusation. Les inculpés dénonceraient le processus colonialiste en Bretagne, la ruine délibérée du pays; ils assigneraient à la barre des syndicalistes et des hommes politiques connus pour en avoir fait l'aveu; contre la hiérarchie catholique meurtrière de la langue bretonne, ils en appelleraient à l'encyclique *Populorum progresso* — dont l'un des inspirateurs était un Breton, le P. Le Bret; ils publieraient les innombrables motions en faveur des langues et cultures régionales — la dernière en date et sans doute la plus précieuse, car mettant fin à un malentendu séculaire, celle du Syndicat national des instituteurs. Paradoxalement, le régime avait à redouter l'ignorance où il tenait l'opinion : non informée du problème breton, elle recevrait de plein fouet des révélations d'autant plus convaincantes qu'imprévues. Comprit-il qu'il se trouvait devant le premier procès breton depuis des siècles? Il fallait agir vite : des prisonniers faisaient la grève de la faim, d'autres, libérés au compte-gouttes, rentraient fêtés dans leur pays; des millions d'anciens francs affluaient aux souscriptions, venant de partout, des Bretons de Montréal, de New York; des écoles, des lycées écrivaient aux détenus et, bien que le gouvernement prétendît que l'activisme du FLB n'exprimait qu'un « malaise général, commun à toute la France », le public commençait à penser qu'après tout, on n'avait jamais vu des Berrichons lancer des bombes indépendantistes. Dès sa première convocation, l'Assemblée nationale expédia donc ce projet d'amnistie conçu pour liquider l'affaire. Il s'agissait de déguiser en poujadistes pardonnés les défenseurs d'un sol et d'une culture. Le comique en jaillit : pour noyer le poisson, un député exigea la suppression de la mention, pourtant spécieusement vague : « actes commis *dans cinq départements* »; d'autres, peu subtils ou mal renseignés, s'indignèrent d'une grâce si prompte; tous firent de la surenchère électorale dans le pur style Troisième. Ce projet hâtif, informe, se prêtait à n'importe quoi, les attentats politiques ou les accidents de voitures, l'atteinte à l'unité française ou le dépassement de ligne jaune; finalement, deux catégories de citoyens en bénéficièrent, les premiers parce que rares et maudits, les seconds parce que nombreux et respectables, les rebelles bretons et les usagers de la route. Autonomistes? Automobilistes? Le coq français vit la tête sous les plumes.

Que l'État étouffe un scandale ne saurait se justifier : c'est lui qui l'a provoqué en ignorant ses causes; admettons que par souci de paix civique il le modère; mais alors, les causes, à défaut des hommes, doivent être jugées. Cela s'appelle gouverner, acte que les pouvoirs dits forts négligent : l'autoritarisme *fait comme si*. Le régime décréta qu'il ne s'était rien passé. Il escamota la revendication bretonne, dès lors inexistante, puisque sa télévision n'en parlait pas. Il serait vain de parler nous-mêmes à cette chambre d'échos qui n'enregistre que la voix des maîtres : ce livre ne s'adresse pas aux gouvernants, mais aux gouvernés. Admirons pourtant la persévérance de l'État à mentir par omission. Sous Louis XIV ou Napoléon, c'était une politique. Sous Pompidou, ce n'est plus qu'une habitude.

Nous, cependant, regardons les réalités en face. Et d'abord, sans vaines pudeurs ni rhétorique, liquidons l'hypothèse séparatiste.

On ne peut empêcher quelques Bretons de rêver à ce que serait devenue leur patrie dans une autre histoire. A chaque génération, l'*emsav* propose l'image d'une Bretagne maîtresse de son destin, Danemark de l'extrême-ouest, peuplée au moins du double, vivant dans son siècle. Image scabreuse mais non absurde : la Bretagne constituerait un État parfaitement viable. Pour ne rien dire des principautés européennes ou des micronations d'Afrique et d'Amérique centrale, elle est plus peuplée qu'Israël, l'Irlande, la Bolivie, l'Albanie, le Liban; sans sa désertification, elle atteindrait le chiffre du Danemark et de la Finlande. D'ailleurs, qui sous-estime les pouvoirs de l'indépendance? Il y a cent ans, la Hollande comptait le même nombre d'habitants, trois millions, que la Bretagne : elle en compte aujourd'hui onze millions tandis que le chiffre breton n'a pas varié. Quant à l'argument : « Que feriez-vous de vos choux-fleurs ? », il sert le séparatisme : libres de commercer à leur guise, les petits pays d'Europe figurent aujourd'hui parmi les plus riches. Et ils sont aussi les plus évolués démocratiquement.

Tous, sauf un — l'Irlande. L'Irlande, la seule nation libérée d'Europe qui n'ait surmonté ni la misère ni l'obscurantisme clérical. On propose souvent l'exemple irlandais aux velléités séparatistes bretonnes. A tort, car les conditions diffèrent du tout au tout [1]. Mais aussi absurdement, car cet exemple se retourne contre ceux qui l'emploient. Que signifie l'indépendance quand elle aboutit, comme en Irlande, à l'exil des intelligences, quand un Joyce, un O'Casey, un Beckett sont amenés à s'expatrier? Connaissant l'Irlande, son esprit, ses mœurs, sa jeunesse socialiste et

---

[1]. Ainsi, le cléricalisme. En Bretagne, il fut importé, mis au service de l'État, soutenu par les régions francisées des Marches, mitoyennes de l'Ouest bien-pensant, Mayenne, Anjou, Vendée. En Irlande, l'Église catholique persécutée s'identifia pendant trois siècles à la lutte contre l'occupant protestant. L'indépendance venue, le clergé recueillit naturellement le bénéfice de cette attitude.

Enfin, j'ai été assez sévère à l'égard du colonialisme français pour reconnaître que le colonialisme anglais en Irlande fut sans commune mesure avec lui. La Bretagne fut livrée à un génocide culturel, l'Irlande à un génocide tout court. La Grande Famine des années 1850 tua et exila par millions; les colons actuels de l'Ulster se conduisent à l'égard des Irlandais comme les Pieds-Noirs à l'égard des Arabes.

révolutionnaire, fidèle à l'enseignement de Connolly, qui monte actuellement à l'assaut des bastions cléricaux, je suis persuadé qu'elle entrera à son tour dans la grande mutation de notre époque : il y suffira de l'apport des populations ouvrières de l'Ulster qui transformeront radicalement le substrat rural du pays. N'importe : présent ou futur, l'exemple irlandais ne nous concerne pas. L'Irlande et la Bretagne ont des affinités spirituelles, leur destin politique ne peut se comparer. Ce fut l'erreur des anciens mouvements bretons d'être obsédés par cette identification que le lucide Émile Masson dénonçait déjà. Notre patrie, à nous, est en France. En France, notre communauté. En France, notre avenir.

L'imagination réconcilie. Quand l'État censure et ruine la Bretagne, il suscite des Bretons qui pensent une Bretagne-État : même retranchement réactionnaire, même réflexion arrêtée avant terme. Mais posons franchement le problème breton : aussitôt, nous entrons dans une nouvelle dimension de pensée qui, reconnaissant les différences, éclaire les ressemblances et nous en pénètre : accepté breton, me voici vraiment le frère du Lorrain ou du Corse également acceptés. Mille liens nous unissent, nous partageons la même évolution. Les Basques, les Bretons, les Catalans, les Occitans se réunissent, se concertent, échangent leurs produits culturels, revendiquent en congrès les mêmes droits : est-ce donc pour se quitter dès qu'ils les auront obtenus? Réclamer le séparatisme, c'est retourner au passé : non pas au « Moyen Age » comme le prétendent les sots, mais à l'ère étatiste des nations claquemurées qui lui succéda et coagula sa fluidité; c'est tromper la nouvelle histoire avec l'ancienne, ignorer l'âge des cultures, renouer mentalement avec l'état de siège. Solidaire des rois qui ont colonisé mon pays ou des « républicains » bourgeois qui ont assassiné sa culture, jamais. Mais de Proudhon, mais de Jaurès, oui, certes, profondément, passionnément! Quant aux Français, je n'ai même pas à leur être solidaire : je suis eux, je suis vous. Sans vous, mon combat breton n'a pas de sens.

Centralisme, séparatisme, deux étapes à franchir. Il y a mieux à faire, ou plutôt, il y a à faire plus grand.

Faire quoi, au juste? Reconnaître la personnalité bretonne à égale distance du colonialisme étatique et du refus séparatiste. Les extrémistes ricaneront; mais à notre époque de démesures futiles, l'excès devient médiocre et la mesure, révolutionnaire. Il est donc mesuré et révolutionnaire de préconiser pour la Bretagne et les autres ethnies françaises l'autonomie fédérale, c'est-à-dire la solution démocratique toujours repoussée et désormais évidente. L'État conserve ses privilèges d'État. Il demeure le maître des lois nationales, des grands desseins d'ensemble auxquels nous participons enfin directement; mais dans chaque unité fédérale, une Assemblée prend librement les décisions qui la concernent spécifiquement. Attention, pourtant : mesure ne signifie pas demi-mesures. *Nationalement*, le nouveau statut devra recouvrir *toute* la Bretagne, Nantes compris, ce qui n'entravera aucune de ses liaisons économiques *régionales* avec l'Ouest ou les Pays de Loire : ainsi s'harmonisera la double exigence de la culture et de l'économie; et d'autre part, une Assemblée provinciale n'a rien d'un Conseil général discutant, sous la surveillance d'un préfet, curages de fossés ou adductions d'eaux. Une des premières exigences de la Bretagne devra être le libre commerce avec l'Ouest qu'elle regarde naturellement et non avec l'Est vers lequel on a contraint son économie à se tourner. Il apparaît probable, en outre, qu'elle ne sortira de son sous-développement qu'en recourant à des options socialisantes : planification de son économie, transformation de ses usines-pirates en entreprises réglementées par un code du travail non colonialiste, développement de ses GAEC, de ses coopératives, reconstruction du pays dans un esprit communautaire, enseignement et formation technique égalitaires, promotion d'un industrie de qualité accordée à son tempérament et à la demande actuelle; cela, moins affaire de doctrine que d'immédiate adaptation aux nécessités [1]. La première tâche est de promouvoir l'homme breton, sans considération de naissance ou de fortune. Un pays décolonisé ne tolère plus le caïdat.

Comptons aussi que des Bretons se rapatrieraient — des Cadres bretons exilés étudient déjà les conditions d'un retour — retrouvant à domicile le goût de l'effort. Les nombreux Bretons qui réussissent à l'étranger ne prouvent-ils pas que la misère et l' « inefficacité » bretonnes sont une pure question de statut? Que la Bretagne œuvre enfin sur son territoire avec ses énergies libérées et un intérêt bien concrétisé, plus de *déperdition :* une entreprise sans exemple s'accomplit, dans ses conditions propres, progrès et fins visibles; comment la France n'en profiterait-elle pas? Français non-bretons, votre intérêt est-il, à l'ouest de votre pays, un désert ou une terre au travail? Techniciens, économistes, syndicalistes, sociologues, ne gagneriez-vous rien à cette expérience? Intellectuels, artistes, n'apprendriez-vous rien d'une culture renaissante qui s'ajoute à la vôtre? Et même simples touristes : au lieu du décor balnéaire qu'on vous offre, ne vous séduirait-il pas davantage, ce pays différent et si proche qui retrouverait sa vérité?

Faut-il un paragraphe pour rassurer les imbéciles? Apprenons-leur qu'il n'y aura pas de frontière à Pontorson, sinon le panneau routier qui annoncera l'entrée en *Bretagne* comme les Anglais trouvent naturel qu'il l'annonce en Galles ou en Écosse, car la moindre des choses est de nous nommer. On ne leur demandera pas de passeport, on ne les fouillera pas, on ne déshabillera pas leur dame; et j'espère bien que

---

[1]. Au cours de sa campagne présidentielle, M. Michel Rocard, secrétaire-général du PSU — parti proportionnellement plus nombreux en Bretagne que dans le reste de la France — envisageait la conversion de l'Europe au socialisme « à partir de l'exemple français ». Et pourquoi pas celui de la France à partir de l'exemple breton?

ces sottises auront cessé dans toute l'Europe. « Mais que deviendrai-je dans votre système, moi qui ne suis pas ethniquement typé, qui ne sais même pas d'où je viens ? » C'est simple, vous resterez vous-même, et la bienvenue chez nous. La *Bretagne*, répétons-le inlassablement, n'est pas pour nous un bloc racial mais une conscience et une volonté d'être. Dans la structure fédérale, des Bretons continueront de vivre ailleurs qu'en Bretagne et n'en seront pas moins bretons. Des non-Bretons vivront en Bretagne et parmi eux, comme aujourd'hui, il s'en trouvera de plus consciemment bretons que les Bretons eux-mêmes. Je souhaite en Bretagne beaucoup d' « étrangers », pour employer un mot qui pour moi n'a pas de sens; je souhaite des Juifs, des Arabes, des Noirs, et nous ne logerons pas, nous, les travailleurs immigrants dans des bidonvilles[1]; ma patrie qui a résisté à quatre siècles de colonialisme n'a pas peur de devenir une terre d'accueil, elle ne craint que la désertion. Mais il est vrai qu'elle ne tolérera plus le seul *étranger* véritable, le colon. On ne choisira plus la Bretagne pour stériliser son sol ou sous-payer sa main-d'œuvre. Il y aura comme aujourd'hui des fonctionnaires et des techniciens non-bretons en Bretagne, mais ils devront se justifier devant elle et non plus devant des irresponsables parisiens. Ils n'exploiteront plus son peuple et n'assassineront plus sa culture.

— Vous voulez donc obliger les Bretons à parler breton ?
— Nullement. Le manifeste de *Galv*[2], en date du 18 mai 1969, ne réclame pour la langue bretonne que le minimum de droits : trois heures hebdomadaires d'enseignement facultatif, la parité du breton avec les autres langues vivantes aux examens — possibilité d'option et cotation — l'étude de la civilisation bretonne dans les classes supérieures et la

1. La Bretagne d'avant l'annexion était un des États d'Europe qui possédaient la plus nombreuse colonie étrangère, Juifs, Italiens, etc.
2. *L'Appel*, comité d'action pour la défense de la langue et de la culture bretonnes.

création, à l'ORTF régional, d'émissions culturelles en breton et en français. Rien de plus raisonnable que ces vœux exaucés — dépassés — dans tous les pays d'Europe, sauf la France et les pays fascistes. Bien que la langue bretonne ne doute plus de ses vertus, elle ne pratique aucun exclusivisme, concernât-il le fait breton : à la littérature bretonnante engagée des Gwernig et des Meavenn répond une littérature de même nature en français : Pol Quentin, Pol Queinnec, Xavier Grall *(Keltya Blues)*, les œuvres bilingues de P. J. Helias et Glenmor. La libre disposition d'une culture n'implique pas l'emploi forcé de la langue mais un enrichissement spirituel qui peut aussi s'épanouir en français. A quoi se résume donc la revendication bretonnante ? A donner sa chance, rien que sa chance mais toute sa chance, à la version originale; elle traduit un souci personnel de perfection, d'appréhension plus subtile du réel, l'accord irrépressible d'une pensée et de son expression. Le breton n'est ni *pour* ni *contre* le français. Il est. Il doit vivre, se développer librement, ne devoir qu'à lui ses victoires ou ses défaites. Quant à l'argument de ses adversaires selon lequel il supplanterait une langue étrangère plus utile, il camoufle simplement leur racisme culturel : les États européens qui respectent leurs cultures minoritaires ne sont pas moins que la France ouverts au monde; les grandes langues internationales y sont généralement plus parlées que chez nous. Et c'est logique : ainsi que l'avait vu Jaurès, le maniement de deux langues dès l'enfance prépare à l'apprentissage des autres.

Encore une fois, je ne conçois pas que la France perde à nous rendre notre culture. Serait-ce un tel désastre pour elle que de reconnaître à l'ouest de son territoire une province au génie adulte qui ne se sert plus de sa langue pour endormir des enfants mais pour éveiller des hommes [1] ?

---

1. Allusion à la réponse d'un professeur célèbre, membre du conseil national de l'Enseignement, aux pétitions des enseignants pour la cotation du breton aux examens (1969) : « *Rien de plus touchant* (...) *que*

Paris serait-il moins Paris s'il accueillait une littérature bretonne, un théâtre breton, s'il se voulait lieu de rassemblement et non plus capitale hégémonique, si, par exemple, le quartier rénové des Halles devenait le forum des cultures françaises? Alors que les cinémas parisiens programment des films dans toutes les langues du monde y compris les minoritaires, slovaque, flamande, géorgienne — et les critiques soulignent le fait et y applaudissent! — la commission cinématographique refuse de subventionner un film breton sous-titré : craint-elle pour le « prestige » français un Dreyer, un Bergman bretons? Si quelque jour un jury international couronne un écrivain de la *langue des cavernes*, l'État étouffera-t-il une fois de plus ce « scandale »?

Risque de tribalisme? Mais j'en demande bien pardon aux jacobins, leur France une et indivisible est tribalisée comme un Congo. Faute de guerre et d'état de siège, sa belle façade unitaire s'écroule sous les antagonismes d'intérêts; tout le monde joue contre tout le monde, les castes contre le citoyen, le patron contre l'ouvrier, le grand céréalier contre le petit agriculteur, la grosse industrie contre la moyenne entreprise; du PDG au bistrot de quartier, la France se dissout en milliers de séparatismes hargneux. Admirable réussite de la Société anonyme! Elle ne voulait pas de Basques, de Bretons, d'Occitans : elle a des commerçants, des cadres, des financiers, des prolétaires. Vous parlez de Nouvelle Société, mais quelle société espérez-vous fonder dans un pays déraciné où l'abstraction d'État a créé mille petits États indifférents à la patrie? Il faut, dites-vous, donner aux Français une raison d'être. Parbleu! On n'a

les langues, patois et dialectes locaux soient parlés dans le sein de la famille, que les mères endorment leurs enfants avec des berceuses et des chansons que leur ont transmises leurs mères et leurs grand-mères... » Les centralistes se rendent-ils compte qu'ils ne sont plus au siècle de la colonie et que c'est avec de pareilles balivernes — aussitôt reproduites et répandues dans toute la Bretagne — qu'on fabrique des séparatistes?

fait que ça, des *gloires,* des *prestiges,* des *missions sacrées!* Même les paras d'Alger brandissaient le *rayonnement français* au bout de leurs mitraillettes! Quelle peur massificatrice prétendez-vous maintenant agiter? Les gauchistes, la drogue? Quel « surplus d'âme » gardez-vous en réserve? Le sport, peut-être[1]? Ah, j'oubliais, la *participation.* Eh bien, voici la première de toutes. La seule chance d'esprit communautaire pour ce pays — affronté, je le répète, à une situation nouvelle, *la paix* — réside dans les prises de responsabilités à la base, l'intérêt au plus près, relié au sol. Le goût de l'action : l'initiative enfin paie, on suit ce qu'on fait, on en voit le résultat; la continuité : on fait carrière dans une province en symbiose avec ses habitants, responsable et non plus supérieur itinérant promené du nord au midi; l'émulation, la dignité : plus d'*octroi,* plus de Bretagne, de Corse mendiantes. Les énergies s'éparpilleraient? Au contraire : en brisant le corset départemental, le fédéralisme les rassemble, ouvre l'horizon sur le pays tout entier, sur l'Europe — « de la commune à l'Europe », selon la formule du MRJC[2]. Les intérêts provinciaux divergeront parfois? Sans doute; mais ils ne dépendront plus de conseils secrets d'énarques, de plans indéchiffrables, de combinaisons parisiennes, de profits clandestins, de transferts honteux : ils donneront lieu à des débats publics sur des questions précises, localisées; les programmes d'équipement à l'échelle de l'État y gagneront la clarté et la sanction immédiate : on n'apprendra plus dix ans après les faillites du système et combien de milliards a gaspillés un ministre enfin limogé. Le fédéralisme, c'est l'information, le peuple reconnu

---

1. Le soldat est mort à Hiroshima, le baroudeur à Alger. Reste l'athlète qu'on habille comiquement des anciens chauvinismes guerriers. Et puis, « quand un jeune fait du sport, il ne pense pas à autre chose », (Léo Hamon). L'étatisme en est là : à souhaiter qu'on *ne pense pas à autre chose.*

2. Mouvement rural de la jeunesse chrétienne, 1969.

majeur, tenu au courant. Mais j'ai tout dit en disant qu'il était *la* démocratie parce que l'efficacité. Songez à cette nouveauté en France : une démocratie concrète, vécue comme expérience, en action, une démocratie pionnière, une démocratie *qui commence par le commencement*.

La France récupère sa terre. Et dès lors, elle ne projette plus en Europe une « gloire » ou une « grandeur » abstraites, mais l'Idée-force nourrie de son sol.

III

L'Europe, sa nécessité ne se discute plus. Affaire de sagesse politique ? Même pas, de gros sous. Pour les États à dimension fausse — tous les États d'Europe occidentale — un seul choix, la ruine ou l'intégration : ou le gaspillage des fonds publics pour encombrer de jouets modernes, militaires et autres, un territoire qui ne répond plus à la prolifération et au coût des techniques, ou le *partage des frais* à quoi suffit un ordinateur : tant pour la France, tant pour l'Italie ou la Norvège, une contribution proportionnelle et raisonnable à la défense et à l'illustration du continent. Or, faire l'Europe, il n'y a que deux façons : ou ce que les gaullistes appellent l'Europe des patries, en vérité l'Europe des États; ou l'Europe fédérale des peuples et des cultures.

Supposons la première réalisée. Voilà donc les États figés à contre-courant dans la forme que leur donnèrent le dernier traité extorqué, la dernière bataille gagnée ou perdue; les voilà, ces enfants difformes de la vieille histoire, ces fruits de la violence, de la diplomatie secrète et du hasard — l'abstraite Belgique aux deux peuples, l'Espagne franquiste meurtrière de ses ethnies, la France où le Lillois est un étranger pour l'habitant de Tournai mais le compatriote du Tahitien — les voilà, alignant leurs murailles côte à côte, ni tout à fait fermés, ni tout à fait ouverts : à peine des brèches ici et là, quelques droits de douane abolis, quelques tarifs préférentiels âprement marchandés et, au sommet, un Conseil de technocrates. Rien de changé ? Si, un surcroît d'éloignement et d'injustice. Qui ne voit que cette Europe reproduit à l'échelon supérieur l'État centraliste et ses régions « défavorisées », qui ne comprend qu'elle perpétue le malheur des pauvres ? L'excentrisme s'accroît, les liaisons se relâchent encore, le système d'octroi s'étire à l'infini. Les paysans bretons ne dépendent plus seulement d'un ministre parisien mais d'un doge européen pour qui seuls la Hollande ou le Danemark ont droit à une agriculture. C'est l'Europe des riches, des monopoles. Philosophiquement, elle plonge dans le passé : pas un délégué qui n'apporte au tapis vert les vices du calfeutrement étatique, chauvinisme, machiavélisme, rapports de forces; le pire est l'esprit de domination fatal à toute organisation non dégagée de l'histoire classique : tôt ou tard, par le simple jeu d'une conjoncture financière favorable — ainsi jadis le hasard des batailles — un État imposera son triomphalisme économique, deviendra l'octroyeur et le tyran des autres. L'Europe des États retourne au XIXe siècle.

Quel remède ? Encore et toujours la démocratie de base. Si l'on ne veut pas d'un Saint-Empire économique, écartons de la fondation de l'Europe le crime de fondation des États, l'aliénation de leurs composantes. L'Europe unie ne saurait être une Europe massifiée mais une Suisse équilibrant les droits de ses cantons; et par là j'entends, au-delà des États, les minorités nationales, ces communautés ethniques et culturelles que M. Grandmougin appelle d'un si beau nom, les « justes patries [1] ». Justes en effet par leurs dimensions et devant l'histoire, les minorités nationales doivent participer pleinement à l'Europe — à cette échelle aussi, la volonté d'être ensemble ne se conçoit que dans l'épanouissement des pluralismes. Mais, dira-t-on, à quoi bon conserver les États

---

1. *L'Aurore*, 2 février 1964.

si les nations renaissent ? La raison nous répond que dans le système fédéral européen, l'État, non plus tyran mais régulateur, sert d'intermédiaire indispensable. Entre la base et le sommet, les responsabilités régionales et l'Autorité européenne, s'insère naturellement ce tiers-pouvoir sans quoi les « cent drapeaux d'Europe [1] » risqueraient la balkanisation. Les Forges d'Hennebont avaient raison de s'adresser à la CECA et il est clair que pour toute question la concernant, économique ou culturelle, la Bretagne devrait être présente aux débats européens, au lieu d'en recevoir des décisions qui la sacrifient; elle y défendrait ses intérêts, en fonction de sa situation géographique, de ses marchés, de ses affinités spirituelles. En désaccord avec l'État ? Nulle raison à cela, dans la nouvelle organisation où l'État lui-même s'ouvre pleinement sur l'Europe, dans l'unité pluraliste qui le constitue. Simplement, il jouerait son rôle exact : il ne se présenterait plus devant l'Europe comme un maître disposant de ses biens mais, assisté des responsables mandatés de ses Régions, comme le pays même et son peuple. Il s'identifierait enfin à la France. Et la fidélité qu'on lui porte se magnifierait dans la nouvelle histoire.

La fin de ses guerres « provinciales » et de ses états de siège intérieurs ne préserve pas l'Europe de l'immense

---

[1]. J'emprunte cette expression au livre de Yann Fouéré, *L'Europe aux cent drapeaux*, édité par les Presses d'Europe (Yann Fouéré fut en 1932 l'inventeur de la formule *Europe supranationale*). La doctrine fédéraliste que je ne fais ici qu'esquisser sans en reprendre tous les principes à mon compte, a suscité une importante bibliographie. Au premier rang Denis de Rougemont : *L'Europe en jeu, Journal de deux mondes, L'Aventure occidentale de l'homme*. A lire également : Yann Poupinot : *Les Bretons à l'heure de l'Europe (op. cit.)*, Guy Héraud : *L'Europe des ethnies* (P.E.) et *Pays et langues d'Europe* (Denoël). Sur le fédéralisme en général : Guy Héraud : *Les Principes du fédéralisme et de la fédération européenne*, Alexandre Marc : *Dialectique du déchaînement*, enfin : *La Révolution fédéraliste*, tous ces ouvrages aux Presses de l'Europe, coll. « Réalités du présent ».

querelle de la Consommation et du Dogme; et ce conflit, nous commençons à percevoir qu'il n'a, lui non plus, rien des guerres précédentes. Non seulement parce que les idéologies que défendaient les armes sont devenues les armes elles-mêmes[1] mais parce que l'enjeu réel s'est déplacé au point de ne plus concerner vraiment l'issue du combat mais l'état dans lequel les deux belligérants entretiennent le champ de bataille, c'est-à-dire le monde. Qui gagnera, du capitalisme ou du marxisme, c'était une bonne question au temps du plan Marshall. Aujourd'hui, la question est : que *deviennent* le capitalisme et le marxisme, comment évoluent-ils, autrement dit : quel homme sont-ils en train de créer? État-théâtre, État-caserne, simples préfaces, peut-être, à la Fonction qui leur succède. Voici l'heure du tout ou rien. En sens contraire d'un mouvement de libération sans exemple dans l'histoire, une tyrannie démesurée prend ses quartiers. De même que la technocratie administrative découpe la France en régions anonymes sans se soucier des cultures, la technocratie politique partage le monde en départements soumis au seul hasard géographique des « zones d'influence ». Sous le masque de la coexistence pacifique, chaque bloc admet que l'autre colonise la partie du globe qui lui est dévolue, censure sa parole, écrase ses révoltes avec ses tanks, la livre sans défense à ses préfets, colonels du Pentagone ou apparatchiki staliniens. Cette sainte-alliance passe le souci d'éviter l'hécatombe atomique : au-delà des divergences doctrinales, elle désigne pour premier ennemi l'ennemi de l'ordre. Que le tzar adverse se montre fort et même cruel, tant mieux : c'est un bon gendarme, et le monde a besoin de gendarmes. Ainsi assistons-nous, à l'échelle planétaire, à l'instauration d'une complicité

---

[1]. Comme la stratégie d'hier tournait l'adversaire, celle d'aujourd'hui consiste à le mettre dans son tort devant l'opinion : ainsi, l'affaire des fusées cubaines, le conflit sino-soviétique, etc.

purement technique des pouvoirs. Au loin, la propagande claironne ses fins, au plus près règne la dictature des moyens, la Grèce fascisée, la Tchécoslovaquie sous la botte. Hier, les États s'entretenaient dans le respect mutuel du militaire, aujourd'hui, du policier : le Vietnam efface Budapest et Prague, Athènes. Hier, l'équilibre de la peur, aujourd'hui, l'équilibre du crime.

Capitalisme, marxisme ? Les vrais clivages mondiaux passent désormais ailleurs, comme en France ils passent ailleurs qu'entre la droite et la gauche classiques. « Étatiste ou fédéraliste », l'alternative d'Émile Desvaux concerne à présent l'univers. La preuve ? On la trouve dans le principe même de l'étatisme, le système d'octroi, étendu maintenant à des continents. Octroyée, *l'american way of life* au tiers-monde de l'orbe yankee, pêle-mêle produits, techniques, esclavagisme politique; octroyé, le socialisme qui vient du froid (Sartre) que le Kremlin impose aux Tchèques par les armes. A cette course à la domination où la France pompidolienne, marchande non plus de canons mais d'avions, révèle une ambition tragi-comique, seule la conscience des peuples est capable de mettre un frein. *Conscience ethnique*, d'abord : car c'est en me définissant pleinement que je trouverai ma voie et ma liberté. Et les Maîtres qui prétendent au gouvernement du monde le savent si bien qu'ils étouffent la conscience ethnique sous de pseudo-consciences politiques ou sociales. La tragédie du Biafra constitue à cet égard un test. L'opinion s'est rangée pour ou contre le Biafra, mais toujours pour des raisons secondaires. On était *pour* parce que l'Église et le gaullisme soutenaient le Biafra; *contre*, parce que le Bloc « progressiste », U.R.S.S., États arabes, se trouvait dans l'autre camp; aux indécis, on laissait entendre que toute cette affaire n'était qu'une querelle de pétroliers. Or, il est vrai que les deux camps se sont opposés au Biafra, mais selon leur seul intérêt et pour s'accorder finalement sur sa disparition; et vrai aussi, que le pétrole jouait un rôle dans le conflit, mais seulement annexe : l'important, l'essentiel, le *fond du problème* étant l'homme d'abord, l'homme biafrais et la nation biafraise qui se voulait différente, qui en avait le droit et que le découpage colonialiste de l'Afrique condamnait à l'hégémonie nigériane. Cette manière de subordonner l'homme à un dogme, à ses alliés de hasard ou à des considérations économiques ne traduit pas seulement une effrayante paresse d'esprit. Elle autorise et légitime tous les massacres. Elle nous menace, vers l'an 2 000, d'une planète déshumanisée.

Revenons à l'Europe. Elle sera supranationale, dit-on, ou elle ne sera pas; j'ajoute qu'elle sera *morale* ou qu'elle ne sera pas. Il est vain de faire l'Europe si on ne lui donne pas une doctrine : voulez-vous l'Europe de Franco et de Papadopoulos? Or, c'est bien elle que la complicité technique des pouvoirs, de droite ou de gauche, laisse s'établir dans ce que Camus eût appelé « un grand silence pharisien ». Et nous, Européens occidentaux, héritiers d'un champ de bataille à peine pacifié où rôdent encore tant de fantômes sanglants mais aussi un espoir : l'esprit de démocratie qui souffla sur ce continent, prêtons en vain l'oreille à sa parole. Qui préservera l'homme des techniques envahissantes de la tyrannie? Qui ajoutera à son futur statut social la grâce de la liberté?

De l'Europe des États telle que la conçoit notre jacobinisme droitier, rien à attendre. Leur nature les pousse au contraire à défendre les pouvoirs de contrainte : ainsi, le soutien sournois de notre « démocratie » à Franco et aux colonels grecs. Seules les petites nations, comme les Scandinaves, ne jouent pas le jeu et s'indignent de cette connivence. Ce refus devrait nous éclairer : la revendication de liberté ne viendra que des *justes patries*, nations étatisées ou minorités nationales reconnues. La liberté ne peut être promulguée par les centralismes : ils ne connaissent que ce qu'ils appellent « l'indépendance », c'est-à-dire le règne en vase clos et les souverainetés rivales. « Aucun État ne doit s'ingérer dans les affaires des autres États. » Contre ce monstrueux juridisme né d'une complicité séculaire — « laisse-moi écraser mes minorités, je te laisserai écraser les tiennes » — le groupe naturel, spécifique — parce qu'il en a si longtemps souffert — sait au contraire que le pluralisme n'est pas la complaisance et que chaque homme est responsable de l'humanité tout entière. Mais que la démocratie pluraliste renaisse chez nous, que chaque citoyen se sente concerné non seulement par ses propres affaires mais par la politique générale, l'esprit de liberté revient avec les libertés, la France retrouve les termes de son message; et cette fois, il ne se dissipe plus dans une aventure guerrière mais se propage pacifiquement dans le monde.

Ai-je tort de l'imaginer? Témoigne-t-on d'un idéalisme ridicule en croyant à une *mission de la France* que tant de bouches officielles ont prostituée? Soit, je suis un rêveur, un mystique — un Breton. Mais alors, que les réalistes m'indiquent les moyens de salut quand la technique policière nous aura rejoints. Car enfin, croient-ils qu'elle s'arrêtera à nous et que si les portes du Temps, un instant ouvertes sur l'histoire culturelle, se referment, elles n'emprisonneront pas la France dans l'étau implacable où elle a jadis étouffé ses provinces? Ce jour-là — que la Consommation l'emporte, ou la Fonction, ou le produit des deux — croyez-vous que vos complicités diplomatiques vous protégeront et qu'il vous suffira de dire : « Mais, messieurs, j'ai pratiqué la non-ingérence! » comme le passant pris dans l'émeute hurle au flic qu'il « ne fait pas de politique »? Qui vous sauvera alors de la colonisation? Un nouveau roi providentiel? Nous réparons justement les dégâts du dernier. *Votre* État? Quelle patrie défendront les lobbies français? La bombe gaullienne? Si un seul Français s'y croit à l'abri, qu'on l'envoie à l'asile des fous. Le « génie de la France »? Quel? Le bon vin, la haute-couture, le Tout-Paris? Le français *Ne dites pas mais dites* des pieux conférenciers de l'Alliance française? Ces impérialistes de l'imparfait du subjonctif sont risibles à pleurer. A l'heure des bagnes de poètes, ils continuent d'entretenir l'illusion d'une culture supérieure sans comprendre qu'avant la fin de ce siècle *toutes* les cultures seront sauvées ou perdues. Ils récusent les Bretons, indignes de livres et d'écoles : imbéciles, on est toujours le Breton de quelqu'un! L'Alphaville de demain, quelle langue parlera-t-elle, croyez-vous? Le patois de M. Racine?

Espérez-vous sauver le français par des ligues, des distributions de la *Pléiade* ou des discours de prix? Il y faut plus de sérieux. Il y faut le sérieux des pauvres, celui des Bretons qui n'héritaient pas une culture toute faite, pré-cuite dans les collèges, servie en éditions de luxe, et qui revinrent à leur langue parce qu'une part, en eux, ne voulait pas mourir : réapprendre, humblement, le poids des mots et leur amitié.

« Mais ce serait Babel! » s'effarent les centralistes devant la revendication des cultures minoritaires. « Mais ce serait Babel! » me répliquait déjà l'ami de mes quinze ans. Lui, du moins, avait une excuse : Babel ne lui évoquait qu'une fable antique propre à conforter son Idée Simple, la Tour périt parce que les hommes y parlaient plusieurs langues. Il ne savait pas ce que ce siècle nous a appris par ses millions d'assassinés : que la confusion ne vient pas de la diversité des vocables mais de leur réduction en formules. Ce n'est pas parce qu'ils ne reconnurent plus le pain en *bread* ou en *brot* que les hommes de Babel cessèrent de se comprendre, mais parce qu'ils avaient perdu le sens des mots, parce qu'ils avaient franchi sans s'en douter ce point de rupture mentale où, *précisément*, nous sommes : ce moment de l'histoire entre chien et loup où tout est clair et inintelligible, où des mots tels que *République démocratique* s'entendent en toutes langues, immédiatement accessibles à tous — *Democratic Republic, Demokratische Republik, Democratzia Republika* — mais recouvrent tous les sens selon qui les prononce, M. Nixon, M. Brejnev, M. de Gaulle, M. Ian Smith — oui, M. Ian Smith : la Rhodésie raciste est une république démocratique ; « L'Espagne est une république démocratique », déclare Franco au journaliste Serge Groussard (1956); *République démocratique*, la Tchécoslovaquie de Novotny, puis de Dubcek, puis de Husak; et dans un pays qui s'appelle la République *démocratique* allemande, un leader définit ainsi le régime : « Chez nous, on ne dialogue avec l'opposition que devant les tribunaux. »

L'écroulement de la Tour ne fut pas affaire de vocabulaire, mais de sémantique. Les gens qui l'habitaient se voulurent passionnément pareils : dans un immense feu de joie, ils brûlèrent les mots de leur patrie, les mots de la vigne et du houblon, de la montagne et de la lande — les mots qui les rattachaient à la terre. Et en effet, ils formèrent une nation qui ne devait rien qu'à la Tour, une race d'une seule culture, technicienne et mathématicienne, qui d'âge en âge accroissait ses pouvoirs. Ils commandèrent à la nature, firent à volonté les saisons, s'entourèrent d'objets prodigieux, ranimèrent le cœur des morts; ils scrutèrent l'invisible et tutoyèrent les astres... Jusqu'au jour où ils s'aperçurent avec effroi qu'ils ne se comprenaient plus. Ils entendaient bien la même langue; mais à chaque étage, les mots disaient des choses différentes et ce qu'on ressentait au plus profond, ce qu'on voulait *exprimer*, se diluait dans l'insignifiance du verbe. *Aphasie*, expliquaient les spécialistes, *degré zéro de l'écriture, abolition du langage;* une épidémie sévissait, qu'on appelait l'*incommunicable* : les mots servaient maintenant à composer d'énormes volumes pour expliquer les mots, les théâtres produisaient d'interminables pièces afin d'expliquer qu'on parle pour ne rien dire. L'être et la parole s'étaient dissociés. Cependant, une loi que personne ne songeait plus à connaître assenait des mots d'une terrible innocence qui peuplaient les bagnes; les mots jugeaient, retranchaient, assassinaient — les mêmes mots, mais pas les mêmes condamnés. A l'heure, enfin, où il ne restait plus guère que deux peuples dans la Tour, les intellectuels et les policiers, les habitants de Babel s'interrogèrent : Qui sommes-nous ? Où allons-nous ? Et, d'un seul cri : Que bâtissons-nous ? *Une République démocratique*, répondit la Tour. *République démocratique*, ces mots résonnèrent longuement, répercutés par tous les micros, et un craquement se fit entendre, du haut en bas de la ziggurat...

Mais comment se résigner à cette fin babélienne lorsque tant de peuples qu'on croyait morts renaissent, et parmi eux, le mien, censuré depuis quatre siècles ?

J'ai commencé ce livre dans les tumultes de mai. Il m'a suivi toute une année dans mes reportages et le hasard a voulu que je termine un de ses chapitres à la lueur des incendies de Belfast. Cependant, Alger, Cuba, Israël, émeute noire de Newark ou printemps de Prague, mille souvenirs en constituaient déjà la préface non écrite. « Se vivre est une mer », dit Sponde. Notre siècle nous laisse peu le loisir d'en explorer les fonds. Avant de savoir qui nous sommes, il nous faut descendre dans la rue, choisir notre camp, nous qui n'avons même pas eu le temps de nous choisir, épouser les passions d'autrui, nous qui connaissons à peine les nôtres, discerner le juste et l'injuste — et en grande hâte, car avant le soir, le juste vainqueur sera injuste à son tour. Cernés de couteaux et de voix qui nous jettent des ordres, aurons-nous le temps d'entrevoir une seule vérité à emporter dans la mort ?

Une vérité, ce serait beaucoup. Je n'ai qu'une croyance et dans ce livre, je me suis borné à l'*éprouver*, comme celui qui, ayant trouvé un sou dans la terre, le tend aux passants dans le creux de sa main pour savoir si c'est de l'or ou du plomb. Il me paraît que le monde n'a de sens que dans le respect des pluralismes et que son sort se joue à tous les niveaux pour ou contre cette définition. Breton, Français et citoyen du monde, qui me dénie une seule de ces composantes me rejette de la communauté; je ne veux pas nourrir en moi une part maudite qui maudirait mes frères; je ne puis servir les autres qu'en étant moi-même. Cela s'appelle la démocratie, qui n'est que l'ordre naturel des hommes.

Sur un point, pourtant, ma foi est plus précise : je crois aux pauvres. Je crois aux peuples qu'on a vaincus, soumis, humiliés, qu'on a faits valets, mercenaires, putains, à qui on a accroché un sabot au cou. *Dites-moi si le monde est gardé*, demande Glenmor, notre Glenmor, le poète errant qui va de porte à porte avec sa guitare, chantant la nation bretonne; et partout, dans les villes, les villages, à la Mutualité où l'acclament les Bretons de Paris, la foule répond : Non! — Non, le monde n'est pas gardé, personne n'a le droit d'apposer des scellés sur un seul de ses domaines.

Il est sans honneur de voler son nom à un peuple. Mais ce nom, c'est aussi à vous, démocrates, à vous tous qu'on l'a volé.

Table

Préface de Gwenc'hlan Le Scouëzec

I.	NOUS L'APPELONS L'*emsav*	13
II.	LA PART MAUDITE	21
III.	L'ENFER EST PRIVATION D'HISTOIRE	43
IV.	LA PAROLE ASSASSINÉE	85
V.	COLONISÉS, MES FRÈRES	127
VI.	LE RÉVEIL BRETON	159
VII.	LA GRANDE MUTATION	199

IMP. BUSSIÈRE À SAINT-AMAND (CHER)
D.L. SEPTEMBRE 1984 — N° 6697 (1185)

Collection Points

SÉRIE ACTUELS

A1. Lettres de prison, *par Gabrielle Russier*
A2. J'étais un drogué, *par Guy Champagne*
A3. Les Dossiers noirs de la police française, *par Denis Langlois*
A4. Do It, *par Jerry Rubin*
A5. Les Industriels de la fraude fiscale, *par Jean Cosson*
A6. Entretiens avec Allende, *par Régis Debray* (épuisé)
A7. De la Chine, *par Maria-Antonietta Macciocchi*
A8. Après la drogue, *par Guy Champagne*
A9. Les Grandes Manœuvres de l'opium
   par Catherine Lamour et Michel Lamberti
A10. Les Dossiers noirs de la justice française, *par Denis Langlois*
A11. Le Dossier confidentiel de l'euthanasie
   par Igor Barrère et Étienne Lalou
A12. Discours américains, *par Alexandre Soljénitsyne*
A13. Les Exclus, *par René Lenoir*
A14. Souvenirs obscurs d'un Juif polonais né en France
   par Pierre Goldman
A15. Le Mandarin aux pieds nus, *par Alexandre Minkowski*
A16. Une Suisse au-dessus de tout soupçon, *par Jean Ziegler*
A17. La Fabrication des mâles
   par Georges Falconnet et Nadine Lefaucheur
A18. Rock babies, *par Raoul Hoffmann et Jean-Marie Leduc*
A19. La nostalgie n'est plus ce qu'elle était, *par Simone Signoret*
A20. L'Allergie au travail, *par Jean Rousselet*
A21. Deuxième Retour de Chine
   par Claudie et Jacques Broyelle et Evelyne Tschirhart
A22. Je suis comme une truie qui doute, *par Claude Duneton*
A23. Travailler deux heures par jour, *par Adret*
A24. Le rugby, c'est un monde, *par Jean Lacouture*
A25. La Plus Haute des solitudes, *par Tahar Ben Jelloun*
A26. Le Nouveau Désordre amoureux
   par Pascal Bruckner et Alain Finkielkraut
A27. Voyage inachevé, *par Yehudi Menuhin*
A28. Le communisme est-il soluble dans l'alcool ?
   par Antoine et Philippe Meyer
A29. Sciences de la vie et Société
   par François Gros, François Jacob et Pierre Royer
A30. Anti-manuel de français
   par Claude Duneton et Jean-Pierre Pagliano
A31. Cet enfant qui se drogue, c'est le mien
   par Jacques Guillon

A32. Les Femmes, la Pornographie, l'Érotisme
     par Marie-Françoise Hans et Gilles Lapouge
A33. Parole d'homme, *par Roger Garaudy*
A34. Nouveau Guide des médicaments, *par le D'Henri Pradal*
A35. Rue du Prolétaire rouge, *par Nina et Jean Kéhayan*
A36. Main basse sur l'Afrique, *par Jean Ziegler*
A37. Un voyage vers l'Asie, *par Jean-Claude Guillebaud*
A38. Appel aux vivants, *par Roger Garaudy*
A39. Quand vient le souvenir, *par Saul Friedländer*
A40. La Marijuana, *par Solomon H. Snyder*
A41. Un lit à soi, *par Evelyne Le Garrec*
A42. Le lendemain, elle était souriante...
     par Simone Signoret
A43. La Volonté de guérir, *par Norman Cousins*
A44. Les Nouvelles Sectes, *par Alain Woodrow*
A45. Cent Ans de chanson française
     par Chantal Brunschwig, Louis-Jean Calvet et Jean-Claude Klein
A46. La Malbouffe, *par Stella et Joël de Rosnay*
A47. Médecin de la liberté, *par Paul Milliez*
A48. Un Juif pas très catholique, *par Alexandre Minkowski*
A49. Un voyage en Océanie, *par Jean-Claude Guillebaud*
A50. Au coin de la rue, l'aventure
     par Pascal Bruckner et Alain Finkielkraut
A51. John Reed, *par Robert Rosenstone*
A52. Le Tabouret de Piotr, *par Jean Kéhayan*
A53. Le temps qui tue, le temps qui guérit
     par le Dr Fernand Attali
A54. La Lumière médicale, *par Norbert Bensaïd*
A55. Californie (Le Nouvel Age)
     par Sylvie Crossman et Edouard Fenwick
A56. La Politique du mâle, *par Kate Millett*
A57. Contraception, Grossesse, IVG
     par Pierrette Bello, Catherine Dolto, Aline Schiffmann
A58. Marthe, *anonyme*
A59. Pour un nouveau-né sans risque, *par Alexandre Minkowski*
A60. La Vie, tu parles, *par Libération*
A61. Les Bons Vins et les Autres, *par Pierre-Marie Doutrelant*

Collection Points

DERNIERS TITRES PARUS

22. Éros et Civilisation, *par Herbert Marcuse* (épuisé)
23. Histoire du roman français depuis 1918
    par Claude-Edmonde Magny
24. L'Écriture et l'Expérience des limites, *par Philippe Sollers*
25. La Charte d'Athènes, *par Le Corbusier*
26. Peau noire, Masques blancs, *par Frantz Fanon*
27. Anthropologie, *par Edward Sapir*
28. Le Phénomène bureaucratique, *par Michel Crozier*
29. Vers une civilisation du loisir ?, *par Joffre Dumazedier*
30. Pour une bibliothèque scientifique, *par François Russo* (épuisé)
31. Lecture de Brecht, *par Bernard Dort*
32. Ville et Révolution, *par Anatole Kopp*
33. Mise en scène de Phèdre, *par Jean-Louis Barrault*
34. Les Stars, *par Edgar Morin*
35. Le Degré zéro de l'écriture, *suivi de* Nouveaux Essais critiques
    par Roland Barthes
36. Libérer l'avenir, *par Ivan Illich*
37. Structure et Fonction dans la société primitive
    par A. R. Radcliffe-Brown
38. Les Droits de l'écrivain, *par Alexandre Soljénitsyne*
39. Le Retour du tragique, *par Jean-Marie Domenach*
41. La Concurrence capitaliste
    par Jean Cartell et Pierre-Yves Cossé (épuisé)
42. Mise en scène d'Othello, *par Constantin Stanislavski*
43. Le Hasard et la Nécessité, *par Jacques Monod*
44. Le Structuralisme en linguistique, *par Oswald Ducrot*
45. Le Structuralisme : Poétique, *par Tzvetan Todorov*
46. Le Structuralisme en anthropologie, *par Dan Sperber*
47. Le Structuralisme en psychanalyse, *par Moustafa Safouan*
48. Le Structuralisme : Philosophie, *par François Wahl*
49. Le Cas Dominique, *par Françoise Dolto*
51. Trois Essais sur le comportement animal et humain
    par Konrad Lorenz
52. Le Droit à la ville, *suivi de* Espace et Politique
    par Henri Lefebvre
53. Poèmes, *par Léopold Sédar Senghor*
54. Les Élégies de Duino, *suivi de* les Sonnets à Orphée
    par Rainer Maria Rilke (édition bilingue)
55. Pour la sociologie, *par Alain Touraine*
56. Traité du caractère, *par Emmanuel Mounier*

57. L'Enfant, sa « maladie » et les autres, *par Maud Mannoni*
58. Langage et Connaissance, *par Adam Schaff*
59. Une saison au Congo, *par Aimé Césaire*
61. Psychanalyser, *par Serge Leclaire*
63. Mort de la famille, *par David Cooper*
64. A quoi sert la Bourse ?, *par Jean-Claude Leconte* (épuisé)
65. La Convivialité, *par Ivan Illich*
66. L'Idéologie structuraliste, *par Henri Lefebvre*
67. La Vérité des prix, *par Hubert Lévy-Lambert* (épuisé)
68. Pour Gramsci, *par Maria-Antonietta Macciocchi*
69. Psychanalyse et Pédiatrie, *par Françoise Dolto*
70. S/Z, *par Roland Barthes*
71. Poésie et Profondeur, *par Jean-Pierre Richard*
72. Le Sauvage et l'Ordinateur, *par Jean-Marie Domenach*
73. Introduction à la littérature fantastique
    par Tzvetan Todorov
74. Figures I, *par Gérard Genette*
75. Dix Grandes Notions de la sociologie, *par Jean Cazeneuve*
76. Mary Barnes, un voyage à travers la folie
    par Mary Barnes et Joseph Berke
77. L'Homme et la Mort, *par Edgar Morin*
78. Poétique du récit, *par Roland Barthes, Wayne Booth
    Philippe Hamon et Wolfgang Kayser*
79. Les Libérateurs de l'amour, *par Alexandrian*
80. Le Macroscope, *par Joël de Rosnay*
81. Délivrance, *par Maurice Clavel et Philippe Sollers*
82. Système de la peinture, *par Marcelin Pleynet*
83. Pour comprendre les média, *par M. McLuhan*
84. L'Invasion pharmaceutique
    par Jean-Pierre Dupuy et Serge Karsenty
85. Huit Questions de poétique, *par Roman Jakobson*
86. Lectures du désir, *par Raymond Jean*
87. Le Traître, *par André Gorz*
88. Psychiatrie et Anti-Psychiatrie, *par David Cooper*
89. La Dimension cachée, *par Edward T. Hall*
90. Les Vivants et la Mort, *par Jean Ziegler*
91. L'Unité de l'homme, *par le Centre Royaumont*
    1. Le primate et l'homme, *par E. Morin et M. Piattelli-Palmarini*
92. L'Unité de l'homme, *par le Centre Royaumont*
    2. Le cerveau humain, *par E. Morin et M. Piattelli-Palmarini*
93. L'Unité de l'homme, *par le Centre Royaumont*
    3. Pour une anthropologie fondamentale
    par E. Morin et M. Piattelli-Palmarini
94. Pensées, *par Blaise Pascal*
95. L'Exil intérieur, *par Roland Jaccard*

96. Semeiotiké, recherches pour une sémanalyse
    par Julia Kristeva
97. Sur Racine, *par Roland Barthes*
98. Structures syntaxiques, *par Noam Chomsky*
99. Le Psychiatre, son « fou » et la psychanalyse
    par Maud Mannoni
100. L'Écriture et la Différence, *par Jacques Derrida*
101. Le Pouvoir africain, *par Jean Ziegler*
102. Une logique de la communication
    par P. Watzlawick, J. Helmick Beavin, Don D. Jackson
103. Sémantique de la poésie, *T. Todorov, W. Empson J. Cohen, G. Hartman et F. Rigolot*
104. De la France, *par Maria-Antonietta Macciocchi*
105. Small is beautiful, *par E. F. Schumacher*
106. Figures II, *par Gérard Genette*
107. L'Œuvre ouverte, *par Umberto Eco*
108. L'Urbanisme, *par Françoise Choay*
109. Le Paradigme perdu, *par Edgar Morin*
110. Dictionnaire encyclopédique des sciences du langage
    par Oswald Ducrot et Tzvetan Todorov
111. L'Évangile au risque de la psychanalyse (tome 1)
    par Françoise Dolto
112. Un enfant dans l'asile, *par Jean Sandretto*
113. Recherche de Proust, *ouvrage collectif*
114. La Question homosexuelle, *par Marc Oraison*
115. De la psychose paranoïaque dans ses rapports
    avec la personnalité, *par Jacques Lacan*
116. Sade, Fourier, Loyola, *par Roland Barthes*
117. Une société sans école, *par Ivan Illich*
118. Mauvaises Pensées d'un travailleur social
    par Jean-Marie Geng
119. Albert Camus, *par Herbert R. Lottman*
120. Poétique de la prose, *par Tzvetan Todorov*
121. Théorie d'ensemble, *par Tel Quel*
122. Némésis médicale, *par Ivan Illich*
123. La Méthode
    1. La Nature de la Nature, *par Edgar Morin*
124. Le Désir et la Perversion, *ouvrage collectif*
125. Le langage, cet inconnu, *par Julia Kristeva*
126. On tue un enfant, *par Serge Leclaire*
127. Essais critiques, *par Roland Barthes*
128. Le Je-ne-sais-quoi et le Presque-rien
    1. La manière et l'occasion, *par Vladimir Jankélévitch*
129. L'Analyse structurale du récit, Communications 8
    ouvrage collectif

130. Changements, Paradoxes et Psychothérapie
    par P. Watzlawick, J. Weakland et R. Fisch
131. Onze Études sur la poésie moderne
    par Jean-Pierre Richard
132. L'Enfant arriéré et sa mère, *par Maud Mannoni*
133. La Prairie perdue (Le roman américain)
    par Jacques Cabau
134. Le Je-ne-sais-quoi et le Presque-rien
    2. La méconnaissance, *par Vladimir Jankélévitch*
135. Le Plaisir du texte, *par Roland Barthes*
136. La Nouvelle Communication, *ouvrage collectif*
137. Le Vif du sujet, *par Edgar Morin*
138. Théories du langage, théories de l'apprentissage
    par le Centre Royaumont
139. Baudelaire, la Femme et Dieu, *par Pierre Emmanuel*
140. Autisme et Psychose de l'enfant, *par Frances Tustin*
141. Le Harem et les Cousins, *par Germaine Tillion*
142. Littérature et Réalité, *ouvrage collectif*
143. La Rumeur d'Orléans, *par Edgar Morin*
144. Partage des femmes, *par Eugénie Lemoine-Luccioni*
145. L'Évangile au risque de la psychanalyse (tome 2)
    par Françoise Dolto
146. Rhétorique générale, *par le Groupe*
147. Système de la Mode, *par Roland Barthes*
148. Démasquer le réel, *par Serge Leclaire*
149. Le Juif imaginaire, *par Alain Finkielkraut*
150. Travail de Flaubert, *ouvrage collectif*
151. Journal de Californie, *par Edgar Morin*
152. Pouvoirs de l'horreur, *par Julia Kristeva*
153. Introduction à la philosophie de l'histoire de Hegel
    par Jean Hyppolite
154. La Foi au risque de la psychanalyse
    par Françoise Dolto et Gérard Sévérin
155. Un lieu pour vivre, *par Maud Mannoni*
156. Scandale de la vérité, *suivi de*
    Nous autres Français, *par Georges Bernanos*
157. Enquête sur les idées contemporaines
    par Jean-Marie Domenach
158. L'Affaire Jésus, *par Henri Guillemin*
159. Paroles d'étranger, *par Elie Wiesel*
160. Le Langage silencieux, *par Edward T. Hall*
161. La Rive gauche, *par Herbert R. Lottman*
162. La Réalité de la réalité, *par Paul Watzlawick*
163. Les Chemins de la vie, *par Joël de Rosnay*
164. Dandies, *par Roger Kempf*